NARRATORI CORBACCIO

Eloy Moreno

LUNGO LE STRADE DELLA NOSTRA VITA

Romanzo

Traduzione di Silvia Bogliolo

CORBACCIO

Titolo originale: *Lo que encontré bajo el sofá*
Traduzione dall'originale spagnolo
di *Silvia Bogliolo*

I fatti narrati sono opera della fantasia dell'autore.
L'autore non si ritiene responsabile delle opinioni dei suoi personaggi.

Casa Editrice Corbaccio è un marchio di Garzanti Libri S.r.l.
Gruppo editoriale Mauri Spagnol

www.corbaccio.it

ISBN 978-88-6380-781-3

Ci hanno fatto credere che ognuno di noi
è la metà di un'arancia, che la vita ha senso
solo quando riusciamo a trovare l'altra metà.

Non ci hanno detto che nasciamo interi,
che mai nessuno nella nostra vita merita di portarsi sulle spalle
la responsabilità di completare quello che ci manca.

Non ci hanno detto che solamente se saremo individui
con la nostra propria personalità potremo costruire relazioni sane.

E dunque, quando sarai profondamente innamorato di te stesso,
potrai essere felice e amare davvero qualcuno.

John Lennon

«Vorresti dirmi, di grazia, quale strada prendere per uscire di qui?»
«Dipende soprattutto da dove vuoi andare.»
«Non m'importa molto...»
«Allora non importa neanche che strada prendi.»
«Be'... purché arrivi da qualche parte...»
«Oh per questo stai pure tranquilla: basta che non ti fermi prima!»

Lewis Carroll, *Alice nel paese delle meraviglie*

Mano e filo si separano e, in un istante, il palloncino comincia a cadere verso il cielo. È una caduta lenta e nello stesso tempo irrimediabile. Irrimediabile non perché sia impossibile acchiapparlo, ma perché noi – gli adulti – non ci proviamo neppure; solo i bambini lo fanno.

Loro, malgrado stringano le dita e non sentano più il cordino che tratteneva la loro fantasia, continuano a sperarci.

Corrono, saltano, piangono, urlano... indicano quel punto che lentamente sparisce in un blu che abbraccia tutto.

Adulto e bambino osservano la stessa scena, ma lo sguardo è diverso. I bambini pensano che il vento riporterà il palloncino, che un uccello lo prenderà con il becco o che magari, con un po' di fortuna, un altro bambino sporgerà la mano dal finestrino di un aereo e lo afferrerà al volo. Noi adulti no, noi sappiamo che se ne è andato, come succede ai ricordi lungo la vita, all'innocenza negli anni, alle lacrime nelle decisioni.

E così, cadendo, il palloncino finisce per trasformarsi in cielo, e qui si rivela la frontiera tra le età: i bambini ne chiedono un altro, come se tutti i palloncini fossero uguali; invece l'adulto si domanda cosa avrebbe potuto fare per non perderlo, perché sa che quello era unico.

Dove andrà a finire? In che direzione verrà spinto? Chi lo... o la troverà? Avremmo potuto fare qualcosa per evitarlo? E la domanda a cui non sappiamo mai rispondere: è davvero scappato o l'abbiamo lasciato andare?

DA UN LUOGO CHE DOVREI CHIAMARE CASA

Con il passare del tempo ho capito che non esistono segreti più difficili da custodire dei propri, perché questi, anche se pensiamo di averli messi al sicuro, sanno come affiorare dalle crepe della coscienza. Quelli altrui, invece, basta abbandonarli in qualche angolo della mente e lì si avviano all'oblio, spariscono a poco a poco tra i silenzi e le bugie, la fretta e le giornate... ma i tuoi... i tuoi ti inseguono in ogni pensiero.

Il segreto – mio personale – che mi porto dentro è quello che adesso mi impedisce di riconoscere queste quattro pareti come casa mia, malgrado tutte le foto distribuite sui mobili; i nostri vestiti che proprio adesso rotolano avvinghiati nella lavatrice; quei due spazzolini da denti che si contendono lo spazio nello stesso bicchiere; i giocattoli che restano sempre in qualche angolo del salotto, sul tappeto o sotto il divano...

È da troppo tempo che ho la sensazione di recitare una parte nel film in cui si è trasformata la mia vita, un film dalla sceneggiatura che non ha più senso: recito con loro, recito perfino con me stessa. In certi momenti sono stata sul punto di confessare tutto, e pronunciare quella frase che non porta mai a niente di buono: «Dobbiamo parlare». Ma a che cosa serve contagiare altri con il dolore? A chi gioverebbe? A nessuno. Invece so, al contrario, chi ci rimetterebbe: lei.

Ogni giorno – e ormai sono tanti – mi sveglio con il ricordo delle settimane vissute in quella città che mi fece scordare il presente.

Settimane brevi, nel tempo, ma che mi sono rimaste indelebili in testa. Dicono che un incendio non può essere eterno, perché alla fine o viene spento o non trova più niente da bruciare; il problema è che io non sono un albero né la mia tristezza assomiglia al fuoco.

Tutto iniziò come un gioco, e alla fine si trasformò in una realtà che ancora non so dove nascondere. Iniziai perdendomi per le strade di una città e finii per farlo tra le linee della vita; potrei dire che cambiai tutto perché nel mio mondo era da tanto che non cambiavo più niente; potrei dire che la forza dei sentimenti fu più forte di quella dei rimorsi; potrei dire che in quelle settimane era come se vivessi in un'eterna primavera...

E adesso custodisco un segreto che, giorno dopo giorno, si rivolta dentro di me in cerca di una fessura da cui scappare, anche fosse soltanto uno sguardo. Un segreto che riesco a controllare solo quando i miei pensieri sono occupati altrove, ma che si ripresenta puntuale ogni mattina, al risveglio, come se nel sonno approfittasse della mia assenza per alimentarsi.

So che non potrò nasconderlo per sempre, so che un giorno riuscirà a spaccare quest'armatura di pelle che mi porto addosso... E so che, quando quel giorno arriverà, sarò costretta a spiegarlo... e, magari, a capirlo io stessa.

1986, TOLEDO

C'è a Toledo una strada stretta, tortuosa e buia che conduce a una casa di tre piani con un cortile interno. Un cortile da cui parte una scala con la ringhiera di legno che dentro è marcito.

È quasi ora di cena e marito e moglie hanno appena chiuso la porta di una piccola stanza al terzo piano. Fuori da quella porta, ad appena un paio di metri, c'è un bambino seduto sull'ultimo gradino della scala, in attesa che i suoi genitori escano. Gioca a battere i piedi per terra e intanto si affaccia dalle sbarre per osservare l'arcobaleno di vasi da fiori che decora il cortile.

Tre piani – e mezzo – più giù, in un deposito trasformato in laboratorio, un altro bambino osserva affascinato gli orologi appoggiati su un vecchio tavolo di legno, in attesa di essere riparati. Sa che suo padre gli ha proibito di entrare lì dentro, per questo chiede sempre al fratello di restare su, di guardia.

In quel preciso istante ha in mano un orologio da taschino, prezioso e caro – benché questo lui non lo sappia – che sembra perfettamente funzionante. Dorato, ha sul coperchio una strana incisione a forma di due cuori rovesciati, uno sopra l'altro. Lo apre e scopre dei magnifici numeri romani d'oro su un quadrante bianco immacolato. È un orologio da donna, ed è un regalo, benché lui non sappia neanche questo.

All'improvviso, al terzo piano, la porta della stanza si apre e i due fratelli sentono delle urla spaventose. Padre e madre gridano furibondi. Lei esce camminando all'indietro, forse terrorizzata, forse pentita... forse sta scappando da un marito che in quel momento ha il viso inondato di tristezza e di rabbia.

Confusione, paura, vergogna, ira, orgoglio...

E tra tutti quei sentimenti, una donna cade per tre piani, attraversando il vuoto verso un cortile pieno di fiori.

In alto, un bambino si tappa gli occhi per non vedere quello che è successo. Di sotto, suo fratello lascia cadere l'orologio che ha ancora in mano, sale di corsa i pochi gradini che lo separano da sua madre e si trova faccia a faccia con la tragedia.

Entrambi sperimentano un dolore senza precedenti.

2013, TOLEDO

Uscii con un buon anticipo da quella che – ormai da qualche giorno – consideravo come casa mia, proprio con l'intenzione di tirar tardi in quelle stradine che sembravano labirinti. Chiusi la porta cercando di convincermi che l'avrei lasciata sola al massimo per due o tre ore. E malgrado questo, scesi senza troppa convinzione, tentata di tornare indietro a ogni scalino.

Aprii il portone malvolentieri, inciampando nel freddo che a quell'ora già iniziava ad abbracciare la città. Camminai diretta alla piazza, curva su me stessa e con le mani in tasca.

Là, tra decine di vite che si godevano un venerdì sera, individuai un gruppetto di persone ferme accanto a un piccolo chiosco e intuii che fossero loro.

«Aspetti qui, alle otto e mezzo cominciamo» mi disse una ragazza mettendo via i soldi in una piccola pochette di plastica.

Mi allontanai di qualche metro in attesa che arrivasse l'ora; mancava ancora una decina di minuti. Pochi, se hai qualcuno con cui parlare... un mucchio se, come nel mio caso, non conosci anima viva. E dunque, da quel balconcino che si chiama solitudine, mi affacciai per osservare qualcuna delle persone con cui avrei condiviso le due ore successive.

Proprio accanto a me, alieni al mondo, due ragazzi – ciechi di parole – sentivano il bisogno di comunicare attraverso il tatto: labbra e mani erano il loro alfabeto minimo. Poco distante, anche altre tre ragazze usavano le mani ma per giocare con i cellulari, le dita come insetti sugli apparecchi, e comunicavano con altra gente chissà dove, magari a migliaia di chilometri, o forse – chissà – solo tra loro.

Davanti a me, su una panchina, una coppia, a prima vista più consolidata, di quelle che hanno abbandonato i linguaggi alternativi, di quelle che, anche nel bel mezzo di una conversazione, hanno i pensieri molto più distanti delle parole. In quel momento gli sguardi non si incrociavano: lei parlava al telefono mentre lui voltava la testa – senza farsi notare – per dare un'occhiata alle riviste porno esposte nella vetrina dell'edicola.

Qualche metro più a destra, alcuni amici non smettevano più di ridere, due signore anziane si erano infervorate in una piccola discussione e un uomo e una donna sembravano fluttuare nell'aria: mi soffermai sui loro visi, e mentre le loro parole si accarezzavano con il respiro, erano gli occhi a baciarsi con lo sguardo.

Rimasi a fissarli un po' troppo a lungo, ricordandomi di quando anch'io volavo, quando i nostri sentimenti grondavano miele, di quei momenti in cui mai mi sarei accorta se un'altra coppia camminava quasi senza toccare terra. Ammetto che li invidiai, ma non fu un'invidia sana, perché l'invidia sana non esiste.

C'erano anche altre persone lì intorno, che probabilmente appartenevano al gruppo... e poi c'ero io.

Sì, io; al singolare, dispari, sola soletta.

Mentre una parte della mia famiglia era a poco più di cinque minuti, l'altra parte si trovava a quasi trecento chilometri. In realtà sapevamo che poteva succedere: restare separati per qualche periodo era una possibilità che avevamo previsto, ma non avevamo mai immaginato che potessimo essere tanto lontani. Ci eravamo trasformati in tre vite che tentavano di incastrarsi a distanza.

Adesso so che il problema principale quando vuoi ricomporre un puzzle non è che manchino i pezzi, ma il contrario: che ce ne siano troppi! E quando succede, c'è sempre qualcuno che ne esce sconfitto.

Così, mentre continuavo ad analizzare vite altrui, comparve un uomo alto, magro, oltre la sessantina, che con un volto serio e un ventaglio in mano, avviò il gruppo.

Ci spostammo verso un'estremità della piazza, distribuendoci come in un piccolo teatro intorno all'uomo che ci aveva dato il via. E io, come al solito, mi accomodai in quel posto, da cui, per la sua posizione defilata, sai che non ti chiameranno mai per salire sul palco.

«Buonasera a tutti» salutò con voce imponente. «Mi chiamo Luis, Luis Martínez. Benvenuti a Toledo.»

Ci lasciò in attesa in un silenzio esagerato.

«Molto bene, cominciamo. Come vi ho detto, il mio nome è Luis e oggi trascorreremo insieme due ore che spero vi sembreranno dieci minuti. Questa sera conoscerete la vera Toledo, non la città che si descrive nelle guide turistiche, ma quella reale. La Toledo che in molte occasioni diventa magica. Questa sera attraverseremo i segreti che la città nasconde. Be', non tutti, perché per farlo non ci basterebbe una sola vita... Se durante la visita avete dubbi di qualunque genere, basta alzare la mano e se la domanda non è troppo difficile forse riuscirò a rispondervi. Debbo avvertirvi che ci addentreremo in autentici labirinti, stradine così strette che dovrete decidere se passare voi o la vostra ombra.» Sorridemmo. «Vi assicuro che la maggior parte delle volte è impossibile passare a braccia aperte» continuò, facendo il gesto di allargare le braccia.

«Ve lo dico perché potrebbe accadere che qualcuno si perda. Non preoccupatevi, perché non sarete né i primi né gli ultimi. Se capita, la prima cosa da sapere è il nome della piazza dove ci troviamo adesso, perché sarà l'inizio e la fine della visita, e sarà perciò il luogo di cui domanderete se vi smarrite. Questa piazza si chiama Zocodovér, e non *Zocodóver* come dicono in molti. Sì, lo so che potrebbe essere difficile da ricordare; e se è difficile per voi, figuratevi per uno straniero! Spesso succede che loro – gli stranieri – non riescano proprio a pronunciarlo, questo nome, o a tenerlo in mente, e allora suggerisco che, se si perdono, chiedano del McDonald's: di solito lo sanno pronunciare meglio. Nella parte vecchia di Toledo, poi, c'è solo questo, qui alla vostra destra.»

Tutti ci lasciammo sfuggire un piccolo sorriso e ci guardammo intorno, come per memorizzare il luogo in cui dovevamo tornare se per una qualche inspiegabile ragione ci fossimo persi.

«Come vi dicevo, questa sarà una notte speciale. Una notte in cui scoprirete che le statue, a volte, prendono vita; che la tristezza di una fanciulla può rendere amara per sempre l'acqua di un pozzo o che per queste strade, molti anni fa, passeggiò un 'uomo di legno'.»

Alla stessa ora, a varie strade di distanza.

Marta ha, già da qualche minuto, la sensazione di essere seguita. Non si è voltata perché ha più paura a farlo che a continuare a credere che sia solo la sua immaginazione. È che finché uno non guarda, può crogiolarsi nella speranza di essersi sbagliato.

È già buio e il freddo le ricorda che vive in una città in cui l'inverno ruba ogni anno qualche giorno all'autunno. Svolta e, senza smettere di camminare, inizia a fissare la sua ombra, soprattutto quando la vede allungarsi, mentre passa sotto i lampioni. È il momento migliore per scoprire se c'è qualcun altro dietro di lei; però no: se qualcuno la segue non è così vicino.

Tuttavia, un'eco di passi le fa accelerare andatura e battito cardiaco; e a partire da quel momento è il terrore che la fa smarrire.

Arriva all'angolo sentendo il cuore che batte fin nel palmo delle mani, si ferma e si rende conto che deve prendere una decisione.

Ha due opzioni: fare il giro lungo passando per tre strade più ampie, o attraversare la viuzza che inizia lì alla sua sinistra, una stradina tanto buia quanto stretta, che però la porterebbe a pochi metri da casa sua.

Sceglie la via breve. Gira a sinistra e prima di infilarsi nell'oscurità si volta indietro: non vede nessuno. Sospira di sollievo.

Però il grande problema di avere la paura come compagna è che tende a confondere le idee, e ovviamente, se qualcuno ti segue non significa che sia dietro di te.

«Bene, cominciamo proprio da qui. Questa piazza fu il centro nevralgico della città per moltissimo tempo. Il nome, Zocodover, viene dall'arabo e, come già saprete, *zoco* significa 'mercato', e la parola completa significa 'mercato delle bestie da soma'. Fu il luogo più importante della città dal Medioevo. Ma non solo per il mercato, c'erano molte altre ragioni. Per esempio, qui si proclamavano gli autodafé dell'Inquisizione e qui si tenevano le esecuzioni pubbliche dei condannati. Sì, proprio qui, dove ora posiamo i piedi, si sono perpetrate centinaia di omicidi nel nome della religione.»

Tutti ci guardammo istintivamente i piedi, come se lì, sotto di noi, ci fossero ancora i resti di quanti nacquero nell'epoca sbagliata, quando la fede smuoveva montagne e distruggeva vite.

«In questa piazza si fece abbondante sfoggio del sambenito, la mantellina che indossavano i penitenti cattolici per manifestare il pentimento e fare atto di umiltà per i peccati commessi. Era una specie di sacco, come un poncho, con un buco per la testa. Da qui il nome: *saco bendito*, 'sacco benedetto'. Normalmente sulla mantellina veniva ricamata una croce, ma ce n'erano anche con le fiamme dell'inferno, con demoni o altri simboli che facevano riferimento alle varie condanne. Per esempio, le fiamme rivolte verso l'alto indicavano che l'accusato sarebbe morto sul rogo, mentre se le fiamme erano capovolte la vita gli era risparmiata, ma sarebbe stato arso vivo in caso di recidiva... e visto che in quel periodo bastavano tre accuse per avviare un processo, potete capire quanto fosse facile mettere a morte qualcuno. Vi immaginate se esistessero oggi i sambeniti per i nostri politici, con disegni diversi a seconda del tipo di corruzione di cui si sono macchiati?» Risata generale. «Una volta eseguita la condanna a morte, passato un periodo stabilito, il corpo veniva trasferito nel clavicote, una specie di gabbia dove il cadavere restava esposto in attesa che i cittadini offrissero le elemosine per la sepoltura. Anche il clavicote venne sistemato in questa piazza. In più, qui venivano portati anche i cadaveri di tutti coloro che, ammazzati, affogati o comunque morti senza testimoni, potevano così essere identificati da qualcuno.

«Va detto: non tutto ciò che accadeva in questa piazza era così macabro. Come vi spiegavo all'inizio, qui si faceva il mercato, si concentravano le botteghe... e qui si celebrarono grandi feste. Addirittura questa piazza è stata soprannominata 'la portineria della Castiglia', ovvero il luogo dove la gente si fermava per informarsi sulle ultime novità e dove si scambiavano notizie e pettegolezzi: per sapere come andava la guerra nel tal posto, scoprire se Tizia o Caia si sposava, se aumentavano le tasse... anche se la maggior parte delle volte, come sempre succede, si parlava così, tanto per farlo. È qui che nascevano i piccoli e grandi mormorii della città, e poi di tutto il paese. In sintesi, non funzionava diversamente dalla stampa rosa di oggi. Seguitemi, di qua.»

Il gruppo si mosse di nuovo, e io con gli altri; restando in fondo, con lo stesso disagio di chi va da solo al cinema.

«In questo momento stiamo attraversando la calle del Comercio o via Larga, e tra poco passeremo per una strada dal nome strano: via dell'Uomo di legno. Al ritorno vi racconto la storia a essa legata... o leggenda.»

Procedemmo, sfilando davanti all'imbocco di vicoli strettissimi che si aprivano su entrambi i lati della strada. Via via che avanzavamo, sembrava che la città volesse intrappolarci, perché la distanza tra i muri diminuiva, dandoci la sensazione di entrare in un imbuto di pietra.

«Mi fa sorridere» continuò la guida «quando uno torna da una crociera e racconta: 'Sono stato in quella città e in quell'altra'. In realtà, l'unica cosa che è riuscito a fare è stato pestarla, ma tra pestarla e vederla alla tv non c'è poi molta differenza. Una città bisogna viverla, sentirla, toccarla... Toccate, toccate queste pareti e sentite il freddo che Toledo patisce ogni notte.»

E subito eccoci lì, tutti ad accarezzare con le mani quei grandi muri di pietra.

Entra nel vicolo e, a tentoni, senza dare il tempo alle pupille di abituarsi all'oscurità, inizia a correre. Non ha visto nessuno alle sue spalle, ma la paura di poco prima le è rimasta in mente.

Quando le mancano ormai pochi metri, vede il chiarore che penetra nel vicolo dall'estremità opposta spegnersi come una piccola eclissi: tre ombre bloccano l'uscita.

Forse, se in quel preciso istante scappasse di corsa nell'altra direzione, potrebbe sfuggire, ma sarebbe già dovuta scattare, prima ancora di pensarci.

È immobile.

Comincia a sentire il proprio corpo come mai prima d'ora: il cuore che pompa a una velocità anomala; lo scorrere del sangue in luoghi sconosciuti della sua anatomia; il calore che affiora da ogni singolo poro, il tremore convulso e inarrestabile... gli occhi confondono i contorni di ciò che la circonda.

E, all'improvviso, un tepore insolito che le scende lungo le gambe: se l'è appena fatta addosso.

Continuammo a camminare fino a un'altra piazza su cui si affacciava uno di quegli edifici che, solo a guardarli, ti fanno viaggiare nel tempo.

«Bene, siamo arrivati alla cattedrale di Santa Maria di Toledo. Per il momento non voglio dirvi altro, restiamo in silenzio e ammiriamone la bellezza.»

Tra la penombra delle poche luci e una nebbiolina che iniziava ad avvolgerci, la fantasia mi trasportò in un passato pieno di storie d'amore e d'avventura. Pensai a tutto ciò che doveva aver vissuto quella città, alle vicende che sarebbero rimaste nascoste tra le sue strade. Non immaginavo che tra pochi giorni avrei iniziato a scrivere – e soprattutto a nascondere – anche la mia.

«Se ci fate caso» la voce ruppe il silenzio «c'è qualcosa di molto particolare: anziché avere due torri campanarie, come la maggior parte delle chiese gotiche, questa ne ha una sola. In realtà la seconda stava per essere completata, ma alla fine è rimasta così. Ci sono due teorie al riguardo. La prima è che impiegarono il capitale stanziato per 'altre cose' e dopo non ci furono più soldi per finirla: è una storia che avete già sentito, vero? La seconda: gli architetti dissero che il terreno non avrebbe sostenuto una seconda torre, e anche questo ha una sua logica perché, forse non lo sapete, ma Toledo, sotto, è vuota.

«Però se c'è una storia curiosa che riguarda la cattedrale, è quella della sua campana» continuò. «Questa chiesa ha la campana più grande di tutta la Spagna e una delle più grandi del mondo; la chiamiamo, con uno slancio di creatività, la Campana Grassa. Venne fusa nel 1755 ed è alta più di due metri, con una circonferenza di oltre nove e un peso che oscilla tra le quindici e le diciassette tonnellate, secondo a chi lo chiedete. Sì, lo so cosa state pensando: come diavolo hanno fatto a metterla lassù? Be', ce l'hanno fatta, ma hanno dovuto chiamare un gran numero di marinai di Cartagine. Non perché noi toledani non fossimo abbastanza forti, eh?, ma solo perché quelli erano abituati a maneggiare verricelli e grandi pesi. Si dice abbiano impiegato sette giorni per issarla.»

Tutti restammo a bocca aperta davanti all'altezza della torre, a immaginarci le dimensioni della campana.

«Una volta messa a dimora, pensate all'aspettativa che si era creata tra la gente. Bene, il 9 dicembre 1805, il giorno di Santa Leocadia, venne suonata per la prima... e ultima volta.» Si levò un mormorio collettivo. «Racconta la leggenda che, quando suonò il primo e unico rintocco, si ruppero tutti i vetri di Toledo, che il rumore si sentì fino a Madrid e che tutte le donne incinte che c'erano in quel momento in città partorirono... Forse quest'ultimo dettaglio appartiene alla leggenda, ma il colpo inferto alla Campana Grassa fu così potente che la incrinò e da allora non è stata più utilizzata. Era così grande che ancora si tramanda una filastrocca che dice: *Sotto la campana della cattedrale c'è posto per sette sarti, un ciabattino e un generale...*»

Lo applaudimmo, per il suo modo di recitare.

«Bene, seguitemi» disse sorridendo.

Marta rimane immobile mentre le tre figure avanzano. I loro sguardi puntano a terra: quella piccola pozza è la dimostrazione che hanno già vinto.

Tre ombre che rimangono tali anche quando si avvicinano, quella poca luce non riesce a illuminarle in volto.

Per qualche istante nessuno parla, i loro respiri compongono la colonna sonora di un'attesa che diventa infinita.

La circondano e lei glielo consente, si è appena trasformata in una marionetta che ha consegnato i fili. La spingono contro il muro, le mettono una mano alla gola e mentre una delle ombre accende un cellulare per filmare quanto sta per accadere, un'altra le strappa lo zaino e rovescia per terra tutto quello che c'è dentro: due libri di inglese, un piccolo astuccio con i trucchi, diverse penne, gli assorbenti, il diario della scuola e tonnellate di paura.

Il gruppo si mosse e ci addentrammo per alcune stradine che sembravano zigzagare come serpenti...

«Ci sono varie ragioni per cui un tempo si facevano strade così strette» continuò la guida. «Da una parte era un modo per ripararsi dal freddo dell'inverno e dal calore dell'estate, ma era perfetto anche come sistema difensivo, perché se la città veniva attaccata questi vicoli tortuosi confondevano il nemico.»

E così, attraversando luoghi che ci conducevano in altre epoche, ascoltando leggende di fantasmi che sembravano ancora accanto a noi e scoprendo un segreto a ogni angolo, ci avvicinammo alla piazza dove sarebbero cominciate le mie due storie.

«Bene, eccoci giunti in un punto molto particolare, venite avanti e mettetevi qui, intorno a me, perché voglio raccontarvi una bella favola d'amore.»

A poco a poco occupammo con la nostra presenza lo spazio lasciato dalla notte; raggruppati, in silenzio, davanti a un uomo che aveva iniziato a conquistarci.

«Ci troviamo nella piazza di Santo Domingo El Real. Nel caso qualcuno la ricordi, è qui che si svolge (o almeno, finora i critici ritengono così) una parte della leggenda delle *Tre date*, del poeta Bécquer. Guardatevi intorno e immaginatevi un giorno qualunque di circa centocinquanta anni fa...

«Narra la leggenda che Bécquer si trovasse da queste parti quando, passeggiando per una strada di solito deserta, notò che le tendine di una finestra si scostavano e subito venivano richiuse. Immaginò che un paio di occhi bellissimi lo stessero guardando, perché dietro quella magnifica finestra poteva nascondersi solo una fanciulla incantevole. Passarono i giorni e ogni volta che Bécquer camminava per quella strada, faceva più rumore del necessario battendo le scarpe sul selciato, per avvisare della sua presenza.

«E di nuovo, un pomeriggio, accadde la stessa cosa... le tende si mossero, ma neanche questa volta riuscì a vederla in viso. Malgrado la curiosità, pochi giorni dopo fu costretto a lasciare Toledo e annotò sul quaderno una prima data.»

Si interruppe per qualche istante; il silenzio era tale che la città sembrava addormentata. Noi invece eravamo perfettamente svegli, immobili, attenti... come quei bambini che si riuniscono di notte in mezzo al bosco per ascoltare racconti di paura intorno al fuoco.

«Passato un certo tempo, Bécquer tornò a Toledo e, ancora una volta, un pomeriggio, passando in questa stessa zona della città scorse una giovane mano che lo salutò dalla finestra. Sfortunatamente, come era successo nelle occasioni precedenti, non riuscì a vedere il viso. Aspettò e aspettò, ma quella bellissima donna – così lui la immaginava – non si affacciò più. Alla fine, dovette nuovamente partire per Madrid, e annotò una seconda data. Superfluo dire che in tutto quel tempo Bécquer, che si innamorava facilmente, si era creato mille fantasie riguardo a quella misteriosa e affascinante fanciulla.»

La guida tacque un'altra volta e io ne approfittai per chinarmi e legarmi una stringa ribelle. Accucciandomi, notai uno strano disegno alla base del muro. A prima vista sembrava una clessidra, ma guardando meglio mi accorsi che in realtà erano due cuori speculari, uno sopra l'altro, che si univano nelle punte. All'interno del primo cuore c'erano due iniziali e nel secondo una data: 22-X-1984.

«Passato un anno» ricominciò la guida, «Bécquer tornò in questa piazza senza essersi dimenticato di quelle due date. Passò di qui varie volte, sperando di rivedere la fanciulla dei suoi sogni. Un giorno, nel corso di una delle sue numerosissime passeggiate, sentì il suono di un organo accompagnato da un canto che usciva dal convento che avete alle vostre spalle.» Tutti ci voltammo. «Chiese che cosa succedesse e gli dissero che una novizia stava prendendo l'abito. Bécquer, spinto dalla curiosità, si affacciò e seguì con attenzione tutta la cerimonia, senza riuscire mai a distinguere il viso della ragazza. Una volta concluso il rito, si aprì la porta e la nuova sposa di Dio varcò la soglia della clausura. In quell'istante il poeta la vide e...» – quell'uomo, complice il silenzio che ci circondava, ci aveva totalmente catturato – «volle sapere chi fosse quella giovane.

«Gli dissero che si trattava di una fanciulla rimasta sola dopo la morte dei genitori, una ragazza che non aveva nessuno con cui condividere la propria vita. Quando chiese dove abitasse, gli indicarono una finestra ed ebbe un tuffo al cuore, perché era proprio la finestra che lui conosceva benissimo. Come immaginerete, Bécquer uscì dal convento distrutto, sicuramente passò il resto della giornata pensando che se avesse bussato a quella porta, se l'avesse conosciuta in tempo... Questa è la terza data, una data che non scrisse mai perché confessò di averla impressa nel cuore per sempre.»

Ci lasciammo sfuggire un piccolo sospiro che svanì nella notte.

«Bene, come vedete è una bella storia che non ebbe un lieto fine, o almeno non il finale che Bécquer si sarebbe aspettato. E ora continuiamo, spostiamoci in quella direzione, verso quei vicoli coperti.»

Avrebbe potuto farlo qualunque innamorato, però qualcosa non mi tornava: la data, le lettere e soprattutto la fatica che richiedeva... quel disegno era scolpito nella pietra. Un lavoro troppo complicato per l'immediatezza di un adolescente. Alla fine la curiosità ebbe il sopravvento e, prima che la guida si allontanasse dietro al gruppo, mi avvicinai.

«Senta... Luis, vero?»

«Sì, mi dica» mi rispose con un gesto cortese, appoggiandomi la mano sulla spalla.

«Ecco, c'è un disegno, qui dietro, proprio dove il muro finisce e inizia la cancellata, non so, è strano...»

«Ah, mi fa vedere dov'è?» disse e mi accompagnò per qualche passo.

«Guardi, è qui» glielo indicai col dito.

L'uomo si accucciò, guardò il graffito e accarezzò lentamente la parete, come se ogni angolo di quella città facesse parte della sua vita.

«Accipicchia, lei è un'ottima osservatrice» mi rispose, «ma probabilmente è l'opera di qualche giovane innamorato. Questa piazza è molto evocativa, proprio per la storia che vi ho appena raccontato. Non c'è da stupirsi che qualcuno abbia voluto lasciare una testimonianza del suo amore... mettendolo per iscritto» sorrise.

«Ma è che...» continuai «la data è 1984, e se si pensa

alla comodità delle bombolette spray, chi si metterebbe a fare un lavoro del genere per incidere la pietra?»

«Chissà, magari esiste ancora qualche romantico.» Altro sorriso. «In più, se ci pensa, questo non se lo porta via la pioggia.»

«La pioggia?»

«Sì, certo. Gli spray si scoloriscono con la pioggia. Anzi, la pioggia scolorisce tutto: i visi, gli sguardi, i ricordi... perfino le strade» mi disse, continuando a sorridere. «Ora andiamo, sennò ci perdiamo il gruppo.»

Invece fui io quella che, a partire da quel momento, iniziò a perdersi.

E all'improvviso, come le brutte notizie che ti raggiungono per telefono nel cuore della notte, sente che le scoppia lo stomaco.

Come reazione, il corpo emette un grido in cui si fondono paura e dolore. Un grido che urta contro i muri del vicolo e si dilegua verso la città.

Un pugno l'ha colpita con una tale forza che il corpo si accascia e cade in ginocchio per terra.

Le tre ombre si fermano un momento in attesa.

«Che bambina! Avete sentito come strilla?» dice una voce piena d'odio a pochi centimetri dalla sua faccia.

«Lo sai cosa succede a chi mi pesta i piedi?» continua, incombendo su un corpo che ascolta senza capire che cosa stia succedendo, un corpo che cerca, mentalmente, tra le ultime azioni, quella che può aver scatenato una simile esplosione di violenza. Per un momento, pensa che forse abbiamo sbagliato persona.

«Non capisco» si azzarda a dire.

«Non capisco. Non capisco. Non capisco...» la sua carnefice le fa il verso. «Però l'altro giorno, quando facevi la gatta morta col mio ragazzo, capivi, vero?» Questa frase inizia a chiarirle i dubbi, se non altro c'è un motivo, come se questo, in qualche modo, bastasse a giustificare l'aggressione.

È successo due giorni fa, impossibile dimenticarlo. Si era fermata qualche minuto a chiacchierare con le amiche all'uscita della scuola e come sempre avevano parlato di ragazzi. Poi le aveva salutate e si era avviata verso casa. Aveva attraversato la strada, imboccato la traversa sull'angolo e qualcuno l'aveva chiamata.

Si era voltata e lì c'era il ragazzo per cui tutte stavano perdendo la testa: Dani, uno di seconda. Lui le parlava ma lei non lo sentiva. Si era fermato a guardarla e lei non aveva capito più niente... e, senza sapere come, si erano scambiati un bacio sulla guancia. A partire da quell'istante si era accorta di non avere più i piedi per terra...

«No... Io non ho fatto nulla, è stato lui ad avvicinarsi...» Tenta di spiegare, ma le parole le si ingarbugliano in bocca. «Io non lo conoscevo nemmeno, non sapevo che tu e lui... non lo sapevo...»

«Non lo sapevo, non lo sapevo! Non mi interessa!» urla l'altra, mentre l'afferra con rabbia per i capelli. «Se vedo ancora che ti avvicini al mio ragazzo, sai cosa ti faccio?» e in un baleno tira fuori un coltellino dalla borsa. «Ti affondo questo in quel faccino da troietta che ti ritrovi!»

Rimasi lì, a ripassare con le dita i solchi di quei due cuori, sentendo la carezza fredda della pietra sulla pelle.

La pioggia? ripetei. Non capivo niente.

Non pensavo affatto che quel muro e quel graffito avrebbero avuto un ruolo così importante nella mia vita; mai avrei immaginato che, di lì a qualche giorno, appoggiata a quelle stesse pietre, avrei rinunciato a ogni difesa, abdicato a tutti i miei principi.

Mi stavo già tirando su quando, come un sussurro dalla città, mi arrivò l'eco di un grido; un grido diverso da quelli che riempiono le notti dei venerdì.

Potevo ignorarlo e affrettarmi a raggiungere il gruppo, che stavo perdendo, ma l'intuito me lo impedì. Mi alzai in piedi e mi allontanai dalla piazza seguendo la scia di quel suono che sembrava figlio del dolore. Orientai l'orecchio alla ricerca della paura, come un rabdomante dirige la bacchetta sulle tracce dell'acqua.

Mi affacciai alla prima traversa: niente. Accelerai il passo verso la successiva: niente; quella dopo: niente; ma, superato l'angolo, guardai a sinistra e alla fine di una viuzza mal illuminata intravidi delle figure per terra.

E senza pensare – perché di sicuro se ci avessi ragionato non mi sarei avventata con tanta incoscienza – urlai dall'imboccatura del vicolo: «Ehi, cosa succede laggiù?»

«Cosa succede laggiù?» riecheggia nella notte.

Tre figure voltano la testa verso l'imbocco della strada, lasciando che un silenzio teso si insinui tra loro e quella voce non invitata.

«Ne parliamo un altro giorno, troia!» si sente urlare nell'oscurità.

E le tre ombre si avviano verso l'estremità opposta del vicolo, senza fretta, forti di una sicurezza: sanno che, alla loro età, la legge le protegge.

Mi avvicinai ansimante, tremando, con un coraggio imprudente; senza sapere che cosa avrei potuto trovarmi davanti, senza sapere in che condizioni fosse quel piccolo fagotto che era ancora immobile, accoccolato sul selciato.

Mi accucciai e scoprii una bimba che tremava, raggomitolata su una pozzanghera. La accarezzai sulla schiena, con dolcezza, e la sua reazione istintiva fu di proteggersi da un altro possibile colpo, riparandosi la testa con le mani.

«Non avere paura, se ne sono andate...» le dissi sottovoce, cercando di non spaventarla ulteriormente, ammesso che fosse possibile. E la abbracciai; la abbracciai come avrei potuto abbracciare mia figlia. E lei, ancora tremando, tirò fuori le braccia e mi restituì la stretta. E così, malgrado fossimo due sconosciute, restammo l'una nelle braccia dell'altra per un secolo. In quel contatto mi accorsi di come, a poco a poco, il battito del suo cuore tornasse alla normalità, di come il tremore diminuisse e di come le lacrime arrivassero alla fine del percorso: nel mio collo.

«Ti hanno fatto qualcosa? Stai bene?» le chiesi quando iniziò a separarsi.

Alzò lentamente la testa, forse perché nella mente covava ancora la paura di essere presa a botte. Si guardò intorno e mi fissò negli occhi, mentre tornava alla realtà. Tentò di dissimulare il dolore raccogliendo vari oggetti e infilandoli nello zaino.

«Stai bene?» insistetti.

«Sì, sì» rispose, quasi senza voce, mentre con una mano si ripuliva dai segni del terrore che aveva ancora sulle guance.

«Davvero? Vuoi che chiami qualcuno? Ti hanno fatto male? Abiti qui vicino?» Una raffica di domande con l'intenzione, in qualche modo, di aiutarla.

«No, no, davvero, sto bene, sto bene...» rispose con parole che, uscendo, tentavano di superare le lacrime che aveva ancora nella gola.

Mi sentii impotente, senza sapere che cosa dire o fare. Si alzò, si scrollò di dosso come meglio poté i resti della vergogna e si mise lo zaino tra le gambe, tentando di nascondere una macchia che denunciava il cedimento.

Andammo insieme verso l'imbocco del vicolo, l'una accanto all'altra, due sconosciute con vent'anni di differenza.

«Vuoi che ti accompagni da qualche parte?» ripetei.

«No, non c'è bisogno, grazie... abito proprio qui» disse, facendo trapelare la fretta di sparire.

Si guardò intorno di malavoglia e poi riprese a camminare. Rimasi a guardarla mentre attraversava la strada... Avevo il cuore pesante.

In quello stesso momento, in lontananza, riconobbi i lampeggianti di una macchina della polizia. D'istinto, mi misi a gridare per chiamarla, facendo cenni con le braccia.

«Polizia!» urlai con quanto fiato avevo in gola. «Polizia!»

Urlai e mi agitai tanto che finalmente mi videro. Ma più l'auto si avvicinava e più la ragazza spariva, perché appena mi sentì gridare si mise a correre e un attimo dopo si infilò in un portone.

Anch'io, quel giorno, varcai una porta: si apriva su quest'altra realtà, un mondo che non posso rivelare a nessuno, neppure a me stessa.

Per alcuni istanti, che le sembrano ore, è incapace di infilare la chiave nella toppa. È come se tutto il vento del mondo in questo momento le si accanisse sulla mano, sul corpo, sulla vita, facendola vacillare.

Sta per suonare il campanello e gridare che è spaventata, che si sente sola, che se l'è appena fatta addosso, che ha bisogno che qualcuno l'abbracci, vanno benissimo perfino i genitori. È che in realtà, malgrado il trucco, la minigonna e l'altezza, è ancora una bambina, solo questo, tutto qui: una bambina.

Sta per annunciare che oggi, come quando era piccola, ha bisogno di dormire con loro, nel lettone. Dormire, e che la notte sia eterna, come una stazione da cui ormai non passano più treni. Ha bisogno di girarsi nel cuore della notte e di sentire la protezione del contatto fisico. Di sentirsi come quando non era ancora così grande. Adesso, dopo tanti anni in cui ha desiderato solo crescere, vorrebbe sentirsi di nuovo piccolina.

Dopo vari tentativi riesce a infilare la chiave. Spinge la porta e osserva da una fessura di pochi centimetri che per strada la donna che l'ha aiutata ora parla con un poliziotto. Resta lì finché non vede che lo sguardo, le parole e i gesti di quei due le stanno venendo incontro.

Allora chiude di scatto.

Si siede sul primo scalino, appoggia la schiena contro il muro e ricaccia indietro il dolore che l'attanaglia. Si domanda che cosa sia successo.

Fino a questo momento, la sua vita è stata abbastanza facile, non le è mai accaduto niente di simile, qualche litigio con i compagni, qualche discussione... ma nient'altro. Invece, adesso, quello che le è appena capitato...

Sente dei passi all'esterno e si alza di colpo. Sale le scale.

Ancora una chiave.

Apre la porta e in silenzio entra in casa.

Sua madre è in cucina.

Suo padre è sul divano.

E lei vorrebbe non essere da nessuna parte.

Infila la chiave al primo colpo, malgrado anche a lei tremino le dita, ma per un motivo diverso. Chiama l'ascensore e sale come ha già fatto tante volte. Si guarda nello specchio con un sorriso appena abbozzato, come al solito. Arriva al terzo piano e apre lentamente la porta, con una sensazione di vittoria.

In realtà non sa esattamente che cosa le piaccia di più: se avere il controllo su un'altra persona o essere ammirata e temuta da tutti. Forse è un misto delle due cose.

Non ammetterà mai che la vera ragione è l'invidia. Questa tizia nuova – Marta, ha saputo che si chiama Marta – è troppo figa. Troppo carina e, anche se questo non le interessa molto, perfino furba. L'aveva già vista, ma ha cominciato a farci caso solo quando l'ha beccata a parlare con Dani, con il suo – almeno nei suoi sogni – Dani, il ragazzo più bello della scuola. Sì, pensa, quella tizia si fa notare per molti aspetti, però, per fortuna, ha appena scoperto che è tanto debole quanto carina.

Sa che, se insiste con le aggressioni, potrebbe ottenere che trasferiscano Marta perché, come è già accaduto in altri casi, di solito è la vittima ad andarsene, non il carnefice. Sorride.

Esce dall'ascensore.
Ancora una chiave.
Apre la porta e in silenzio entra in casa.
Sua madre è già uscita.
Suo padre non è ancora rientrato.
E per lei sarebbe del tutto identico essere qui o altrove.

Mette l'auto in garage, apre la porta di casa, scollega l'allarme e lancia la giacca su una poltrona.

Si avvia con un sorriso verso la camera da letto. Sa che domani probabilmente intascherà dei soldi che gli faranno solo comodo: un politico corrotto – capirai che novità, sorride –, un assessore che la sera si dedica a qualche lavoretto extra, avvocati con pochi scrupoli, ricchi imprenditori che cercano compagnia nei letti degli altri... in realtà c'è solo da scegliere.

Inizia a spogliarsi, lasciando una scia di vestiti che va dal letto al bagno. Apre l'acqua calda e si infila sotto la doccia. E lì, sotto il piacere di quella pioggia ristoratrice, guardando il getto dell'urina mista ad acqua che si insinua nello scarico... emette un sospiro di soddisfazione.

Chiude gli occhi, abbassa la testa, avvolto dall'abbraccio delle gocce che gli cadono sul collo e gli scivolano addosso.

E mentre con la mano si insapona e arriva a quella parte sotto l'ombelico, si mette a pensare alla donna che ha conosciuto stasera. A come gli ha sorriso, a come è rimasta a guardarlo... sa di aver fatto colpo e, per di più, lei non è niente male. Immaginandosela nuda, con il movimento di una sola mano si regala un piacere che gli invade il corpo.

Appoggia le braccia al muro, sospira più volte e dopo che l'acqua si è portata via i resti del suo piacere, esce.

Forse dipende dall'uniforme, pensa mentre si ferma davanti allo specchio per rasarsi.

Si spalma la crema idratante e l'antirughe e infine va in cucina, apre il frigo, prende una birra e mette una pizza surgelata nel microonde, consapevole che a volte, con una sola cena, rovina dall'interno tutto ciò di cui si prende cura all'esterno.

Si butta direttamente sul divano, si sdraia e accende la tv.

I pensieri corrono di nuovo a quei segreti, a tutti i segreti altrui che memorizza e che finora gli hanno fruttato parecchi soldi. Si guarda intorno. Quale poliziotto potrebbe permettersi una casa del genere? Una macchina del genere? Un tenore di vita del genere? Sa che domani, come a ogni appuntamento, avrà molto da raccontare o, se sarà fortunato, da nascondere.

Guarda il mobile: la busta è ancora lì. Una busta piena di foto che valgono un bel mucchio di quattrini.

Infilai la chiave senza sapere che quell'incontro avrebbe cambiato la mia vita e, in un certo modo, anche quella di chi mi era vicino.

Aprii la porta ed entrai in silenzio. L'unica luce veniva da un televisore che faceva le veci di una candela davanti a una donna che, per l'ennesima notte, dormiva da sola sul divano.

Mi tolsi le scarpe e attraversai il corridoio fino alla porta di camera mia.

E lì, nel letto, lei. Mi avvicinai al suo corpicino per darle un bacio che alla fine diventarono mille minuscoli contatti sulla sua piccola guancia.

Mi spogliai, mi infilai il pigiama, mi lavai il viso e approfittai di quel momento per telefonare a mio marito.

La sera di un venerdì si scioglie nella notte e una coppia ha appena scoperto che, dopo mesi di tentativi, finalmente saranno genitori; lei, con il test di gravidanza ancora in mano, esce dal bagno tra lacrime di allegria e insieme si abbracciano con i corpi tremanti.

Nella casa accanto, al di là del muro, un marito vergognoso aspetta che tutta la famiglia dorma per avvicinarsi al computer e iniziare a masturbarsi; sua moglie da tempo non ha più voglia di niente e lui preferisce Internet che ritrovarsi ogni sera a incassare un rifiuto. Ci sarebbe un'altra opzione, più fisica, più clandestina, ma per il momento non la prende in considerazione.

Nel palazzo di fronte, al terzo piano, la luce di una camera si accende ogni pochi minuti. Due genitori si muovono agitati perché non sanno come placare la tosse che tormenta da ore il loro piccolino. Gli hanno appena dato lo sciroppo, eppure ci sono momenti in cui sembra quasi che la vita gli rimanga soffocata in quegli attacchi convulsi. Lo abbracciano, incerti se andare all'ospedale o aspettare ancora un poco.

Nell'appartamento di sopra, già a letto e con la luce spenta, una donna rilegge i messaggi sul cellulare mentre il marito dorme; l'ultimo è di un collega di lavoro: «Lunedì ti scopo un'altra volta, nel bagno ;-)». Sorride e lo cancella.

Nella stessa strada, dieci portoni più in là, due anziani dormono tenendosi per mano: lei sulla sedia a dondolo e lui accanto, sul divano; sanno di avere poco tempo ormai e che, quando uno dei due morirà, per l'altro la vita non avrà più senso. Nella casa vicina, un adolescente galleggia a una spanna dal letto: mercoledì l'ha conosciuta, si sono dati due baci e mentre le sfiorava le guance si è accorto che anche lei si staccava da terra. Bionda, con gli occhi azzurro cielo e un sorriso disarmante. Gli hanno detto che si chiama Marta e quelle lettere gli sono rimaste impresse nel cuore. Nello stesso edificio, due piani più su, una bimba si è nascosta sotto il lenzuolo perché ha paura dei mostri, soprattutto di quello che adesso è in salotto e urla alla sua mamma.

A due strade di distanza, in un attico, una coppia si addormenta nella vasca da bagno, tra la schiuma, le candele e un profumo di cannella; sanno che non è l'acqua a farli sentire così leggeri. A sinistra, al di là della parete, una ragazza che è da poco diventata maggiorenne ha ricevuto, proprio quella sera, la notizia che ha superato l'esame della patente. Si addormenta mentre sogna di accompagnare i suoi amici lungo strade infinite, verso avventure che poi diventeranno bellissimi album decorati e pieni di fotografie. Due piani più in basso, una ragazzina ormai quasi adolescente si addormenta accanto a un foglio che ha trovato, con sorpresa, nel suo zaino. Lo rilegge e sorride: «Che cos'è la poesia? dici mentre inchiodi nei miei occhi i tuoi occhi blu. Che cos'è la poesia! E me lo chiedi? La poesia... sei tu».

A tre strade da lì, un bambino è sicuro che diventerà un attore, perché di pomeriggio gli hanno scattato delle foto, nudo, negli spogliatoi della piscina; gli hanno dato dieci euro, ma in cambio della promessa di non raccontarlo a nessuno. Due piani più giù, un uomo vicino alla settantina, senza figli e vedovo da pochi mesi, conta i giorni che mancano alla fatidica mattina in cui si presenterà la polizia a sfrattarlo, come un volgare delinquente. Va a prendere un vecchio fucile che nasconde sotto il divano e lo carica con due cartucce.

A circa trecento chilometri, in un paesino, un uomo è rientrato dal lavoro già da due ore. La prima cosa che ha fatto, appena messo piede in casa, approfittando dell'inconsueta tranquillità, è stato riempirsi la vasca da bagno. Ha mollato la borsa nell'ingresso, i vestiti sul letto, e il corpo nella vasca. Ora è sott'acqua già da qualche minuto – con l'eccezione del naso – ad ascoltare i suoni che si sentono quando si è immersi: il ticchettio delle dita contro i bordi, il rumore delle ultime gocce che rimangono immancabilmente nel rubinetto, il movimento dei suoi stessi pensieri, le voci indistinte di qualche vicino, la suoneria di un cellulare che squilla nella notte, una suoneria identica alla sua... il suo telefono! Si alza di scatto, afferra un asciugamano e si dirige scalzo verso il tavolo da pranzo, lasciando un rivoletto d'acqua sul pavimento.

Se n'era completamente dimenticato.

«Ciao» mi rispose col fiatone.

«Ciao, che ti è successo? Ce ne hai messo a rispondere!»

«Stavo facendomi un bagno, sono dovuto uscire in fretta e furia...»

«Dài! Da quanto tempo non ti permettevi il lusso della vasca, eh?»

«Uff... neanche me ne ricordavo più! Come ti va da quelle parti, amore?»

Era il primo fine settimana che passavamo separati da chissà quanto tempo. Lui a casa nostra, e la bimba e io in casa di una – quasi – sconosciuta.

In quella telefonata parlammo di nostra figlia, della mia giornata di lavoro, di quanto lui fosse rientrato stanco dalla sua, del freddo che si avvicinava e di come era andata la mia visita guidata per Toledo... Gli dissi che la bimba stava bene, il lavoro come al solito e che la passeggiata era stata corta. Gli raccontai della ragazzina nel vicolo, e poi che avevo perso il gruppo e che mi sarei iscritta di nuovo al giro turistico in un'altra occasione. Ma non gli diedi troppa importanza, forse perché non volevo ritornare col pensiero a quando un poliziotto mi aveva fatto ricordare sensazioni ormai dimenticate.

Adesso so che quella notte fu la prima in cui iniziai a nascondere certi dettagli a mio marito, a fare acrobazie con la realtà. Invece volli convincermi che omettere qualcosa non significa mentire.

Quella notte mi addormentai ricordandomi della paura impressa sul viso di una ragazzina e pensando che al suo posto un giorno avrebbe potuto esserci mia figlia, e che avrebbe potuto essere una qualsiasi delle mie alunne; mi addormentai ricordandomi della pozzanghera di urina che nasceva dai suoi pantaloni, della violenza con cui era risuonata la parola *troia* sulle labbra di un'altra ragazzina... mi addormentai con l'immagine di quegli occhi verdi, di quelle braccia, di quell'uniforme e di quel sorriso che sembrava diretto solo a me; mi addormentai accorgendomi che, per un momento, avrei voluto fermare il mondo che mi ruotava intorno. Ricordai il suo sguardo e tutto ciò che mi aveva comunicato, perché ciò che non mi disse con le labbra, fu in grado di trasmettermelo con gli occhi.

Cercai di dormire, ma non ci fu verso: qualcosa me lo impediva, nervosismo, eccitazione... non lo so. Non riuscivo a togliermi dalla testa quel sorriso, che brillava sotto la luce dei lampioni di una città che sembrava incantata, quelle parole e quella conversazione che si era protratta molto più del necessario... perché in realtà non sarebbe stato indispensabile raccontargli che ero un'insegnante, che ero a Toledo per una supplenza di alcune settimane, che adesso abitavo in casa di una specie di zia, una cugina di mia madre che non vedevo più da anni... omettendo invece di dirgli che avevo un marito e una figlia. Anche se non dire, in realtà, non vuol dire mentire.

E nel mosaico di tutte queste esistenze, quando ormai mancano poche ore all'alba, in un laboratorio nel sottosuolo della città niente si è ancora addormentato.

Là dentro, più di duecento orologi funzionano all'unisono, o quasi. La maggior parte segna la stessa ora, gli stessi minuti e gli stessi secondi. Le lancette formano una coreografia del tempo, come ballerine che danzano tra gli istanti.

Di tanto in tanto, tra il silenzio della notte e il freddo che invade la stanza, uno sguardo conferma che l'ora è esatta e che la vita di tanta gente prosegue il proprio corso. Negli anni lui si è accorto che è di notte che gli orologi tendono a modificare il loro ritmo, come se durante il giorno non fosse possibile smettere di funzionare e solo di notte si potessero finalmente modificare i battiti della vita.

Su un tavolo, sotto la luce di una piccola lampada pieghevole, una figura dall'ombra lunga lavora a quegli orologi che perdono il ritmo in un insolito balletto col tempo. Con una lente che ormai è parte integrante dell'occhio e le mani abituatissime a toccare ingranaggi minuscoli, controlla ogni singolo pezzo per scoprire che cosa li faccia ammalare.

Questa sera sul tavolo sono approdati due orologi: due piccoli orologi, ospiti recenti di quella stanza. Uno va avanti, come se volesse saltare delle ore per arrivare prima all'alba; l'altro, al contrario, resta indietro fino quasi a fermarsi. La cosa strana è che hanno cominciato a funzionare male nello stesso momento, come se il motivo per il quale hanno alterato il proprio ritmo fosse identico.

E così l'ombra passa le sue giornate, i mesi e gli anni. Come in una specie di limbo il cui unico scopo è amministrare tutto il tempo che ha accumulato attraverso le dita.

SVEGLIARSI
NON È SOLO SMETTERE DI DORMIRE,
A VOLTE SVEGLIARSI È NASCERE O È MORIRE

Il fine settimana passa come una nave in piena notte: facendo un rumore che nessuno ascolta.

La mattina del lunedì attraversa le finestre della città mentre una coppia si sveglia con il desiderio di andare subito al lavoro per raccontare ai colleghi la notizia che presto in famiglia saranno uno – o una – di più. Nella casa accanto, al di là del muro, un marito si alza chiedendosi perché la sua compagna di letto e di vita non ci provi neppure più; si domanda che fine abbia fatto la loro passione, che adesso si è trasformata nel residuo di una relazione senza più ambizioni.

Nel palazzo di fronte, al terzo piano, due genitori si svegliano felici: il loro bambino non ha più tossito per tutto il fine settimana. Nell'appartamento di sopra arriva un messaggio su un cellulare che avrebbe dovuto essere impostato sulla modalità silenziosa; il marito, che è già in piedi, lo prende per porgerlo alla moglie, la quale trema di paura dentro, facendo l'impossibile per mostrarsi tranquilla fuori. Lo legge, lo cancella e si infila nervosa sotto la doccia, sapendo che tra un'ora al massimo lo rivedrà e sicuramente lo sentirà.

Nella stessa strada, dieci portoni più in là, due anziani si svegliano allegri, perché ancora una volta il sole ha deciso di entrare nelle loro stanze. Nella casa vicina, un adolescente apre gli occhi felice di andare a scuola... per rivederla, ovvio. Nello stesso edificio, due piani più su, una bimba si sveglia nel letto bagnato; se la prende con se stessa per essersela fatta addosso, ma la colpa è del mostro che, per fortuna, a quell'ora è già al lavoro.

A due strade di distanza, in un attico, una ragazza entra nel bagno e scopre qualcosa scritto col rossetto sullo specchio: «Se i fiori dormono, che splendido sonno!» A sinistra, al di là della parete, un'altra ragazza non vede l'ora di salire in macchina con sua madre, ma a ruoli invertiti. E due piani più in basso, una bimba entrerà in classe con il cuore radioso e una poesia piegata in tasca.

In una strada vicina, un uomo non è ancora andato a letto. Ha passato la notte a spedire messaggi di posta elettronica con file criptati contenenti foto di bambini nudi; guarda l'orologio e cerca di sbrigarsi. Gli resta a malapena un'ora per fare la doccia e correre in piscina, a tenere i corsi di nuoto.

Due strade più a destra, un altro uomo è già in piedi da ore, si è fatto la barba e si è messo il vestito buono, ha fatto colazione e poi si è seduto su una sedia dietro la porta di casa, in attesa che suonino il campanello, visto che sabato non si è presentato nessuno.

In pieno centro, una bambina apre gli occhi certa che, qualunque ora sia, è troppo tardi. Anche se sono già passati due giorni, le fa ancora male la pancia. Guarda verso la finestra e una bomba di ricordi le scoppia in testa quando vede le prime luci dell'alba. Avrebbe preferito svegliarsi con il corpo cucito al letto, per non dover uscire da quello che è diventato il suo rifugio.

L'orologio, in quei momenti, è il suo peggior nemico, ma sa che anche se lo rompesse, non potrebbe fermare il tempo: questo continuerà a spingerla – sempre avanti – obbligandola a svegliarsi, a vestirsi... a entrare in una scuola dove, per la prima volta dopo tanto tempo, non ha più voglia di andare. Potrebbe fingere di sentirsi male, ma servirebbe solo a rimandare di un giorno l'appuntamento.

Pensa che forse, se non rivolge più la parola a Dani, riuscirà a dimenticare tutto. Ma ignora che questo è solo l'inizio, perché venerdì sera ha dimostrato con assoluta chiarezza di essere pronta a trasformarsi in vittima.

A poche strade da lì, un'altra ragazza apre gli occhi sapendo che, qualunque ora sia, è di sicuro troppo presto. Vorrebbe almeno che fosse già spuntato il sole. Guarda verso la finestra e le prime luci illuminano un sorriso che non riesce a trattenere.

L'orologio, in quei momenti, è il suo peggior nemico. Non vede l'ora di essere in classe per mostrare a tutti quel che ha filmato col cellulare. L'anno è appena iniziato e ha già trovato qualcosa che la fa andare a scuola volentieri!

Aprii gli occhi e per la prima volta in molto tempo mi svegliai bagnata. All'inizio pensai che, come la bambina del vicolo di venerdì scorso, me l'ero fatta addosso; invece no: era tutta un'altra faccenda. Sorrisi.

Era da tanto che non mi succedeva. Mi accorsi che c'era mia figlia, lì, dormiva accanto a me, e mi vergognai.

Ricordavo vagamente di essermi svegliata varie volte durante la notte; avevo sognato una bambina che cavalcava un grido di paura, un grido che serpeggiava per le strade e in qualche modo mi arrivava addosso; poi avevo sognato un branco di lupi che la portavano via e la gettavano in un burrone, lo stesso a cui mi ero affacciata anch'io vedendo sul fondo un'auto: era un'auto della polizia e al suo interno c'era un uomo, che però non indossava l'uniforme, non indossava nulla.

Sentii un rumore dalla cucina e, vergognandomi, mi infilai veloce sotto la doccia.

Una moltitudine di piccole coppie sono in attesa che si apra la porta. Un cumulo di strutture familiari che si muovono assonnate. Un grappolo di automobili che affacciano le loro luci gialle su una mattina che ancora non è cominciata.

Bambini che trascinano trolley e rumori che li seguono ovunque; adolescenti dal passo lento e lo zaino in spalla che pende quasi fino a terra; genitori che completano il coro con passi, grida, sorrisi e rimproveri.

Fuori dalla scuola, un'auto della polizia è ferma vicino alle strisce pedonali. Al posto di guida un agente controlla dei dati mentre il suo collega è sceso per assicurarsi che non si ripeta ciò che è accaduto nei giorni scorsi. Un poliziotto che, malgrado i suoi doveri di vigilanza, sorride a chiunque gli passa accanto: ragazzini, padri, ma soprattutto madri. Madri che lo guardano di sottecchi, madri che si dicono l'un l'altra ciò che non osano raccontare al marito, madri che si immaginano situazioni che non riveleranno neppure alle amiche. Un poliziotto che oggi ha un appuntamento a pranzo con la sua prossima vittima.

Una ragazzina arriva sola e spaventata, con una cartella che sembra pesarle quanto la vita stessa. Guarda ripetutamente di qui e di là prima di attraversare, anche se il traffico è ciò che la preoccupa meno. Pensa che oggi sarà una giornata difficile, ma non immagina che, malgrado tutto, sarà molto più facile di quelle che verranno.

È bella, bionda e con un paio di occhi azzurri che certamente non passano inosservati. Ha il dono di un'intelligenza superiore alla media, eppure – inspiegabilmente – questo trimestre prenderà voti mediocri.

Cerca con lo sguardo un salvagente chiamato amiche, per infilarsi nel gruppo e trasformarlo in uno scudo contro ogni minaccia.

Un'altra ragazzina avanza sul marciapiede. Arriva presto, cosa che di solito non succede; questa bambina cerca con lo sguardo – e con intenzione – la sua vittima. Sa che l'intervallo sarà un buon momento per esibire il trofeo.

Una donna attraversa sulle strisce e quando alza gli occhi incrocia quelli che – pur nascosti dietro un paio di occhiali da sole – hanno la forza necessaria a farla fermare.

«Ciao» mi salutò con lo stesso sorriso.

«Ciao» risposi, a mezza voce, indecisa su come continuare la conversazione, e anche se volessi continuarla oppure no.

«Tutto bene? Come è finita venerdì sera?» mi chiese, intanto che si scopriva gli occhi e mi spogliava con lo sguardo.

«Sì, sì. Alla fine ho perso il gruppo, ma non importa. Grazie per l'aiuto» sussurrai, cercando, senza riuscirci, di guardare altrove.

«Be', in realtà non ho fatto niente, la ragazzina se n'era già andata. Ah, ho pensato che magari frequenta questa scuola, perché in effetti abita qui vicino...»

«È possibile, grazie, lo terrò presente.»

«Di niente, e buona giornata.» E inforcò di nuovo gli occhiali, velando quelle iridi che mi avevano imprigionato.

Suona la campanella, si apre la porta e la scuola si trasforma in una bocca che inghiottisce vite. Fuori restano genitori già in fuga verso la routine del lavoro: l'auto, il parcheggio, il caffè del mattino, la stessa sedia di sempre, i colleghi di sempre, la fretta di sempre, le lamentele, le risate, le preoccupazioni... Altri, invece, e sono ogni giorno di più, vagheranno in città in cerca di quella stessa routine che fino a poco fa odiavano, e di cui adesso sentono terribilmente la mancanza, in cerca di un lavoro che non solo porti soldi alla fine del mese, ma anche sogni e speranze.

Le undici di mattina di un lunedì.

Due uomini hanno appuntamento in uno dei ristoranti più costosi della città. Entrambi si presentano nervosi, uno – quello che ha scelto il posto – sa che non sarà a lui a pagare; l'altro – l'invitato obbligato – sa che comunque gli costerà carissimo.

Quando uno dei due entra gli comunicano che l'altro lo attende dentro, in uno di quei privé che ci sono nei ristoranti e dove non si fa caso se la carta di credito con cui si paga è privata o appartiene a un'istituzione pubblica.

Il consigliere si alza – più per educazione che per simpatia – e gli porge una mano velata di quell'umidità provocata dalla tensione e, soprattutto, dalla paura.

«Ciao, come va?» esclama il nuovo arrivato, togliendosi gli occhiali.

«Bene, bene» risponde l'altro, rimettendosi a sedere.

«Mi piace questo posto, non lo conoscevo. Ho scoperto che è uno dei preferiti dai consiglieri comunali per passare la mattinata» dice, pesando esattamente le parole. «Un po' caro per i miei gusti, però dài, in fin dei conti uno avrà pure il diritto di far fuori i soldi dei contribuenti come più gli piace...» e senza aspettare una replica prende il menu per ordinare.

Legge in silenzio per qualche secondo.

«Ammazza! Qui la birra più economica costa sei euro. Però, e che cavolo, si vive una volta sola, vero?»

Il cameriere si avvicina e punta lo sguardo sul suo cliente abituale.

«Io, il solito» gli conferma quest'ultimo.

«Be', io prendo la stessa cosa che ha scelto lui, e da bere una birra di queste» e piazza un dito sul menu.

Uno scomodo silenzio scende su due persone che non hanno nessuna voglia di trovarsi lì. Il poliziotto ne approfitta per svuotarsi le tasche e allineare meticolosamente sul tavolo gli occhiali, il telefono e un mazzo di chiavi. Per fortuna il cameriere torna subito con le bevande.

«Bene, come ti va in politica? A quanto pare te la passi alla grande, no?» rompe il silenzio. «Che differenza rispetto a quando eri inchiodato dieci ore al giorno alla scrivania, arrivavi presto, tornavi a casa la sera tardi... Non c'è confronto!» esclama, mentre beve un sorso di birra direttamente dalla bottiglia. «Però, be', è quel che succede quando uno ha un cugino nel partito: ti mettono in una lista e *zac*, tempo due anni guarda che roba!»

Il consigliere ascolta dietro un bicchiere di vino che non è abbastanza grande per nasconderlo.

«E la casa che ti stai facendo... Cavolo! Di sicuro te l'eri sognata tutta la vita. Tua moglie sarà al settimo cielo...» Il poliziotto fa una pausa deliberata, perché sa che può tirare la corda ma non romperla. Non sarebbe vantaggioso per nessuno.

«Bene, lasciamo stare i giri di parole e dimmi cosa vuoi» inizia a spazientirsi il politico, che ancora non è abituato a queste situazioni.

«Calma, calma, siamo venuti qui per pranzare» il poliziotto ricorre a un tono più calmo. «Cosa voglio? Uff... molte cose. Tanto per cominciare, un lavoro come il tuo, anche se non mi lamento» dice sorridendo. «Però, dài, per il momento mi accontento di qualche soldino. Per di più, con tutto quello che ti metti da parte, alla fine non te ne accorgerai nemmeno.»

«Non so a cosa ti riferisci.»

In quel momento ricompare il cameriere con due piatti identici: filetto iberico con un generoso contorno di funghi.

«Cavolo, questo sì che si chiama mangiare, altro che! Dài, non preoccuparti, sai che io ti capisco... Alla fine, la penso proprio come te» dichiara, mentre taglia la carne. «Tanto per cominciare sono dell'opinione che siamo tutti corrotti, ognuno nel suo piccolo, per come può, secondo le sue possibilità. Per esempio, che differenza c'è tra uno di voi e quel tizio che si lagna del governo ma poi nel suo bar tiene parecchi camerieri senza contratto? O quello che porta la macchina in officina ma preferisce risparmiarsi le tasse e paga senza fattura? O quelli che mentre protestano per la corruzione politica si gloriano di aver fregato il fisco sulla dichiarazione dei redditi? O tutti quelli che ora non possono pagare il mutuo, ma che prima hanno riempito una busta con i soldi in nero quando hanno firmato l'atto d'acquisto dal notaio? O che manifestano con cartelli con la scritta 'Ladri, ladri' e poi arrivano a casa e si scaricano tutto quel che possono da Internet senza pagare un euro? Nessuna. Ognuno è corrotto, al proprio livello, ognuno ruba per le sue possibilità...» continua masticando.

«Guarda, l'altro giorno, in un supermercato, ho beccato un tizio che metteva le mele in un sacchetto, le pesava e ci attaccava l'etichetta del prezzo. Poi riapriva il sacchetto e ce ne metteva dentro altre due o tre. È un furto? Ovviamente sì. L'unica differenza sta nella quantità rubata, ma la sostanza è identica. Certo, si può dire che se si ruba per mangiare non è la stessa cosa, che l'ha fatto perché la situazione è quella che è... ma, tra me e te, mi ci giocherei la macchina che se fossero stati orologi avrebbe fatto esattamente lo stesso.»

Il poliziotto ormai parla a ruota libera e il consigliere non riesce più a capire che piega prenderà quella conversazione.

«Eppure, malgrado tutto, quello che fate voi è peggio, perché in teoria voi dovreste dare l'esempio ai cittadini. Però certo... è così, così a portata di mano... È che quando i soldi non sono di nessuno, o meglio, quando sono di tutti... In più, avete la porca fortuna di vivere nel paese del Bengodi, in questo paese dove i politici non vanno mai in galera, dove non devono restituire neppure un centesimo... e questo vi dà una tale sicurezza che rubare è diventata un'abitudine, che cazzo!» Si infila un boccone di carne in bocca. «L'hai sentita l'altro giorno la notizia dei quel politico cinese che è stato condannato a morte per corruzione? Se una volta lo facessero anche qui, una sola volta, vedresti come cambierebbe tutto; però, ovviamente: chi è che fa le leggi?»

Il consigliere, già da alcuni minuti, si mantiene ai margini della conversazione, senza azzardarsi a intervenire. Quando un compagno di partito gli diede l'idea per risparmiarsi un bel gruzzoletto di soldi nella costruzione della casa nuova, non pensò affatto che qualcuno lo venisse a sapere e neppure che quel qualcuno – un poliziotto, con tanto di uniforme addosso – si sarebbe presentato a ricattarlo.

«Però c'è una cosa che non ho mai capito: com'è possibile che nessuno controlli e faccia due più due? Quello che guadagnate e quello che possedete. Basterebbe per far venire tutto a galla. Non è possibile che un consigliere qualunque con uno stipendio medio abbia automobili così, possa permettersi certi viaggi, disponga di due o tre case... sarebbero sufficienti quei soldi e il paese farebbe un balzo in avanti, non servirebbe più tagliare i finanziamenti in nessun settore. Invece no, non lo fa nessuno...» Si interrompe un istante, guarda l'altro negli occhi. «Be', certo, che idiota, chi lo dovrebbe fare? Voi?» ride. «Bene, vengo al sodo, perché non voglio farti perdere altro tempo. Ho bisogno di un po' di soldi, e visto che tu ne risparmi parecchi per la costruzione della casa nuova, non sarebbe male fare a metà, non trovi?»

«Non so a che cosa ti riferisci» risponde di nuovo il consigliere, ogni volta più teso.

«Invece credo che tu lo sappia, guarda.» E gli consegna una busta con alcune foto. Appena estrae la prima, al consigliere passa la voglia di mangiare.

A quella stessa ora suona un campanello.
Un secondo più tardi, uno sparo.
Fuori, tre uomini si paralizzano.
Dentro, un altro ha smesso di muoversi.

«Non so cosa significhino queste foto.» Il tremore delle mani, tuttavia, sembrerebbe dire il contrario.

«Ma sì che lo sai, però vabbe', magari hai tante cose per la testa che te lo sei dimenticato. Non preoccuparti, te lo spiego io» risponde, mentre con il dito indica le persone riprese nelle foto. «Guarda, questi che vedi qui sono alcuni dipendenti del Comune che stanno lavorando a casa tua da oltre due mesi.» Fa una pausa, per godersi il momento. «Forse – ma questa è solo una mia supposizione – è per questo che ci sono scuole dove ancora la perdita del tetto non è stata riparata, o il centro anziani è ancora senza il muro che è venuto giù con quei temporali, o magari questo spiega la ragione per cui quei lavori di ristrutturazione alla polisportiva non sono ancora iniziati...»

Il silenzio è sempre più denso, un silenzio che sembra inghiottire qualsiasi risposta.

«E sai una cosa? Sono stato tentato di fare un giro lì dentro e denunciare tutto, però mi sono detto, e che cazzo!, tutti abbiamo diritto a un'opportunità, e allora prima sono venuto da te, per chiederti che cosa possiamo fare.»

«Cosa possiamo fare...?» chiede il consigliere, balbettando. Si è già arreso, ripensa al lavoro che aveva prima, in ufficio, quando banalmente andava, lavorava e tornava a casa la sera. Lui non è fatto per queste cose, si era solo adeguato a quella che gli avevano presentato come una pratica abituale nel cerchio ristretto della politica: perfino quelli dell'opposizione lo sapevano, e nessuno diceva niente.

«Per di più siete maledettamente furbi» continua il poliziotto, «per quel che vi interessa, ovvio. Mi sono informato e tutti quelli che ti stanno facendo la casa sono interinali, con il contratto a termine. Te la sei pensata bene, così se qualcuno ha la lingua lunga, al prossimo concorso sa già che non lo prenderanno, anche se dovesse fare il miglior esame del mondo. Ci penserete voi. Li tenete stretti per le palle, eh? E a loro, se c'è da lavorare e alla fine del mese gli arriva lo stipendio, che gli importa se lavorano al Comune, a casa tua o alle piramidi d'Egitto?»

«Che cosa vuoi?» domanda il consigliere, già sapendo che cederà, qualunque sia la cifra, perché in realtà non è mai stato un combattente.

«Te l'ho detto: una parte del bottino. Questo mese mi ritrovo un po' a corto di liquidi e, visto che a te la casa ti costa così poco, be', ho pensato che magari ci potremmo guadagnare in due. Se ci pensi, sono come Robin Hood, l'unica differenza è che rubo ai ricchi per tenermelo io.»

«Quanto?» chiede, cercando di mostrarsi forte con le parole, benché i gesti lo tradiscano e comunichino esattamente il contrario.

«Nella busta c'è un foglio con una cifra e il luogo dove lasciare l'omaggio. Vedrai che non è niente di esagerato, lungi dalle mie intenzioni. E poi, è sempre meglio che le foto restino a te, piuttosto che finire nelle mani della stampa. Le darei all'opposizione, ma credimi: la maggior parte ha fatto cose ben peggiori delle tue, anche se alcuni hanno saputo nasconderle meglio. Alla fine, è triste ma siete tutti uguali...» Impugna la forchetta, infilza un boccone di carne e se lo mette in bocca. «In realtà, le tue porcherie non sono nulla di straordinario, figurati, sono addirittura banali... Consiglieri che approfittano degli operai municipali per farsi gratis dei lavoretti nell'appartamento, che sfruttano le squadre di giardinieri per abbellirsi il verde intorno a casa, che truccano le gare d'appalto per farle vincere alle ditte che poi gli passano una bustarella sottobanco... Però, ovvio, alla fine ci sono delle conseguenze, e la più grave è che quelle ditte devono aumentare il prezzo dei loro servizi per farci rientrare le mazzette. Ma anche questo non è un grosso problema, vero? Basta aumentare le tasse l'anno dopo, e tutto è risolto. La cosa strana è che, per come vanno le cose, la gente non si sia ancora armata di bastoni e non abbia assaltato i consigli comunali, per impiccarvi sulla pubblica piazza» insiste, con la stessa rabbia con cui mastica la bistecca. «Una cosa però te la dico» continua, puntandogli contro la forchetta, «un giorno o l'altro il sistema salterà per aria, e sarà prima di quanto immagini. Quando meno te lo aspetti, la gente si stuferà e cominceranno a cadere le teste. E quel giorno, quando i cittadini inizieranno a prendersela con i politici, allora sì che vi darete da fare. Finora ci avete solo preso in giro, perché comunque sia cascate sempre in piedi, tanto ci siamo noi poliziotti a difendervi. Ma se il cordone si rompe? Quando noi non ci saremo più... saranno guai.»

Poi uno dei due esce dal ristorante con una busta in mano, la paura in corpo e forse lo spirito leggermente abbacchiato. L'altro resta con il sorriso sulle labbra, sapendo che si è lavorato il suo avversario nello stesso modo in cui, adesso, la sua lingua sta attaccando un frammento di carne che gli è rimasto tra i denti. Lo cattura, lo mastica con vigore e lo inghiottisce.

Chiede un cognac da parecchi euro, tanto è già pagato.

Sono i pompieri i primi a entrare.

E lì, attraverso il vuoto di una porta, appare inquadrata un'opera astratta: un olio macchiato di rosso che rappresenta la morte di fronte all'avarizia, l'assurdo di fronte alla disperazione, l'economia di fronte all'individuo; un quadro rosso che raffigura il gran finale sparso su una sedia. Corpo, testa e fucile guardano nella stessa direzione: il pavimento.

Fuori, uno degli uomini ha bisogno di essere aiutato per non cadere. Si appoggia al muro e lascia che le gambe lentamente cedano, fino a ritrovarsi seduto per terra. Non è a questo genere di interventi che vorrebbe dedicarsi.

L'ufficiale giudiziario cerca di darsi un tono e si giustifica con la propria coscienza ripetendosi che lui non fa altro che eseguire gli ordini. Malgrado tutto, chiude gli occhi: c'è troppa distanza tra la legge e la giustizia.

Il terzo ringrazia per la bontà del genere umano. Sa che quell'uomo, prima di morire, avrebbe potuto fare tante cose. Avrebbe potuto entrare in una qualunque filiale della banca che gli stava togliendo la casa e sparare a caso; avrebbe potuto regalare una pallottola a un qualsiasi politico corrotto per dimostrare che perfino la cleptocrazia ha i suoi punti deboli; o avrebbe potuto attendere un attimo di più e scaricare il fucile contro di loro, quando fossero entrati. E invece, quell'uomo che non aveva più niente da perdere – perché aveva già perso tutto – ha deciso soltanto di togliersi la vita. Piange.

La notizia uscirà sui giornali e, come una pozzanghera in estate, sparirà all'istante. Alla fine, non ci sono stati danni economici, solo personali.

Ai miei trenta e passa anni, erano più di tre che facevo brevi supplenze in paesini e città diverse. Questa volta mi avevano chiamato per sostituire un professore che aveva programmato un intervento chirurgico. Sarebbero state cinque o sei settimane. Per fortuna a Toledo c'era Laura, una lontana parente di quelle che vedi solo ai battesimi e alle comunioni. Eppure non fece alcuna obiezione a che io e mia figlia, per qualche settimana, ci trasferissimo a vivere con lei e suo marito Pablo.

Lunedì quegli occhi verdi si insinuarono più volte nella mia mattina, tra le classi, le riunioni con gli altri professori, l'incidente con quel proiettore che ci aveva regalato una casa editrice come premio per aver adottato i suoi testi e, soprattutto, nella lotta quotidiana con il mio gruppo speciale. Casualmente, avevano messo quasi tutti i ripetenti dell'anno precedente nella stessa classe: la mia.

Ero riuscita ad arrivare a un accordo di minima con i nuovi studenti: io non avrei messo note né sospeso nessuno, e loro non avrebbero disturbato i pochi intenzionati a seguire. E così la maggior parte delle mattine mi ritrovavo davanti degli zombi che arrivavano, si sedevano al loro posto, tiravano fuori i libri, li mettevano sul banco e con le braccia incrociate aspettavano che passasse il tempo. Almeno gli altri, quelli che erano almeno vagamente interessati, riuscivano a sfruttare la lezione. Visto da fuori, non è granché, lo so. Visto da dentro è però comprensibile, soprattutto quando il numero degli alunni per professore è ogni giorno più insostenibile.

Arrivai a fine mattina distrutta, tra le lezioni e la riunione successiva, tra interruzioni e cellulari che, anche quando erano silenziosi, erano un fastidio continuo. Uscii dalla sala riunioni chiacchierando con quella che in pochi giorni era divenuta un'amica: Carolina, la psicologa dell'istituto.

«Allora, come va?» mi chiese mentre ci dirigevamo ai nostri armadietti.

«Bene, bene, pian piano mi sto abituando.»

«Sì, alla fine è così, ci si abitua tutti... agli alunni, alle lezioni, ai genitori...» mi rispose con un sorriso.

Continuammo a camminare fino al portone, da cui stavano uscendo sciami di studenti.

«Bene, allora a domani» mi salutò.

«A domani.»

Ed entrambe ci avviammo verso casa.

Immersa nei miei pensieri, procedevo in mezzo a tutte quelle piccole vite che mi correvano accanto. Imboccai una traversa, avanzai ancora per qualche metro e mi fermai a un semaforo che era appena diventato rosso.

Attesi.

Affondai tra i pensieri.

Verde.

Attraversai la strada e, quando ero ormai arrivata sul marciapiede di fronte, sentii una mano sulla spalla.

Una valanga di grida accoglie l'ultima campanella della giornata. E in quel mucchio di ragazzi ce n'è una che – dopo quel che è accaduto all'intervallo – inizia a perdere il gusto di scoprire la vita.

Qualche ora prima, quella stessa mattina, era uscita in cortile per sfuggire al gruppo di amiche, le solite – quelle che a una a una perderà, come perle di una collana rotta, nei prossimi giorni – ma con uno spirito differente.

Si era sentita sicura fuori, ma totalmente indifesa dentro, soprattutto quando con lo sguardo aveva iniziato a cercare – e infine aveva trovato – un cellulare che passava di mano in mano, di sorriso in sorriso... Sorrisi che hanno distrutto un'autostima che fino a quel momento sembrava non avere crepe.

Alla fine aveva deciso di smettere di guardare, convincendosi che fosse la strada più facile, ma la paura ormai le si era annidata dentro, come fa un parassita con la vittima, come un brutto ricordo davanti a un presagio.

Esce da scuola tentando di restare sempre accanto a qualcuno. Si ferma qualche minuto fuori del portone, come è successo tante altre volte, a parlare con le amiche, ma oggi c'è una piccola differenza: il corpo è lì, ma i sensi no. Sono occupatissimi a individuare la sua nemica. Quello che la spaventa di più è il pezzo di strada, sulla via del ritorno, che dovrà fare da sola.

«Vai già a casa?» chiede a una delle amiche più care.

«Be', sì, come al solito. Dove dovrei andare?» le risponde quella stupita.

«Certo, naturale» replica, distratta.

«Senti, Marta, che cos'hai? Sei un po' strana, sai?»

«Niente, non mi sento tanto bene, tutto qui.»

«Cosa ti senti?»

«Niente, è lo stomaco...»

«Lo stomaco? Stai a vedere che sei innamorata...» ribatte l'altra, con un sorriso. «Ho saputo che un certo ragazzo si è fermato a chiacchierare con te l'altro giorno... un tipo niente male» aggiunge e le dà una gomitata.

«No, no, ma che dici, non è nulla» risponde imbarazzata.

«Va bene, okay, ce lo racconti un'altra volta» conclude e così arrivano all'angolo dove ogni giorno le loro strade si dividono.

«A domani.»

«Sì, a domani...»

Marta resta lì, da sola.

L'amica si allontana come un salvagente portato via da un'onda, come il palloncino che sfugge dalle mani di un bimbo, come le chiavi che cadono nella tromba dell'ascensore... Si rende conto che, malgrado sia vestita, si sente come se fosse nuda. Ha paura, tanta. Le tremano perfino i pensieri.

Accelera il passo senza voltarsi indietro.

Cerca di camminare sempre più in fretta sperando, in questo modo, di non sentire più il fiato dell'ignoto sulla nuca.

Si ferma a un incrocio, nervosa, con le gambe che tremano e le mani strette a morsa sulla maniglia dello zaino, sperando solo che un'auto si fermi e la faccia passare.

Infatti si ferma.

Sta per attraversare, quando una mano la trattiene per la spalla.

«Ciao» mi salutò quella voce mentre mi voltavo.

«Ciao» risposi, già sapendo che mi sarei specchiata in quegli occhi verdi.

«Come va?» chiese e iniziò a camminare accanto a me.

«Bene, bene...» dissi, senza riuscire a smettere di fissarlo.

«Per oggi hai finito?»

«Sì, be', ho finito qui, a casa devo mettermi a preparare gli esercizi per domani. E tu?» mi azzardai a domandare nell'attimo in cui un suo battito di ciglia mi consentì di abbassare gli occhi a terra.

«Sì, anch'io. Vai verso la parte vecchia?»

«Sì.»

«Perfetto, ti accompagno... se non disturbo» disse e fece una smorfia che mi sembrò troppo deliziosa per dirgli di no.

«D'accordo.» E *d'accordo* diventò, a partire da quel giorno, la mia risposta standard a quasi tutte le sue proposte.

Scese su di noi uno scomodo silenzio: io non sapevo cosa dire e lui non sapeva quando chiedermelo.

«E la città? Come la trovi?» improvvisò.

«Quel poco che ho visto mi ha incantato. Venerdì alla fine non ho potuto seguire tutto il percorso della visita, per la storia di quella bambina... però pazienza, sarà per un'altra volta.»

«Già, vero, hai più saputo niente?» si informò, mentre si preparava l'altra domanda, quella vera.

«No, non l'ho più vista, anche se devo dire che non l'ho proprio cercata...»

Continuammo a camminare, io diretta a casa e lui, forse, ovunque andassi io.

Rimanemmo uno accanto all'altra, in silenzio.

Alla fine lo disse: «Senti, stavo pensando... dal momento che hai dovuto interrompere il giro della città, se ti va potrei mostrartela io». Il cuore prese a martellarmi contro la mia volontà. E mentre le gambe mi tremavano, cercai di non manifestare quell'euforia che non avrei dovuto sentire. «Non sarò una guida turistica professionista, ma la città la conosco bene.»

«No, non devi preoccuparti, non voglio darti tanto disturbo» risposi, pensando esattamente il contrario.

«Ma non è un disturbo, davvero. Ho diversi giorni liberi alla settimana e spesso non so cosa fare. Proviamo, dài, vedrai che ci divertiamo» insistette, con quello sguardo irresistibile.

«Ma è che... non saprei.»

«Forza!» mi sorrise.

«Non lo so, non ti conosco per niente» mi uscì, spontaneo.

«Neppure io te» sorrise di nuovo. «E poi, se succede qualcosa e hai bisogno di chiamare un poliziotto, ne avrai uno a portata di mano!» Ridemmo entrambi. «Dài, coraggio, alla fine sarà solo una passeggiata per le vie della città.»

«Bene, d'accordo.» Dissi *d'accordo* e accettai.

«Vediamo» riprese lentamente, come se non ci avesse già pensato prima, «questa settimana... il giovedì è libero. Ti andrebbe bene?»

«Giovedì...? D'accordo.» Di nuovo *d'accordo.*

«Allora, se ti va potremmo trovarci alle nove in piazza Zocodover. Lo sai dov'è, no?»

«Sì, è la piazza del McDonald's.»

«Sì, quella!» rispose ridendo. «Bene, e arrivati a questo punto, come ti chiami?» mi chiese, quando stava quasi per salutarmi.

«Alicia.»

«Piacere, Alicia. Io sono Marcos.»

E ci scambiammo due baci.

Non furono due baci come quelli che si danno ai compleanni o per le congratulazioni a chi si sposa; e non furono nemmeno due baci di quelli che un attimo dopo ti sei già dimenticato il nome di chi hai baciato. No, furono due baci intenzionali: il primo mi consentì di sfiorargli la guancia, il secondo mi lasciò intuire la frontiera delle labbra.

Il primo impulso è di mettersi a correre, di scappare il più in fretta possibile per sfuggire alla paura, ma subito pensa che è ridicolo. È troppo lontana da casa, e per di più non è un venerdì sera: per strada c'è moltissima gente.

Fa un respiro profondo e si gira.

E rimane di sasso.

«Ciao» sente, e smette di sentire.

Questa volta inizia con una fitta allo stomaco, ma è un dolore totalmente diverso: non c'è spazio per tutte le farfalle che in un istante si sono alzate in volo dentro di lei.

«Ciao» risponde, senza sapere dove ha trovato la forza per muovere le labbra.

Gli sguardi si intrecciano per due eternità.

«Marta... ecco... volevo chiederti... avresti voglia un giorno di questi di uscire con me?»

«Be', è che...» E qui comincia la battaglia tra desiderio e prudenza; tra piacere e pericolo; tra quel ragazzo e quella ragazza che cerca solo una scusa per aggredirla di nuovo. «Solo che... questa settimana sono molto impegnata per gli esami d'inglese» gli risponde, mentre avrebbe una gran voglia di morsicarsi la lingua.

«Ah, d'accordo, peccato.» Il rifiuto lo imbarazza. «Be',

fa niente, però dimmelo se ti viene voglia di uscire uno di questi giorni.»

«Mi dispiace.» Ed è vero che le dispiace.

«Non importa. Sarà per un'altra volta.» E se ne va. Si gira e si allontana senza voltarsi indietro.

«Sì, sarà per un'altra volta» ripete fra sé e sé, pensando che invece, probabilmente, non ci sarà una seconda occasione.

Prima di giovedì lo rividi altre volte, e non solo vicino a scuola. Ci scambiammo qualche parola al volo, incontri per nulla fortuiti, immaginai. Imbastimmo una conversazione fatta di saluti e di sguardi, con parole che non dicevano niente e gesti che confessavano troppo.

Nei giorni che precedettero l'appuntamento, fui spesso sul punto di rinunciare, di inventare un pretesto qualsiasi e non andare, ma alla fine non ce la feci. Non riuscii a trovare neppure una scusa e probabilmente la colpa fu di quelle sensazioni riaffiorate che non provavo più da anni. Sensazioni che forse non avrei dovuto avere nella mia situazione: quel nervosismo alla vigilia di un appuntamento, il desiderio di incontrarlo a ogni angolo, quell'incertezza davanti alla novità, come scartare un regalo che non sai cosa contenga...

E così, tra palpitazioni adolescenziali e rimorsi anticipati, arrivò finalmente il giorno tanto atteso.

Mi preparai per quell'uscita come non facevo più da anni, mi preparai per un giovedì come se fosse un sabato. Ebbe inizio allora un dialogo serrato tra mente e coscienza: l'una mi ripeteva che era solo una visita alla città, l'altra insisteva che in realtà era un appuntamento in piena regola; l'una mi incoraggiava ad aprire questa nuova porta, l'altra mi ricordava che poi non avrei più saputo richiuderla.

Eravamo d'accordo per le nove, l'ora ideale per conoscere Toledo perché le strade iniziano a svuotarsi, aveva detto.

Raccontai alla zia che avevo una cena con i colleghi della scuola, chiedendole se poteva tenermi la bambina per qualche ora. Non mi era mai piaciuto mentire, ma a poco a poco mi abituai, e non solo con lei. Il problema delle bugie è che, per quanto le infiocchetti, continuano a essere bugie e alla fine, quando perdono i lustrini, la verità emerge nuda e cruda.

Mi disse di non preoccuparmi, se ci fossero stati problemi mi avrebbe fatto uno squillo sul cellulare.

Adesso, col senno di poi, quando penso alle ragioni che mi spinsero a uscire con uno sconosciuto, credo in tutta onestà che, dopo anni in cui sai con sicurezza tutto ciò che accadrà il giorno dopo, dopo anni in cui ti svegli sempre nello stesso letto, con le stesse cose da fare, la stessa routine... ciò di cui avevo bisogno era un pizzico di incertezza.

Di solito telefonavo a mio marito varie volte al giorno, l'ultima quasi sempre intorno alle dieci, dopo aver messo a letto la piccola, così avevamo un momento per parlare con tranquillità: ma quel giorno decisi di anticipare. Sapevo di dovermi inventare qualcosa, perché il problema di modificare un'abitudine è che genera sospetti. Adesso non ricordo più con esattezza cosa gli dissi, ma quello che mi è rimasto in mente è che iniziai a perdermi nel bosco delle menzogne.

Avrei anche potuto essere sincera e raccontargli la verità, ma un: «Caro, ho conosciuto un poliziotto che stanotte mi mostrerà la città» non mi sembrava la cosa più opportuna da dire.

Ricordo – questo sì – che la conversazione fu più o meno la stessa di sempre, quella di tutte le sere: ciao, ciao; come è andata la giornata? bene. e tu? faticosa, come al solito; la bambina, tutto bene? sì, ha già cenato, mi manchi. anche a me; ci vediamo questo fine settimana. sì, d'accordo; ti amo. ti amo; buonanotte. grazie, anche a te; un bacio. un bacio.

Il vero problema di quel dialogo non era che le parole fossero identiche a quelle della sera prima, o a quella prima, o a quella prima ancora... il problema era che quella sera non vedevo l'ora di riagganciare per continuare a prepararmi.

Indossai una gonna che normalmente non mi sarei messa, con calze nere e scarpe in tinta. Mi vestii con nervosismo, perché sapevo che era una cosa che non avrei dovuto fare; con nervosismo perché sentivo che non potevo farne a meno.

Mi guardai allo specchio e uscii dalla stanza, dimostrando che la linea del tempo non va necessariamente sempre in avanti.

«Come sei elegante!» mi sorprese la zia.

«Grazie!»

«Stai attenta con quei colleghi, o qualcuno vorrà diventare qualcosa di più!» mi disse ridendo.

E così, con la sensazione di varcare una soglia proibita, ripercorsi lo stesso tragitto di pochi giorni prima. Ma questa volta con molta più tensione e un'allegria che, pensai, non avrei dovuto provare.

Mentre camminavo, il battito del cuore accelerava; era come se volesse mettermi in guardia: stavo oltrepassando una frontiera che separava due vite, quella ancorata in sicurezza e quella che galleggiava nell'ignoto. Come se il letto di un fiume e l'acqua seguissero due percorsi distinti.

Entrai in piazza e lo vidi seduto su una panchina, senza l'uniforme, con dei jeans e un maglione che facevano intuire un corpo curato. Abbassai gli occhi e lasciai che i miei passi mi portassero da lui, sforzandomi di non apparire nervosa. Lungo la strada avevo deciso di dirgli che ero sposata e avevo una bambina, ma alla fine non gli rivelai né l'una né l'altra cosa, lasciai che tutto andasse avanti in modo naturale: in fondo non facevamo altro che visitare la città.

«Bene, ormai pensavo che avessi cambiato idea!» mi salutò, alzandosi.

«Be', a dire la verità, c'è mancato poco» risposi, sorridendo.

«Alla fine sei venuta, e questo è ciò che conta. Perciò, mi impegno a rispettare la mia parte dell'accordo, però prima devo avvisarti di una cosa» mi ammonì con un'espressione seria.

«Dimmi» lo guardai preoccupata.

«Tra poco ti pentirai di esserti messa quei tacchi alti!»

Mi guardai le scarpe e scoppiammo entrambi a ridere.

«Dài, partiamo» mi incoraggiò.

E come la coppia che non eravamo, ci incamminammo

per la città. Ci separava un silenzio che si era accomodato negli scarsi centimetri che dividevano i nostri corpi. Per me era una sensazione totalmente nuova; dopo tanti anni con mio marito era la prima volta che passeggiavo da sola con uno sconosciuto.

«Questa è la via Larga o del Comercio, ma immagino che tu la conosca, perché quasi tutte le visite turistiche iniziano da qui. Però, pochi metri più avanti, è accaduta una strana storia, che non viene raccontata quasi mai.»

Ci addentrammo per quella via che a poco a poco si faceva più stretta. Camminavamo e mi imbarazzava che qualcuno potesse vederci insieme. E non per quello che stavamo facendo, ma per ciò che con la mente immaginavo potessimo fare.

Cercai di convincere la mia coscienza che era come se avessi assoldato una guida turistica per una visita individuale, e che non faceva nient'altro che mostrarmi la città; ma nel profondo sapevamo tutti e due che non si trattava di questo.

«Guarda» si fermò, mentre mi indicava una targa con inciso 'Il ciabattino e il cardinale'. «L'altra sera vi hanno raccontato questa storia?»

«No, non mi pare» risposi.

«Bene, nella strada qui accanto» cominciò mostrandomi un vicoletto in discesa «un tempo c'erano le botteghe dei migliori artigiani, quelli che cucivano scarpe su misura. Si racconta che una mattina d'inverno, quando a Toledo tremano di freddo anche i sassi, un giovane studente entrò in una bottega e chiese a un ciabattino di guardargli le scarpe. Mostrandogliele, gli domandò: 'Vanno bene per affrontare il freddo di questa città?'» In quel momento Marcos abbassò la testa e guardò i miei tacchi alti. Ridemmo di nuovo. «'È come se tu fossi scalzo' rispose il ciabattino. Così gli prese le misure e gli disse che tornasse qualche giorno dopo a ritirare quelle nuove. Passato il tempo, lo studente tornò e le provò. Gli calzavano alla perfezione, ma c'era un piccolo problema. Il ragazzo disse che era uno studente e non aveva i soldi per pagarle, ma che l'avrebbe fatto appena fosse diventato arcivescovo di Toledo. Immagino che il ciabattino si sia infuriato, ma vedendo che comunque non avrebbe ottenuto nulla, rispose al giovane che la carità si praticava in tanti modi, e alla fine gliele regalò.»

In quel momento ci passò accanto una coppia di anziani, in silenzio. Marcos smise di parlare per qualche secondo.

Poi riprese: «Insomma, passarono molti anni e un bel giorno comparve nella sua calzoleria un prete con l'invito a presentarsi all'arcivescovo di Toledo. Il ciabattino, sorpreso, lo seguì. Arrivato al cospetto dell'arcivescovo, questi lo abbracciò e gli consegnò una borsa di monete d'oro. 'Come vedete, non ho dimenticato la promessa che vi feci. Avete bisogno di qualcosa?' aggiunse. Il ciabattino, che fino a quel momento neppure si ricordava più di quel ragazzo che tanti anni prima gli aveva ordinato le scarpe, gli fece una richiesta. Volle che, dopo la sua morte, le figlie che ancora vivevano con lui non venissero abbandonate. E l'arcivescovo promise di esaudirlo. Si racconta che questa promessa fu all'origine del Collegio delle fanciulle nobili, e puoi immaginarti chi furono le prime alunne. Ah, adesso è una residenza per studenti».

Restammo entrambi in silenzio, perché una storia è più storia quando viene raccontata nel luogo dove si è svolta, e perché una storia è diversa quando chi te la racconta ha gli occhi verdi...

«La domanda è» continuò, «come faceva quel ragazzo a essere così sicuro di diventare arcivescovo?»

«Non lo so, forse perché studiava così bene che sapeva che i suoi sforzi alla fine sarebbero stati ricompensati» dissi.

«Sì, questa è una possibilità, forse la più romantica, quella che ci porta a pensare alla morale della storia. Però potrebbe esserci un'altra risposta, magari non altrettanto nobile, ma più verosimile. Ho sempre pensato che forse quel ragazzo era solo il classico figlio di papà, come tanti oggi, di quelli che sanno già che da grandi saranno direttori, manager o politici; e che preferiscono le raccomandazioni allo sforzo. Chissà.»

«Dài, non l'avevo pensata in questi termini.»

«Be', è solo un'interpretazione. Continuiamo?» propose.

Ci rimettemmo in marcia e iniziai ad avvertire una sensazione strana ma piacevole, che da allora mi ha accompagnato ogni volta che ho ripercorso quelle stradine. Non avrei saputo definirla, ma era come quando da piccola c'è un giorno in cui vai a scuola con la speranza di incontrare il primo amore della tua vita. Trasalii.

Camminavamo lentamente e ne approfittai per osservare ogni particolare: le porte, il selciato, il nome delle vie...

«Aspetta!» esclamai.

Si fermò stupito.

«Che cosa succede?»

«Questa strada. L'altra sera sono rimasta con la curiosità inappagata di saperne la storia.»

«Ah, sì» sorrise. «La via dell'Uomo di legno. Sì, è che a Toledo ogni dieci passi c'è un mistero da scoprire.»

Sorrisi.

«Racconta la storia» – e mi si avvicinò così tanto che

un brivido mi attraversò la schiena – «o la leggenda, che un tale Juanelo Turriano... anzi, in realtà era nato in Italia e si chiamava Giovanni Torriani, ma si era cambiato il nome con uno più consono per vivere in Spagna. Ormai non si usa più, vero?» ridemmo insieme.

«Quest'uomo era un ingegnere bravissimo e Carlo I lo convocò a corte come orologiaio. E anche per fargli fare altri mille lavoretti. Mi sembra che in seguito abbia lavorato anche per Filippo II e per un papa di cui ora mi sfugge il nome... ma non voglio perdere il filo» si interruppe, facendo un gesto con la mano. «Il fatto è che passò i suoi ultimi giorni a Toledo e qui progettò una macchina capace di portare l'acqua del Tago fino all'Alcázar. Dopo molto lavoro, finalmente riuscì a completarla. La macchina funzionava a meraviglia, ma – come per il ciabattino – c'era un piccolo problema. Sai quale?»

«Non lo pagarono» risposi.

«Esatto» rise. «E malgrado tutto, gli commissionarono un secondo lavoro. L'uomo si mise all'opera ma...»

«Ancora niente soldi» ripetei.

«Appunto. E così si ritrovò sul lastrico. Un brav'uomo, ingegnere validissimo, che oltretutto aveva risolto un mucchio di problemi, finì in rovina perché non lo pagavano.» Sorridemmo entrambi. «Ed è qui che comincia la storia, o forse la leggenda. Si dice che per sopravvivere – come ho detto era un tipo ingegnoso – gli venne in mente di costruire un automa di legno, che con leve e ingranaggi andasse in giro a chiedere l'elemosina. I più fantasiosi dicono che fosse un robot di legno che si spostava per le strade chiedendo la carità, probabilmente era solo una specie di manichino con una sorta di recipiente in cui infilare le monete. Ma chi lo sa?» All'improvviso Marcos si allontanò di qualche passo, fece un giro e mi gridò, nel buio: «Te lo immagini?»

E si mise a camminare con braccia e gambe tese, la testa immobile fissa in avanti e gli occhi verdi puntati su di me... e a poco a poco, fingendo di essere un pupazzo di legno, cominciò a inseguirmi. E io stetti al gioco.

Tornai correndo lungo la strada deserta che avevamo percorso insieme, con quei tacchi che a ogni passo attentavano alla mia vita. Corsi per scappare da un 'uomo di legno' che mi voleva catturare.

Forse erano proprio sciocchezze come queste a mancarmi di più, perché col tempo mi sono accorta che, più che l'amore, sono le risate a tenere insieme le persone.

Vidi un vicolo in discesa e lo imboccai, quasi di corsa arrivai contro una cancellata che chiudeva quello che immaginai fosse un ingresso secondario della cattedrale.

L'"uomo di legno' continuava ad avvicinarsi e io finsi di essere una prigioniera incatenata alla ringhiera. Mi bloccò e tentò di afferrarmi con quelle mani rigide e io di liberarmi dalla sua stretta, ma senza troppa convinzione. Ci battemmo in una finta lotta, toccandoci accidentalmente con le dita, in uno strano gioco in cui nessuno ebbe il coraggio di fare niente di più.

A trecento chilometri, qualcuno con mano incerta ha spento da qualche istante il cellulare, con la sensazione di essersi perso qualcosa. Non è stato solo per la conversazione – più breve e più in anticipo del solito – ma per qualcos'altro, qualcosa che ha messo in allarme un sesto senso.

Sì, in realtà erano le solite parole di sempre, le stesse domande e le stesse risposte, ma nel tono... c'era qualcosa di diverso.

Decide di non pensarci più e di non dar peso alla cosa. Magari lui ha avuto una giornata difficile o forse è solo la distanza che deforma le cose... Si impone di pensare che al momento tutto va bene, che la routine che hanno stabilito non è stata modificata e questo gli dà sicurezza, quando invece è proprio quello che dovrebbe preoccuparlo di più.

Per un attimo valuta la possibilità di salire in macchina e andare a trovarle, fare loro una sorpresa, ammettere che sente nostalgia, che le giornate sono lunghissime senza di loro, che la casa non ha più la stessa allegria... Ma subito pensa che è già tardi, che il viaggio è molto lungo, che il giorno dopo dovrà lavorare e che, di sicuro, sarebbe una sciocchezza. Ciò che dimentica è che è proprio questo genere di sciocchezze che si fa quando si è innamorati.

«Hai notato l'orologio?» mi chiese quando finimmo un gioco che durò abbastanza perché mi rendessi conto che stavo varcando un confine. Fu solo un tocco, ma a volte toccarsi è tutto. «Noti niente di speciale?»

Mi voltai, dietro di me c'era una spettacolare facciata decorata da migliaia di figure in pietra e al centro un orologio con qualcosa di strano. Cercai di infilare la testa tra le sbarre dell'inferriata.

«Ma dài» risposi, «gli manca una lancetta.»

«Che ne sai, magari ce n'è una di troppo negli altri orologi, no?» Sorrise. «In realtà, non gli manca niente. È fatto così: è un orologio con una lancetta sola. Vedi che tra un'ora e l'altra c'è un puntino che segna la mezza? Bisogna pensare che questo è un orologio per indicare le messe e quindi è sufficiente che segnali la mezz'ora. Non serve che tenga il conto dei minuti.»

«Curioso...»

«Sì, in realtà sono sempre esistiti orologi con una sola lancetta. Il problema è che perdono un poco di precisione. Di solito i quadranti hanno un segno ogni cinque minuti, ma anche così rischi di avere un'approssimazione di due minuti e mezzo, che del resto non è tanto grave, e ancora meno in questo paese.»

«Te ne intendi di orologi» commentai.

«Sì, un pochino. Vieni, torniamo su, che mi hai fatto modificare l'itinerario» mi rimproverò ridendo.

«Iooo?» ribattei. «Ma se sei tu che mi hai costretto!»

E, come un'adolescente, lo seguii.

Tornammo alla via dell'Uomo di legno e da lì ci dirigemmo verso la piazza, ma poco prima di arrivare svoltammo in direzione opposta, verso destra.

Si fermò.

«Guarda cosa hanno scritto lì, accanto al nome della via.»

Mi accorsi che quella strada aveva due targhe, una con il nome 'Vicolo del Nunzio Vecchio' e un'altra accanto con scritto: 'Questa strada è di Toledo'.

«Strano, vero?» osservò.

«Be', sì. Si direbbe che se una strada è in una città, appartiene a quella città, no?»

«Ecco, non sempre. È successo che a Toledo, con il passare del tempo, sono scomparse parecchie strade.»

«Certo, come no!» scoppiai a ridere.

«Dico davvero, credimi, si stima che ne siano scomparse più di sessanta.»

«Fantasmi?»

«No, niente del genere: umani, umanissimi. Succedeva che, quando la stessa persona era proprietaria di due edifici separati da un vicoletto, spesso si appropriava della strada inglobandola nella dimora oppure ne chiudeva l'entrata e l'uscita e così disponeva di una via privata. Altre volte, come in questo caso, vi sistemava una cancellata e la gente non poteva più passare di lì. Ma i cittadini protestavano, e il Comune era costretto a intervenire, attaccando anche queste targhe di avvertimento.»

«Alla faccia della proprietà privata!»

«Sì, esatto. Bene, entriamo in questo vicolo prima che sparisca» mi invitò, ridendo.

«Sempre che non succeda con noi dentro» risposi, pentendomi subito, quando ancora le parole mi uscivano dalla bocca.

Era così stretto che dovemmo passare in fila indiana, perché bastava aprire di poco le braccia e le mani strisciavano contro i muri. Lo attraversammo in silenzio, lui davanti e io dietro, e alla fine arrivammo in una bellissima piazza, circondata da varie chiese imponenti.

«Eccoci, volevo portarti qui. In questa chiesa di fronte si svolge una delle più famose leggende toledane: la leggenda *Del bacio*.»

A sentire quella parola mi irrigidii. Non sapevo se avesse scelto quella leggenda con uno scopo preciso, o se fosse semplicemente una coincidenza.

«Bene, collochiamola nel tempo» continuò, mentre mi guardava. «Era il 1810, più o meno, quando l'esercito francese di Napoleone era a Toledo. Il problema era che i soldati erano tantissimi e in città non c'era più posto per accoglierli, così iniziarono a sistemarsi dappertutto, occupando palazzi, piazze, chiese...

«Una notte gelida – sono sempre gelide – arrivò in città un gruppo di cavalieri in cerca di un posto dove dormire, ma visto che ormai ogni casa era al completo, vennero sistemati in una chiesa abbandonata, proprio questa che abbiamo davanti. Arrivarono qui ed entrarono facendosi luce con le lanterne.

«Dentro non c'era praticamente più niente: qualche quadro, le pietre tombali con i nomi dei defunti e... alcune statue di marmo bianco che sembravano fantasmi in piedi sulle sepolture. Non era un luogo particolarmente invitante, ma non c'era molto da scegliere e così, soprattutto per la stanchezza del viaggio, non passò molto tempo prima che tutti si addormentassero.»

Io lo ascoltavo come una bimba che, abbracciata a un peluche, non vorrebbe mai che la favola finisse. Ci sono cose – come sentirsi raccontare una storia – che non dovrebbero sparire con l'età.

«Il giorno dopo» riprese «il capitano incontrò dei conoscenti e questi, ridendo, gli chiesero come avesse dormito. 'C'è un modo migliore di dormire che tra le braccia di una bellissima dama?' rispose, lasciandoli tutti stupiti. 'Accidenti, questo si chiama non perder tempo!' e subito gli chiesero chi fosse quella bellezza. 'Ha un viso stupendo, un abito bianco e la carnagione pallida' spiegò. I compagni gli chiesero se ci avesse parlato, se si fossero baciati o anche qualcosa di più... Ma il capitano rispose che quella dama non poteva parlare né vedere né sentire perché...»

E tacque.

«Dài, finisci, perché?» lo incalzai, impaziente.

«... perché era una statua. Allora tutti scoppiarono a ridere; tutti tranne il capitano. A quel punto i compagni insistettero con lo scherzo e gli dissero che la volevano conoscere. Lui, più serio che divertito, accettò, e li invitò per la sera stessa, dicendo loro di portare da bere per brindare alla sua salute. C'era solo un problema: la statua di un guerriero, che immaginava fosse il marito, accanto alla sua sposa.

«Al calare della sera, secondo gli accordi, il gruppo entrò in questa chiesa che ora hai davanti. Fecero un falò con pezzi di legno trovati in giro e, dopo aver bevuto qualche sorso per aiutarsi a sopportare meglio il freddo, si avvicinarono al punto in cui si trovava la statua della donna. Il capitano la presentò e tutti concordarono che effettivamente era bella, così bella che da viva doveva essere stata una delle donne più belle della città. Guardarono l'iscrizione e videro che si trattava di donna Elvira de Castañeda e del marito Pedro López de Ayala, che combatté in Italia.

«La festa continuò e, mentre i soldati bevevano e brindavano, il capitano non si allontanò mai dalla sua innamorata. All'improvviso, ebbe come un attacco di pazzia e iniziò a urlare che quella era la sua donna e che doveva baciarla. Disse anche che non era educato non offrire da bere al marito e così riempì un bicchiere di vino e glielo gettò in faccia. Tutti risero. Dopodiché avvicinò il viso a quello della donna e le chiese un bacio.

«Arrivati a questo punto, alcuni compagni lo supplicarono di smetterla, di non disturbare i morti, perché non ne sarebbe venuto nulla di buono. Ma lui non li ascoltò e si accostò alla statua con l'intenzione di baciarla.»

Si zittì e mi guardò, lasciandomi in sospeso.

«E poi? Che successe?» insistetti.

«E se ci fermassimo qui?»

«Dài!» lo pregai.

«Si sentirono un colpo e un urlo. Il capitano era a terra, ai piedi della statua, sanguinava dal naso e dalla bocca. Nessuno si mosse. I suoi amici si avvicinarono per aiutarlo e rimasero di sasso – mai detto fu più appropriato – perché il braccio del marito era macchiato di sangue.»

Rimanemmo entrambi in silenzio a guardare il portone. Ci separavano solo pochi centimetri, solo le nostre giacche osavano sfiorarsi.

La suoneria di un cellulare – il mio – ruppe quella calma ed entrambi sussultammo.

Lo tirai fuori dalla borsa: era mio marito.

Ha finito di cenare, ma è nervoso.

Si siede sul divano, accende la tv e comincia a guardarla senza farci troppo caso; non riesce a smettere di pensare alla telefonata. In fondo, sa che è successo qualcosa.

Prende il telefono, compone il numero e aspetta.

Uno squillo, due, tre, quattro... non risponde nessuno.

È tardi, forse dorme già, pensa.

Riaggancia.

Le scrive.

«Amore, sai che mi manchi.»

«Ti amo.»

«T.A.»

Lasciai suonare senza rispondere e, consapevole di fare qualcosa di sbagliato, me lo misi in tasca, sperando di attutire un suono che infrangeva la notte. Era una semplice coincidenza, tutto qui, mi convinsi. Né mio marito era un guerriero di marmo né io ero stata assalita da un uomo deciso a baciarmi, almeno per il momento.

«Tutto bene?» mi chiese, guardandomi.

«Sì, sì» risposi.

«Allora continuiamo?»

«D'accordo.»

D'accordo, e lo dissi invertendo la curva del mio sorriso, pensando che forse non dovevo restare lì. Fui sul punto di dire a Marcos che tornavo a casa, che non volevo andare avanti così... ma così come? Nella realtà, non c'era proprio niente; nella mia mente c'erano mille cose.

Iniziammo a muoverci, tra affluenti di pietra, in direzione del fiume. Navigammo per strade che, imprigionate nel buio della notte, sembravano anche smarrite nel tempo.

Si può dire che non incontrammo nessuno e questo rese la reciproca compagnia ancora più intensa. Ogni venti o trenta passi ci fermavamo, e Marcos mi sorprendeva con un aneddoto, una storia, un segreto.

Quella notte passeggiammo attraverso la storia e il mistero, attraverso la curiosità e l'emozione; e io, in particolare, camminai nella novità e nella vergogna, sfiorando l'estasi e il pentimento.

Imboccammo una lunghissima discesa che ci portò in un piccolo giardino da cui, appoggiati a un parapetto – lo stesso da cui giorni dopo si sarebbe affacciata anche una ragazzina – ammirammo il riflesso della città che si specchiava nelle acque di un fiume in moto perpetuo, di giorno come di notte.

Non c'era nessuno accanto a noi e faceva quel freddo perfetto da allontanare con un abbraccio.

Mi abbracciò.

E io... e io... e io... mi feci abbracciare.

Restammo in silenzio, lasciando che a comunicare fossero i nostri respiri. Mi sforzai di convincermi che in realtà era solo questo: un abbraccio. Avevo abbracciato molte volte i miei amici, i parenti... ma uno sconosciuto...

Lasciai che il vento giustificasse quel contatto, e di passaggio mi arieggiasse la coscienza.

Ancora silenzio.

«Bene» mi sussurrò all'orecchio, «so che non hai cenato.»

«Già» sorrisi.

«Ho pensato di portarti in un posto che è per metà una cantina e per metà ristorante. Ti va?»

«D'accordo» risposi senza pensare.

Appena ci allontanammo da quel parapetto mi scontrai di nuovo con la vergogna e, soprattutto, con la realtà. Perciò, lentamente, mi separai da lui. Camminammo fianco a fianco per un buon tratto, tra vicoli, piazze e stradine. Non mi sentivo più i piedi, ma non dissi niente. Forse in qualunque altra occasione mi sarei lamentata, forse se avessi fatto quella passeggiata con mio marito avrei protestato molto prima e avrei insistito per tornare a casa. Come cambiano le cose...

Alla fine, dopo altri mille vicoletti, arrivammo al ristorante. Entrammo e il calore del locale mi confortò. Un cameriere ci fece strada, giù per una scala, fino a un tavolo con il cartellino della prenotazione.

«Ma dài, avevi già previsto tutto!» esclamai.

«Forse sì» mi sorrise.

Quella sera mi godetti la cena come non succedeva da tempo. Non tanto per il menu o per l'ambiente, perché alla fine è ciò che conta meno; mi piacque la cosa più importante: la compagnia.

Ci sedemmo in un angolino magnifico, con una parete di roccia viva. Si trattava di un primo appuntamento in piena regola, come non mi capitava più da tantissimo, con lo stesso nervosismo, la stessa curiosità di conoscere una persona – e una personalità – totalmente nuovi. Ordinammo e, per la prima volta da tanti anni, non sapevo che cosa avrebbe scelto chi mi stava di fronte.

Iniziammo a chiacchierare della città, dei segreti che nascondeva, della ragazzina aggredita, del suo lavoro, del mio, e dopo venti minuti buoni e milioni di risate, lui accostò il suo viso al mio.

«Hai fatto caso a quanta gente intorno a noi ride? Chiudi gli occhi e ascolta per qualche istante.»

Obbedii, e iniziai ad ascoltare ciò che non avevo mai sentito, perché non avevo mai fatto niente del genere. È che a volte, con gli occhi aperti, ci sfuggono troppe cose: conversazioni sovrapposte, attimi di silenzio, piatti che sbattono tra loro, urla dalla cucina, qualcuno che tossisce e, di tanto in tanto, una risata.

Dopo qualche secondo, aprii gli occhi e mi ritrovai nei suoi.

«Allora? Hai sentito ridere?»

«Sì, qualcuno.»

«Già, da quel tavolo lì, quei cinque amici, e forse quelle tre ragazze nell'angolo, però posso garantirti che non hai sentito ridere nessuna coppia, perché sai cosa? Di solito le coppie consolidate non ridono. Quando due persone giocano a ridere, vuol dire che tra loro non esiste alcun problema» dichiarò.

E aveva ragione. Iniziai a ricordarmi delle ultime volte che eravamo usciti a cena, mio marito e io: praticamente non avevamo mai riso.

Parlammo molto di me, della mia vita, del mio lavoro... Cercai di sorvolare sull'argomento marito, e lui del resto non mi chiese nulla, al contrario mi dilungai su mia figlia, che non stava mai ferma, che era molto alta per la sua età e che aveva il sorriso più bello che avessi mai visto.

La cena si prolungò, tra chiacchiere e risa.

Quando eravamo ormai al dolce, mi accorsi che di fatto non avevamo parlato di lui.

«Be', e tu? Raccontami qualcosa di te. Vivi qui? Sei di Toledo?»

«Sì, sono nato qui e ho vissuto qui la maggior parte della vita. Anche se qualche anno fa ho dovuto, diciamo così, andare in esilio.»

«Davvero, e perché?»

«Mi obbligarono a fare una domanda di trasferimento, malgrado non ci tenessi affatto. Il motivo? Avevo svolto indagini pericolose, mi dissero. Le indagini interessavano una rete di prostituzione che coinvolgeva minorenni, droga e una serie di nomi che non sarebbero dovuti mai saltare fuori. Mi hai capito.»

«Caspita...»

«Sì, riuscii a riannodare dei fili difficili da sbrogliare in una matassa di favori, relazioni, segreti. Ma se la situazione fosse venuta a galla avrebbe avuto pesanti ricadute su un partito, e in una democrazia come la nostra prima vengono i partiti e poi, a grande distanza, le persone. O lasci stare o te ne vai, mi dissero. Io non volli abbandonare e alla fine me ne sono dovuto andare.»

«Terribile... e adesso?»

«Be', ormai è passato del tempo e le persone coinvolte sono andate in pensione o sono state risistemate con altre imprese, banche, consulenze... Praticamente nessuno di loro oggi è più a Toledo. Così, poco più di un anno fa, ho chiesto un nuovo trasferimento.»

«Capisco... E hai sempre fatto il poliziotto?»

«Sì, poliziotto e qualcosa di più.»

«Qualcosa di più?»

«Sì, mi dedico anche a custodire segreti. A recuperare tutto ciò che a volte viene nascosto sotto il divano.»

A quella stessa ora, mentre due sconosciuti continuano a fare la loro conoscenza in un ristorante, un'ombra passeggia per le strade della città, ritrovando dei disegni che conosce a memoria; tutti meno uno. Si muove senza sapere se la notte è appena scesa o se ormai è quasi l'alba.

Si ferma davanti a un portone e lo guarda con occhi fissi, senza muovere un muscolo, anzi, in certi momenti sembra quasi che il sangue smetta di scorrergli nelle vene. Può restare così, solo a guardare, per diversi minuti, e talvolta perfino per ore, senza altro nemico che i suoi stessi ricordi.

Silenzio.

Riparte.

Trascina i piedi in un'andatura lenta, perché sa che – più di ogni altro – lui dispone di tutto il tempo del mondo. Osserva con calma ogni dettaglio di una città che conosce così bene da apparirle talvolta misteriosa. Osserva i muri, le case, ogni pietra del selciato nella speranza che, alla fine, un giorno, una notte, troverà quell'ultimo disegno che sembra farsi beffe della sua vita.

«Sotto il simbolo dell'acqua chiusa» è la frase che gli abita la memoria. Sa che è una pista semplice, forse troppo. In realtà, è una pista che non lascia spazio al dubbio. Ma in questo caso il problema non è decifrare, il problema è che ci sono troppe possibilità.

Si ferma davanti a un'altra porta.

Dopo più di venti minuti che la fissa, fa un sospiro e si allontana verso la periferia, con la speranza di trovare finalmente quel segno che continua a cercare da tanto, tanto tempo.

In realtà non bevvi tantissimo, ma erano secoli che non uscivo e il mio corpo non era più abituato...

Adesso, dalla frontiera del presente, è facile dare la colpa all'alcol; è facile cercare gli errori, le colpe, i momenti in cui avrei potuto tirarmi indietro... Per esempio davanti al fiume, quando mi abbracciò, o magari quando mi invitò a cena, o ancora ogni volta che mi guardava con quegli occhi che sembravano illuminati anche di notte... Però non lo feci.

Finimmo di cenare e, dopo esserci rimessi il cappotto, uscimmo in strada. Lì, con la scusa del freddo, lui mi abbracciò un'altra volta, e ancora una volta lo lasciai fare.

Avvicinò le labbra al mio orecchio.

«Sai dove siamo?» mi chiese mentre il suo respiro mi accarezzava la guancia, e un brivido mi attraversava rapidamente la schiena.

«Sì» risposi ridendo, «ho bevuto un po', ma mi ricordo ancora che siamo a Toledo.»

«È vero, ma siamo ancora dentro la città e così ci stiamo perdendo la parte più bella, perché il meglio è fuori.»

«Fuori?» chiesi, con le parole che andavano a sbattere sul suo petto.

«Sì, fuori. Toledo va ammirata anche da fuori.»

«D'accordo» accettai, ancora prima che me lo chiedesse. *D'accordo*.

E così, abbracciati, io dentro la sua giacca e lui che mi turbinava nel cuore, ci dirigemmo verso un parcheggio.

Un'altra occasione in cui, forse, avrei potuto tirarmi indietro.

Salimmo nella sua macchina e lui iniziò a guidare tra stradine dove solo una persona del posto poteva muoversi a quella velocità. Varcammo un ponte e, quando già eravamo dall'altra parte del fiume, dovette frenare di colpo per non investire un uomo tutto vestito di nero e con un cappuccio in testa che attraversava la strada senza fretta, proprio davanti a noi.

Marcos abbassò il finestrino e rimase a guardare quella strana figura che si confondeva con le ombre dei muri. In quel momento l'uomo si voltò e imboccò una strada che riportava verso il centro.

«Si è perso?» chiesi.

«No» mi rispose con espressione cupa.

«Come fai a esserne sicuro?»

«Sì, sì, credimi, quell'uomo conosce queste strade molto meglio di me.»

«Lo conosci?»

«Diciamo di sì.»

«Ah, meno male, perché sembrava abbastanza confuso...»

«Sì, però oggi non piove.»

«Cosa?» domandai stupita.

«Niente, non farci caso, cose mie.»

«Ma hai detto che oggi non piove...»

«Già, è che la pioggia confonde tutto e rende la città ancora meno lineare... lascia stare.»

Di nuovo la pioggia, pensai.

Restammo in silenzio finché arrivammo a uno spiazzo in cui parcheggiammo proprio accanto a un bellissimo edificio.

«Siamo arrivati» annunciò. «Questo è il Parador de Toledo.»

«È magnifico.»

«Sì, e la vista ancora di più. Vieni.»

Scendemmo per ammirare uno degli spettacoli più belli che avessi mai visto: le luci di Toledo nella notte.

Faceva freddo, ma non mi importava: fu la scusa perfetta perché mi abbracciasse e perché io mi lasciassi abbracciare di nuovo.

E lì, appoggiati a un muro, con gli sguardi rivolti alla città, non mi accorsi di trovarmi nell'anticamera di una rivoluzione. Non mi resi conto che da quel momento avrei iniziato a erigere barricate nel cuore, né che il piacere stava prendendo il sopravvento sulla ragione...

Mi accoccolai tra le sue braccia, osservando costellazioni di finestre dove le luci si accendevano e si spegnevano ogni minuto. Tentando di indovinare con lo sguardo, ma soprattutto con l'immaginazione, che cosa potesse accadere in quelle stanze a quell'ora di notte...

In una piccola finestra, nella parte alta di una vecchia casa, una ragazza – la seconda più brava del suo corso di laurea – sono mesi che studia ogni notte. Si sta preparando per un concorso che mette in palio solo un posto. La prima prova è esattamente tra una settimana. Ha lasciato da parte, per tutto questo tempo, amici, familiari e le migliaia di cose divertenti che le sottrarrebbero ore di studio. In realtà è già perfettamente preparata, sta solo ripassando.

Una decina di finestre più in là, è accesa un'altra luce: una ragazza, un poco più grande e con un bimbo in braccio, fa esattamente la stessa cosa. Tra libri, appunti e biberon tenta di rubare tempo alla notte per prepararsi all'esame.

Tre strade più a destra, al terzo piano, in una stanza si è appena accesa una luce. Un ragazzo di una ventina d'anni è rientrato adesso dalla biblioteca – dove praticamente vive da oltre sei mesi –, appoggia i libri sul letto e si prepara per quella che sarà un'altra lunga nottata, in attesa dell'esame che potrebbe garantirgli il posto fisso.

Così, centinaia di stanze hanno in comune gli stessi libri, la stessa speranza e – soprattutto – la stessa fatica, in quelle ore notturne. Tutti, meno una.

È già da parecchio tempo che la luce si è spenta nella camera da letto di una villa nella zona residenziale della città. All'interno, una giovane è già andata a letto. Anche lei parteciperà a quello stesso concorso, ma con una tranquillità che gli altri non hanno. Sa che, a prescindere da come andrà l'esame, quel posto sarà comunque suo. Conosce poco l'argomento e di sicuro non sarà neppure molto brava a svolgere il lavoro per cui sta studiando, ma non importa. Quel che conta è che la posizione in palio è di responsabile di sezione, vale a dire un ottimo stipendio e un ruolo in cui a tutte le sue carenze potranno rimediare gli altri funzionari. È il vantaggio di avere legami di parentela con il sindaco precedente.

Quattro finestre più a destra, si diffonde una debole luce; una donna è rientrata stanca dal lavoro e, a sorpresa, trova pronta una cena con le luci delle candele che danzano intorno a un tavolo senza gambe, appoggiato a terra, con una musica che abbraccia l'incontro.

Nella strada sul retro, in una stanza dietro una finestra che non vediamo, una donna anziana è andata a letto da un'ora. Sa che stanotte dormirà tranquilla, ma già teme che domani sera – venerdì – passerà di nuovo la notte in bianco, perché è da qualche settimana che dei ragazzi hanno trasformato il garage al piano di sotto in un locale dove passare le serate del weekend.

A molti metri da lì, una ragazzina dagli occhi azzurri non riesce a prendere sonno. Pensa che domani tornerà a scuola, che domani ricominceranno a insultarla, a prenderla a spintoni, a farla vergognare davanti a tutti... Mai nella vita si era sentita così vulnerabile.

In un palazzo più a sud, la cucina è illuminata. Una madre, dopo molti tentativi, è riuscita a far inghiottire la medicina al suo bambino. Tra quattro o cinque ore, dovrà dargli un'altra dose; pensa che la prossima volta sarà meglio che gliela sciolga nel latte caldo, quasi bollente, come piace a lui.

Nella casa di fronte, un uomo piange sul divano. Sono già vari mesi che non trova lavoro e tra qualche settimana finirà il sussidio. Piange, ora che la sua famiglia dorme, perché non ha il coraggio di mostrarsi debole davanti a loro. In quel momento guarda la tv dove trasmettono le dichiarazioni di un politico che protesta perché il paese ha vissuto al di sopra delle sue possibilità. Dichiarazioni che il programma intercala con esempi di opere che quegli stessi politici hanno promosso, e che hanno portato a perdite per milioni di euro: aeroporti senza aerei, edifici culturali inutilizzati, parchi tematici abbandonati, faraonici impianti sportivi che servono solo come sfondo per una bella foto sui giornali... Progetti che malgrado non servissero a niente hanno riempito le tasche di impresari, politici e parenti. È in quel momento che l'uomo desidererebbe con tutte le sue forze avere in mano una pistola per – si fa per dire – farne fuori qualcuno.

Lo stesso sentimento di rabbia repressa invade il vicino del piano di sopra. Un uomo che – dopo tanti anni di sforzi prodigati per i suoi alunni – si è sentito dire che non ci sono più soldi per stipendiare tanti professori. Stringendo i pugni, ricorda tutti quei pranzi di lavoro che hanno organizzato in Comune; tutte le auto blu ferme da mesi nel parcheggio; quei costi di rappresentanza in cui sono finite migliaia e migliaia di euro... Si alza dal divano e sferra un pugno al cuscino; magari la prossima volta che per strada incontrerà un politico, sarà la sua faccia a ricevere quel pugno. Tanto ormai ha poco da perdere, almeno si leverebbe la soddisfazione.

Sparse in varie case, dieci persone condividono lo stesso sentimento: sono rimaste senza lavoro. Erano impiegate tutte nella stessa ditta: un'impresa di grafica e pubblicità che lavorava soprattutto per il Comune. Hanno svolto il loro lavoro al meglio: video, foto, pieghevoli pubblicitari di tutte le opere realizzate dall'amministrazione cittadina, comprese quelle non ancora iniziate. Hanno consegnato tutto nei termini e con la qualità richiesta. Però, malgrado questo, non hanno ricevuto neanche un euro. Le fatture sono rimaste all'infinito nel mucchio di quelle inevase: «Non preoccupatevi, anche se in ritardo le incasserete». Ma hanno ritardato troppo. La ditta ormai non poteva più resistere senza liquidità e alla fine è fallita. E così, la vita di dieci persone – e di altrettante famiglie – è cambiata dalla sera alla mattina.

In pieno centro, nella piccola sala attigua a una chiesa, un prete si siede a un modesto tavolino di legno e si lamenta delle poche monete che i fedeli – soprattutto *le* fedeli – hanno messo nel cestino. Guarda cos'ha raccolto con tristezza, ma ugualmente ringrazia, in silenzio. Sa che in un periodo di crisi, anche quei pochi spiccioli richiedono un grande sforzo.

Si guarda intorno, nella stanza: è lì da oltre vent'anni e

malgrado le sue contraddizioni interne sa che lo rende felice aiutare il prossimo.

Tra quelle 'contraddizioni', ce n'è una che si siede abitualmente in prima fila. Sa quanti anni ha, come si chiama, conosce la sua vita e sa che da troppi anni è innamorata di lui.

La conobbe a poche settimane dal suo arrivo a Toledo e, appena la vide, anche lui cominciò a innamorarsi. A partire da quel momento, iniziò un'assurda guerra contro i propri sentimenti, una guerra che durò anni e sfociò in una depressione. Non era in grado di capire perché il suo Dio gli avesse dato dei sentimenti che doveva nascondere. Alla fine, dopo la terapia e molti incontri con altri sacerdoti, riuscì a mutilare quelle sensazioni.

Lo convinsero che non poteva farsi una famiglia per mille motivi assurdi, motivi a cui credette finché non arrivò quel momento in cui naufraga qualunque religione: quando uno inizia a porsi delle domande.

Fu allora che comprese la vera ragione per la quale non poteva cedere: il denaro. Quell'assurdo dogma risaliva al Medioevo e rispondeva a necessità materiali, non spirituali, perché un sacerdote con una famiglia, quando muore, lascia un'eredità e questo significava che la Chiesa avrebbe perso parte delle sue ricchezze. Soluzione immediata: proibirlo.

Lui ha pensato tante volte a quanto si sente inutile quando dispensa consigli sul matrimonio, sui figli, sull'amore, sulla famiglia... senza aver mai sperimentato niente di tutto questo. È come se un meccanico desse dei consigli su come operare un'appendicite. Assurdo.

Quell'uomo continua a credere in Dio, ma da tempo ha smesso di credere nella Chiesa; malgrado questo, sa che alla sua età ci sono due cose che ormai non può più cambiare: il suo 'posto di lavoro' e la sterilità dei suoi sentimenti per le donne. Sentimenti che alla fine sono riusciti a trovare soddisfazione in altri luoghi.

Prende le monete dal cestino e le infila in una busta, sussurra un: «Che Dio mi perdoni» e la nasconde in un cassetto.

Con queste, potrà comprarsi cinque o sei foto. Piange.

Cominciò di nuovo a soffiare il vento, ma mi accorsi che non era l'aria a spettinarmi. Erano le sue dita, come un pettine, ad accarezzarmi ogni singolo capello.

Mi accarezzò come nessuno faceva più da anni. Mi avvicinò la bocca al collo e iniziò a baciarmi come nessuno faceva più da anni. E io mi lasciai baciare, senza pensare a ciò che si avvicinava.

Anche lì avrei potuto tirarmi indietro.

E così, catturati dalle nostre bocche, lui mi prese per mano e risalimmo in macchina.

Anche lì, forse, avrei potuto tirarmi indietro.

Be', ormai lì sicuramente no.

L'ISTANTE CHE DIVIDE UNA VITA IN DUE

Mi svegliai ancora prima di alzare le palpebre, sapendo che era stato per il rimbombo del cuore. Respirai al buio e, senza bisogno di toccarlo, avvertii il calore di un corpo accanto a me.

Rimasi immobile, tentando di riconoscere una stanza immersa nel silenzio, un corpo – il mio – che naufragava in un letto, e una coscienza che tentava di riconciliarsi con l'anima.

Allungai la mano destra per capire quanto spazio mi separava dal bordo del materasso: abbastanza per stendere il braccio e lasciare che le dita dondolassero nell'abisso. Lo stesso abisso in cui stavo per far precipitare la mia vita. Desideravo scappare via, e invece ero incapace di muovermi.

Chiusi gli occhi e iniziai a ricordare: la gonna senza aspettative e le aspettative ormai senza gonna; il freddo della notte e il calore dei suoi abbracci; l'orologio senza minuti e i minuti senza orologio; la difficoltà di camminare sui tacchi e la semplicità di volare con i suoi sguardi; l'uomo di legno e il legno di quell'uomo; l'interno di vicoli in cui ancora potevo dirmi mia e l'esterno, fuori da quella città in cui finii per diventare sua.

E adesso?

Strinsi gli occhi, i pugni e feci il possibile per stringere anche il cuore.

E subito, altri ricordi.

Alcune immagini che cambiavano totalmente la mia situazione, non ciò che era successo, ma la soluzione: la fuga da quello stesso istante. Il ritorno a casa nel sedile del passeggero, con il silenzio come unica conversazione; i piedi che si trascinavano per terra; il gelido bacio che ci scambiammo per salutarci; le lacrime che già affioravano mentre aprivo il portone; le altre lacrime che mi morirono sul viso quando entrai in camera e vidi che lei stava già dormendo; le lenzuola sotto le quali tentai di nascondermi.

Ora sapevo di potermi voltare.

Mi spostai verso sinistra e allungai il braccio destro per stringermela al petto, per sentire il battito del suo piccolo cuore. «Ti amo, ti amo, ti amo...» le sussurrai nei capelli.

In quell'abbraccio i rimorsi iniziarono a cadere come fulmini, uno dopo l'altro nell'infuriare della tormenta.

Il nostro caffè sul divano, dopo cena, quando la bimba già dormiva; il modo così diverso di rifare lo stesso letto; la mia biancheria nel primo cassetto, proprio sopra il suo; la sua mano che mi tirava su la lampo di quel vestito nero che mi aveva regalato; la stessa mano che è sempre accanto alla mia ogni volta che sono ammalata, triste o preoccupata; le città e i paesaggi che abbiamo visto e vissuto insieme; svegliarsi sapendo che lui sarebbe sempre stato lì, accanto a me; la sicurezza di intuire il nostro stato d'animo al primo sguardo, al primo gesto; la fiducia...

E adesso?

Lì, usando mia figlia come scudo, rimasi per ore, cercando di non annegare in un oceano di dolore, cercando di restare a galla afferrandomi a quello che avrei voluto fosse solo un incubo.

Il mio sforzo di addormentarmi ottenne l'effetto contrario e, a poco a poco, furono i miei sensi a risvegliarsi. L'olfatto che iniziava a distinguere il sentore di una colonia che non mi era familiare; il tatto che gradualmente si accorgeva di calze che neppure mi ero sfilata; l'udito in grado di sentire il senso di colpa che mi divorava il corpo...

Mi strinsi ancora più forte alla mia bambina e scoppiai a piangere con tante lacrime quante erano le risate che avevo sparso. Persi il naso tra i suoi capelli e quell'odore di bambina mi fece ricordare il tempo che passammo a cercarla: i medici che consultammo, le speranze che inseguimmo e, soprattutto, la speranza a cui non volemmo mai, mai rinunciare... quel combustibile che, dopo due anni di tentativi, riuscì a dar vita al miracolo... E adesso, per una notte... per un semplice momento... non era giusto.

Non è successo, non è successo, non è successo, continuavo a ripetermi per vedere se in qualche modo riuscivo a cancellare le ultime ore di vita. Magari, pensavo, se nessuno l'ha visto, potrebbe non essere successo.

Il problema di combattere contro se stessi è che, alla fine, tutto quel dolore riesce sempre a trovare una via di fuga in qualche angolo del corpo.

E infatti la trovò.

Iniziò con un lieve formicolio in una parte del collo,

proprio al di sopra del torace, un fastidio a cui non diedi importanza. Ma lentamente il disturbo aumentò.

Mi staccai da lei, mi alzai cercando di non fare rumore, uscii in corridoio scalza e accesi la luce del bagno per guardarmi allo specchio. Mi spaventai.

Avevo un'eruzione che, come una corda, mi circondava il collo. Mi tolsi la camicia e l'irritazione continuava, in modo non uniforme, anche sul petto. Era come se una brocca di sensi di colpa mi si fosse rovesciata addosso.

Tornai in camera tremante. Mi vestii in silenzio, un bacio alla bambina dalla porta e con il passo di un condannato a morte mi avvicinai al divano, dove il televisore sussurrava a Laura che ormai dormiva.

«Zia, zia...» la chiamai e intanto dolcemente le sfioravo il braccio. «Zia...»

Aprì gli occhi con un leggero sussulto.

«Dimmi, dimmi... cosa c'è...?» si scosse, tirandosi su di scatto.

«Calma, non è niente... È solo che... guarda cosa mi è uscito sulla pelle» le mostrai il collo.

«Figlia mia! Questo è qualcosa che ti ha fatto male! Cos'hai mangiato?»

«Sì, forse sì. Sarà qualcosa che ho mangiato a cena che mi ha scatenato una qualche reazione... Vado al pronto soccorso, perché mi sembra che aumenti. Ti lascio la bimba, tanto dorme. Torno tra poco, credo.»

«Tranquilla, non preoccuparti. Se hai bisogno di qualcosa, chiamami. Speriamo che non sia nulla.» E si alzò per accompagnarmi alla porta.

«La bambina non dovrebbe svegliarsi. Torno appena possibile...»

«Sì, sì, non ci pensare, tanto io sono qui.»

Scesi in strada e scoprii quanta solitudine circondava la città in piena notte. Camminavo su pietre che respiravano gelo, per strade che mi fissavano con ogni finestra, come se una di esse avesse visto ciò che era accaduto e subito lo avesse raccontato alle altre.

Trascinando i piedi, e soprattutto l'anima, mi diressi a un'automobile che, in questa città, si era costretti a parcheggiare sempre troppo lontano.

Arrivai all'ospedale in un quarto d'ora appena, entrai da una porta laterale e feci la coda allo sportello dell'accettazione. Dopo vari passaggi burocratici, registrarono i miei dati e mi dissero di aspettare nella saletta che mi chiamassero dall'altoparlante.

Aprii la porta e fu come soffocare: sembrava di essere in una grande stazione di servizio dove qualcuno aveva abbandonato un pugno di esistenze... in attesa che altri le raccogliessero. Feci un profondo respiro e mi preparai a un'attesa che poteva durare ore.

Mi sedetti in uno dei pochi posti ancora liberi, accanto a una donna che, con una benda sulla testa, quasi non riusciva ad aprire gli occhi. Davanti a me una coppia con un neonato che abbracciavano come se fosse il loro ultimo desiderio prima di morire e, chissà, magari era vero. Accanto a loro, un uomo di mezz'età dormiva con la bottiglia della flebo quasi vuota collegata al braccio. Tre sedie a sinistra, un bambino che sembrava lì per una storta al piede. Era venuto praticamente con tutta la famiglia, che occupava cinque o sei posti a sedere.

«Frarfagggel Farztinez» si sentì dall'altoparlante.

«Andiamo Rafa, tocca a noi» disse un uomo a un adolescente che zoppicava, circa quattro sedie più in là della mia.

Mi guardai intorno. Le pareti erano tappezzate di cartelli contro i tagli e le privatizzazioni che il governo stava compiendo da mesi. Tagli per cercare di dimostrare che la sanità pubblica era ogni giorno più improduttiva... per loro, evidentemente. O che la salute, in realtà, non era così importante. È che alla fine, con la scusa della crisi, si tagliava su tutto, perfino sulla vita.

L'attesa, intuii, sarebbe andata per le lunghe. Mentre aspettavo, sentivo che la colpa continuava la sua avanzata verso il resto del corpo; mi sollevai leggermente la maglia e vidi che era già arrivata all'ombelico, forse diretta a quel punto dove erano resuscitate le sensazioni.

All'improvviso, delle grida squarciano la relativa tranquillità di una sala d'attesa del pronto soccorso in piena notte. Si spalanca la porta automatica e irrompe sulla scena una tragedia altrui: una coppia di genitori entrano urlando. Lei – la madre – distrutta, mentre il padre tiene in braccio un bambino che non sarà mai più lo stesso.

«Aiuto, aiuto!» gridano disperati. «Si è bruciato il viso, si è bruciato il viso!»

Alcuni infermieri arrivano già equipaggiati con la barella, per prendere quel piccolo corpo il cui destino è cambiato in una sola notte. Per lui e per loro, per dei genitori che da quando è nato non hanno fatto altro che prendersi cura di lui e amarlo. E adesso, per la distrazione di un secondo... un pentolino di latte bollente gli è caduto in faccia.

Varcano la porta e la disperazione dei loro occhi si imprime per un istante nella mente di tutti i presenti. A partire da adesso, ogni volta che quei genitori poseranno lo sguardo sul loro bambino, si dimenticheranno che furono loro a dargli la vita, si dimenticheranno di tutte le notti che gli sono stati vicini quando era malato... perché ogni volta che gli guarderanno il viso...

E così, sulla barella, si portano via un bambino che non sarà cosciente di essere diventato diverso finché la società non comincerà a discriminarlo.

Passata la sorpresa e la confusione, tutto ritornò alla relativa calma precedente.

«Tristtina Betrrán» si sentì di nuovo, e una donna senza disturbi apparenti imboccò il corridoio.

Approfittando dello spazio rimasto libero mi alzai per sgranchire le gambe e avvicinarmi a un altoparlante da cui sembrava uscissero solo voci finte.

Mi risedetti e, per ammazzare la noia, mi misi a osservare la gente, cercando di indovinare quale guaio avesse trascinato lì la loro storia.

Le mie nuove vicine di posto – a sinistra – erano due donne in là con gli anni, che non si capivano bene tra loro e quindi parlavano a voce alta. Sicuramente erano lì già da parecchio, perché entrambe si lamentavano per la fila che si forma al pronto soccorso, come negli ambulatori dei dottori e perfino in macelleria.

«Sei sicura che non succederà niente?» chiese quella con i capelli violetti a quella con i capelli bianchi.

«E che vuoi che succeda? Tu di' che ti fa tanto male e così ti visitano qui. Sennò, devi aspettare almeno fino alla settimana prossima, se va bene. Sai com'è.»

«Sì, sì, hai ragione.»

«Te l'ho già detto. Vai al pronto soccorso e chi s'è visto s'è visto. E poi qui, se hai un po' di fortuna, ti passano la medicina e ti risparmi un po' di soldi. Però, se poi non te la danno, non ti preoccupare che te la prendo io. Lo faccio con tutta la famiglia: chiedo che mi facciano la ricetta di medicine che non devo prendere io ma mia cognata, o mia sorella, quella piccola, o per la moglie del terzo... Siccome sono in pensione, io le pago di meno, lo sapevi?»

«Sì, sì, certo... tanto i soldi non bastano mai.»

«Guarda, guarda» una indicò all'altra una foto su una rivista. «Hai visto come stava bene la principessa?»

«Sì, bellissima» rispose la donna dai capelli più scuri, senza riflettere che lo stavano pagando loro quel vestito bellissimo, con i soldi che non avevano.

In quell'istante, nel piano più allegro dell'ospedale, nasce un bambino. È stato un parto lungo, lunghissimo. Hanno aspettato fino all'ultimo momento per cercare di evitare il cesareo e alla fine ce l'hanno fatta. Il corpicino è uscito bagnato di sangue e di speranza, avvolto nel futuro e nell'affetto. Quella piccola vita ha aspettato solo un secondo prima di prendere l'aria del nuovo mondo e scoppiare a piangere – non a ridere. E piange anche sua madre; e piange anche suo padre, che ha visto tutto; e piange anche l'ostetrica. Tra pochi minuti nascerà un altro piccolo, questa volta una bambina, anche lei sana; e tra un'ora un altro bambino, sano... E così si accumuleranno litri di quel genere di lacrime che non dovrebbero finire mai: lacrime di felicità.

Al piano di sopra, un uomo è incosciente da giorni, vive collegato a centinaia di apparecchi e sembra ancora indeciso: se restare o andarsene per sempre. Infine, senza aprire gli occhi, sente il tocco del figlio, ascolta la voce di sua madre e, attraverso i tubi che l'aiutano a respirare, avverte il profumo della moglie. Sono tutti questi stimoli che lo hanno portato a decidere di continuare a vivere. Questa notte si sveglierà.

A due corridoi di distanza, in un reparto di cui già il nome toglie ogni speranza – 'malati terminali' – il cuore di un'anziana donna ha battuto per l'ultima volta. Inspira lentamente dell'aria che entra ma non uscirà. È morta in silenzio. Un silenzio rotto solo dal pianto del marito, che seduto accanto a lei non si è allontanato un solo istante. La prima persona che si affaccia in camera è quel simpatico sorvegliante che negli ultimi giorni è sempre stato con loro. Esprime le sue condoglianze al vedovo e gli offre quell'abbraccio di cui tutti abbiamo bisogno in un momento del genere. Per qualche istante si siede accanto a lui, gli prende la mano e dopo un altro abbraccio lo lascia da solo nella stanza.

Appena è in corridoio, si dirige in un luogo appartato dove nessuno lo sente e fa una telefonata. È una chiamata che gli farà guadagnare una discreta commissione. Avvisa un'agenzia di pompe funebri che c'è un nuovo morto. Dopo dieci minuti al massimo, spunterà un rappresentante per rassicurare il vedovo: non si preoccupi, si occuperanno loro di tutto, in un momento così doloroso non si ha la testa per pensare all'organizzazione e alla burocrazia. L'uomo, nella confusione del momento e su consiglio del sorvegliante, firmerà.

Due piani più su, in un grande ufficio, un medico di guardia sta iniziando la pratica per una gara d'appalto. Il problema è che la gara non si terrà mai e che l'impresa che otterrà il contratto sarà casualmente quella appena fondata da un suo caro amico. A pochi metri da lì, in un piccolo magazzino, una donna delle pulizie prende, di nascosto, alcuni pacchetti di garze e di bende per portarseli a casa; va al suo armadietto e li infila nello zaino.

In un edificio annesso, alcune infermiere stanno lavorando ormai da troppe ore, ma malgrado tutto cercano di rivolgersi a ogni ammalato con un sorriso. Un medico si avvicina a controllare i suoi pazienti: la maggioranza sta dormendo, ma gli altri, quelli che sono ancora svegli, lo ringraziano per la cortesia.

Al primo piano, dove si trovano gli uffici dell'amministrazione, una luce è ancora accesa. C'è un altro medico di turno che, seduto al computer, manda avanti alcune pratiche. Guarda la lista d'attesa per un certo tipo di operazione e modifica l'ordine dei pazienti, mettendo al primo posto coloro che ha ricevuto quel pomeriggio nel suo ambulatorio privato.

E in un altro reparto, alcuni bambini ricoverati stasera si sono addormentati con un sorriso. Di sicuro nei loro sogni arriveranno quei supereroi che a metà giornata sono passati davanti alle finestre. In realtà erano solo i lavavetri che si erano mascherati da Superman e Spiderman per far loro una sorpresa, e altro che se è riuscita! Hanno rallegrato un pomeriggio che sarebbe stato identico a tutti gli altri, in un mondo ridotto a tubicini, letti e visite con facce allegre che si sforzano di nascondere la tristezza.

Dopo due ore d'attesa, un'iniezione e un piccolo test sulle sostanze che avevo ingerito a pranzo e a cena: tornai a casa consapevole che avevano soltanto occultato i sintomi di un corpo che si distruggeva tra i rimorsi.

Guidai con lo sguardo che attraversava il parabrezza e

raggiungeva nostra figlia, la nostra casa, i nostri amici, le nostre cene, la nostra vita... Non guardai nello specchietto per paura di scoprire che la *nostra vita* si stava trasformando nelle *nostre vite*.

Arrivai a casa, aprii con cautela la porta e ringraziai mia zia, che dormiva sul divano.

A letto, continuai a lottare contro la mia mente fino a notte inoltrata. D'altronde, era una lotta impari, perché nessuno meglio di noi sa come affondare la lama del rimorso nella parte più delicata dell'anima.

E così, tentando di addomesticare i sentimenti, finii per addormentarmi quando ormai era l'alba.

Il giorno dopo non andai a lavorare.

Il giorno dopo lo confessai a qualcuno.

Il giorno dopo mi ritrovai con una sorpresa altrui.

Quella mattina di venerdì, mia zia rientrò dopo aver accompagnato mia figlia all'asilo nido; io mi ero sforzata di trattenere le lacrime ma sapevo che sarebbe bastata una parola, o un solo gesto, e il mio corpo non ce l'avrebbe fatta a sopportare tutto quel dolore. Per questo non fu così strano che alla semplice domanda: «Stai meglio?», crollassi come un imputato che ascolta la peggiore delle condanne.

La sua prima reazione fu di sorpresa, ma subito – e questo fu già molto indicativo – lei cambiò espressione, come se la mia gonna, l'allegria della sera prima e, soprattutto, la corsa al pronto soccorso in piena notte le avessero già fornito indizi a sufficienza.

«Calmati, Alicia...» mi sussurrò, stringendomi tra le braccia.

Ci sedemmo e, dopo aver tentato di asciugarmi gli occhi, iniziai a raccontarle ciò che lei già sospettava. Tenne la mano accanto alla mia per tutta la durata della conversazione, accarezzandomi con leggerezza, abbracciandomi con lo sguardo.

E lì, sul piccolo divano di una casa che non era la mia, senza quasi conoscerci, diventammo sorelle.

Finii la storia tra i singhiozzi, in una stanza dai contorni appannati, con quella sensazione di leggerezza che si prova dopo aver condiviso un segreto. Mi calmò, mi strinse a sé come si stringe un bambino che è caduto a terra; mi diede un fazzoletto e si alzò per stupirmi così tanto che alla fine fu lei ad aver bisogno di essere consolata. Io avevo custodito un segreto solo per poche ore, mentre lei lo stava facendo da una vita intera.

Mia zia Laura si alzò, si affacciò alla finestra e da lì mi raccontò ciò che non aveva mai raccontato a nessuno. A me, praticamente una sconosciuta. Forse perché proprio a me stava succedendo la stessa cosa, oppure perché sapeva che non mi sarei azzardata a giudicarla.

«Lì» mi disse, «in quel portone sempre identico da anni, vive la persona con cui avrei voluto dividere la vita.»

Fece un sospiro, guardò il vetro e le lacrime iniziarono a scivolare tra le rughe che con gli anni – e soprattutto con le tante vicissitudini – le avevano riempito le guance.

«La prima volta che ci siamo baciati avevo sì e no diciotto anni e lui stava per sposarsi. Fu un gioco, nient'altro che una sciocchezza. Eravamo vicini di casa anche allora e ci eravamo scambiati migliaia di sguardi. Non ricordo la ragione, ma un giorno dovetti entrare in casa sua per qualcosa e lì, nell'intimità della sua stanza, gli chiesi un po' per scherzo e un po' seriamente se fosse proprio sicuro di quel che faceva, e lui si avvicinò e mi baciò. Così, senza nemmeno chiedermi il permesso, di certo perché, osservando i miei sguardi, sapeva che non ce n'era bisogno. Fu il mio primo bacio. Poi si allontanò e con il respiro a pochi centimetri dalla mia bocca, mi sussurrò: 'Sono ancora in tempo a cambiare idea'. 'Non fare lo scemo' gli risposi. Non fare lo scemo...»

Ricominciò a piangere, ma questa volta non si prese neppure la briga di asciugarsi le lacrime: le lasciò cadere lungo le guance per sparire libere nella lana della maglia, come se il cuore le stesse aspettando per riassorbirle.

«La seconda volta io ero incinta da poco e lui mi vedeva più bella che mai. Successe nella sua auto: mi aveva visto alla fermata dell'autobus e mi aveva dato un passaggio. Era già buio, be', era inverno, e in questa città a qualunque ora è buio. E lì, sotto lo stesso portone, si fermò, mi si avvicinò e nel rifugio della notte mi baciò, e io mi lasciai baciare. Anche se dentro di me c'era mio figlio, ero ancora innamorata di lui. Alicia, so che ci sono cose che non si possono spiegare. Era un momento complicato, e ancora di più in un'epoca in cui era proibito provare certe sensazioni.»

Tirò fuori dalla tasca un fazzoletto stropicciato e si asciugò la tristezza che adesso le scendeva anche dal naso.

«E la terza volta, la terza volta che ci baciammo, mio figlio aveva appena due anni, e non fu un bacio: fu molto di più, fu passione, fu sesso. Sentii di più con quel bacio che a far l'amore con mio marito. Dopo quella volta mi sentii così sola che tentai di riempire il vuoto della mia vita con un altro figlio, come se quella decisione potesse rimettere le ali a un matrimonio che ormai aveva perduto la voglia di volare. Cercai di migliorare il nostro amore con i figli, ed è un po' come voler migliorare la felicità con i soldi: non funziona mai. Quel terzo bacio segnò una nuova tappa: il peggio non fu scoprire che ero innamorata di lui, ma scoprire che non lo ero più di mio marito!»

Guardò di nuovo fuori dalla finestra, come se quel vetro fosse l'unico ostacolo tra lei e i suoi sogni, ma il vetro vero ce l'aveva dentro.

«E dopo... dopo ci siamo baciati altre mille volte. L'ho baciato nei sogni, nel mio letto mentre mio marito dormiva, e anche quando era sveglio. L'ho baciato sul divano, facendo finta di leggere una rivista; l'ho baciato davanti a quella porta, in cucina, mentre il pranzo si bruciava sul fuoco, davanti al televisore... Tutte queste volte e molte altre ancora. E questo, figlia mia, anche questo è infedeltà, ma in una forma da codardi...»

Si voltò verso di me, con il viso deformato ma con quel senso di liberazione che regala l'aver raccontato la storia di un amore impossibile. Due portoni di distanza, e la paura di 'cosa dirà la gente'.

«Non è mai stato il momento giusto. E sai una cosa? Non esistono mai i momenti giusti, perché siamo noi che scegliamo; e io, io non ho mai saputo trovarli, forse perché non ho mai avuto il coraggio di cercarli.

«E così adesso ogni mattina mi alzo con la sensazione che la vita mi sfugga. Ogni giorno, alla stessa ora, mi affaccio a questa finestra, che ci sia il sole, che piova o che nevichi. E lo vedo uscire da quel portone. Anche lui mi vede, e mi saluta, e forse mi immagina qui, dietro a questa tenda che mi nasconde, e pensa a quello che avrebbe potuto essere, come in quella leggenda di Bécquer...»

Silenzio.

«Da tre anni è diventato vedovo; si chiama Julio ed è professore come te, sai? Insomma, questa è la mia storia, Alicia. A volte penso che ci siamo amati a tempi sfalsati.» Si scostò dalla finestra, si asciugò il viso con un fazzoletto e mi venne di nuovo accanto. «Ormai i miei figli non vivono più qui, lui è vedovo e non c'è più niente (a parte un poco di affetto, e ogni volta sempre meno) che mi unisca a mio marito. Eppure, non riesco a fare il grande passo. Ci ho pensato tante volte, me lo sono immaginato tante volte, e se fosse per me, solamente per me... Però ci sono i figli, i parenti, i vicini, tutta la gente di questo quartiere... E se mi decidessi cosa otterrei in cambio?»

«La tua felicità?» mi azzardai a suggerire.

«La mia felicità?» Sorrise e mi guardò negli occhi. «La felicità fuori tempo non è poi una gran felicità, perché anche lei, figlia mia, ha le sue stagioni.»

Si allontanò di nuovo, e tornò alla finestra.

Pensai a tutti quegli individui che si erano trasformati da compagni di vita a compagni di appartamento. Coppie che restavano insieme solo perché non avevano una ragione più forte per separarsi. Gente che non aveva avuto il coraggio di seguire la propria strada per la paura di cosa avrebbero detto gli altri, per la paura del giudizio altrui.

Mia zia mi tornò accanto e lentamente si sedette vicino a me. Mi prese la mano e con una voce colma d'affetto pronunciò le ultime parole di una conversazione che intuii non si sarebbe ripetuta.

«Alicia, non posso darti consigli, mi dispiace, devi trovare la strada da sola; io non sono riuscita a imboccare la mia. Dicono che la gente di solito è pentita più per le cose che non ha fatto che per quelle che ha fatto. Io non ho avuto il coraggio, però è vero che era un'altra epoca... Vivi.»

«Zia, ma io sarei felicissima di non provare quello che provo, mi piacerebbe che non mi stesse accadendo niente di tutto questo, vorrei tanto riuscire a controllare le emozioni, governare i sentimenti...»

«Governare i sentimenti? Figlia mia, ma chi è che ce la fa? Nessuno, i sentimenti sono lì, li puoi nascondere o farli uscire allo scoperto, puoi tentare di soffocarli nel cuore finché non esplodono, ma governarli... non ha alcun senso. Non credo che siamo colpevoli per ciò che proviamo. Sai una cosa, Alicia? Se in questa vita c'è qualcosa di reale, di autentico sono proprio i sentimenti, te lo assicuro.»

La guardai negli occhi e mi resi conto che lei, per molti anni, ci aveva provato; si era sforzata di controllare quei sentimenti di cui adesso stavamo parlando.

«Guardami, Alicia, vuoi finire così?»

Restammo sedute di fronte a un televisore spento, con i ruoli invertiti, le nostre mani unite: la sua che tremava, la mia che cercava di calmarla.

Laura si asciugò gli occhi con vari fazzoletti di carta. Uno le cadde per terra e, dopo un'occhiata di complicità, lei lo spinse con il piede sotto il divano.

«Lì sotto spariscono tantissimi segreti.»

Quel giorno seppi che, malgrado Laura e Julio non fossero fisicamente insieme, si amavano molto di più della maggior parte delle coppie che vivono sotto lo stesso tetto. Quel giorno scoprii che anche in amore ci sono le dogane.

Con un sospiro profondo, tornò alla finestra. Rimase lì per qualche minuto, con gli occhi sicuramente puntati a quel portone. Fece sparire le ultime lacrime e la vidi sorridere.

Forse, pensai, era più felice a immaginarsi come avrebbe potuto essere quel sogno, che se lo avesse trasformato in realtà.

E io?

Io non ci avevo pensato tanto e per questo avevo ancora sul corpo i segni tracciati dalla coscienza.

Avevo fatto ciò che mai mi sarei immaginata: non solo ero andata a letto con un altro, ma il problema era che mi stavo innamorando.

Non mi era mai passato per la testa che potessi essere

infedele, anzi era una cosa che avevo sempre duramente criticato; da sempre sostenevo che non avrei mai perdonato l'infedeltà... ero convinta di essere incapace di mentire, e che non avrei mai saputo nascondere un segreto del genere, e invece...

Sempre, mai... che parole profondamente inutili.

Quel venerdì, guidando per ritornare a casa, sperai che la strada si allungasse all'infinito, così il viaggio non sarebbe mai terminato e io non avrei dovuto affrontare nessuna verità. Di tanto in tanto, guardavo attraverso lo specchietto mia figlia che dormiva sul sedile posteriore, sapendo che una decisione sbagliata le avrebbe distrutto la vita.

Avevo il terrore di arrivare, il terrore di doverglielo dire. Iniziai a immaginarmi ogni possibile scenario successivo alla confessione: urla, lacrime, recriminazioni, rimproveri... mi figuravo ogni domanda a cui avrei dovuto rispondere, soprattutto la più semplice, quella per cui non esistevano risposte: perché?

Sapevo che c'era un'altra possibilità, potevo custodirlo come uno di quei segreti che si seppelliscono in giardino. Il problema è che io non avevo neppure un terrazzo.

Molto prima di quanto sperassi, vidi in lontananza le luci del paese e istintivamente rallentai.

Parcheggiai davanti al portone e all'improvviso tutto mi sembrò diverso: diversa la casa, diversa la strada, diverso il modo di scendere con la bambina che si era svegliata proprio in quell'istante... Era come se tutto avesse già il sapore dell'addio.

Durante il viaggio, avevo fatto le prove con mille spunti per introdurre l'argomento, mi ero preparata le frasi e avevo perfino pianificato tutta la conversazione. Gliel'avrei detto a letto, dopo cena, quando la bambina si fosse addormentata. Avrei cercato di farlo con dolcezza, per evitare scenate: niente urla, niente... Chissà, magari lui avrebbe capito. Tutto era possibile.

Infilai la chiave, aprii la porta e appena lo vide la piccola gli corse incontro. Si abbracciarono, lui la prese in braccio e se la portò al collo come a lei piaceva tanto. Mi si avvicinò e mi diede un bacio tenero, che non mi aspettavo, un bacio che forse si preparava da giorni. Sarebbe stato più difficile del previsto.

«Com'è andato il viaggio?» mi chiese quando si separò dalle mie labbra.

«Tranquillo, a quest'ora ormai non c'è più traffico.»

«Ha dormito?»

«Altro che: si è addormentata neanche dieci minuti dopo che siamo partite, è incredibile l'effetto dell'automobile. Dovrebbero inventare qualcosa di simile da tenere in casa. Vediamo stasera, come faremo a metterla a letto.»

«Be', pazienza, almeno la faccio giocare un po', mi è mancata tanto. Allora, piccina?» E cominciò a riempirla di baci su tutto il viso. «Ah, amore, la cena è già pronta.»

«Grazie mille, amore.» Amore...

Amore, gli dissi. Amore, mi chiamò. Come si fa a sapere, quando si pronuncia una parola così, se il significato dentro è ancora intatto, o è rimasta solo una buccia vuota?

La cena trascorse tra il silenzio e le solite domande, mentre nostra figlia giocava ad arrampicarsi sul divano, a cercare di rimontare un puzzle di legno, a disegnare con i pastelli a cera sul tavolo.

Finimmo di cenare. Lui andò a mettere a letto la piccola e io rimasi a sparecchiare. Mi arrivavano le loro voci e soprattutto le loro risa. Sarebbe stata una pugnalata alla schiena.

Mentre ridevano, ignari di tutto, io mi sentivo crollare.

Preparai una tisana e un caffè. Lo aspettai sul divano.

Poco dopo arrivò, mi si sedette accanto, mi abbracciò e restammo così per parecchi minuti, in silenzio.

Infine mi alzai.

«Amore, ti aspetto a letto, mi sto per addormentare» dissi.

«Sì, sì, ora vengo anch'io» mi rispose, mentre prendeva il portatile e lo accendeva reggendolo sulle ginocchia.

Salii, entrai in camera della bambina per darle un bacio, mi infilai il pigiama e una volta a letto ripassai mentalmente tutto quello che non volevo dirgli.

A quella stessa ora, a trecento chilometri di distanza, una ragazzina è sdraiata sul suo letto, a pancia in su, e mentre i suoi occhi perlustrano i contorni di una stanza che conosce alla perfezione, pensa a come il suo mondo sia cambiato dalla sera alla mattina.

Senza aver capito bene come, si è ritrovata in un mondo senza regole, un mondo in cui si sente persa e non sa più come comportarsi.

Un mondo in cui ogni personaggio non smette mai di tormentarla, e ogni giorno è sempre peggio, sempre peggio... All'inizio erano solo sguardi, poi sono diventati insulti e tirate di capelli, e ultimamente le aggressioni sono sempre più violente. Sta mattina le hanno dato uno spintone così forte da buttarla per terra, e lì, dal piedistallo dell'assurdo, hanno riso di lei.

Oggi ha scoperto che ciò che più la ferisce non sono le minacce né le aggressioni, perché col tempo quelle si superano, ma la vergogna di sapersi osservata da tutti i compagni, e peggio ancora dalle amiche, che poi fanno finta di non aver visto... E come se non bastasse, sa che c'è un video che gira per la scuola in cui, oltre ai pugni, si vede una macchia di pipì sui suoi pantaloni.

Oggi pomeriggio non è neppure andata a inglese. Ha detto ai suoi che non si sentiva tanto bene, che le faceva male la pancia. Ma la verità è un'altra, la verità è che la sua voglia di vivere si sta esaurendo, si svuota come succede a un bicchiere d'acqua sotto un sole che castiga.

Adesso guarda, da sdraiata, tutti i poster che ha appeso sulle pareti della sua stanza: immagini con ragazzi che esibiscono addominali impossibili, bocche che viene voglia di baciare e un'allegria che in quel momento lei invidia.

Passa in rassegna, con lo sguardo, ogni angolo del suo piccolo rifugio: quella lampada così speciale che le hanno regalato i suoi genitori due anni fa; gli scaffali pieni di libri e peluche che ormai non abbraccia più; le tantissime foto attaccate all'immenso foglio di sughero che riveste la parete; quello specchio davanti al quale si è vestita e spogliata, immaginando di essere una modella; il barattolo di penne colorate sulla scrivania, lì in mezzo c'è anche la sua preferita, quella verde; una carta geografica dove ha indicato tutti i luoghi dove vorrebbe andare con le sue amiche... «Tornerò mai più a sentirmi felice come prima?» si chiede.

Si volta, si pulisce gli occhi con la manica del pigiama e prende il libro che ha sul comodino: *Non sorridere che mi innamoro*, di Francisco de Paula. E sorride a mezza bocca, sorride perché, malgrado tutto, anche lei si è innamorata.

A quella stessa ora, nella stessa città, due poliziotti cominciano il turno di notte. Si conoscono da tempo, ormai sono amici.

«Che cazzo di freddo fa?» dice uno salendo in macchina.

«Sì, di giorno, se c'è il sole, si sta ancora bene, ma a quest'ora...»

«Merda.»

«Insomma, si sa qualcosa di quella roba di Madrid?»

«Sì, sì, è quasi tutto pronto.»

«Bene, allora poi mi fai sapere.»

«Tranquillo, per ora è meglio che tu non sappia niente; anzi, meno ne sai meglio è.»

«Come preferisci, finché mi pagano...»

«Sì, dài, metti in moto e accendi il riscaldamento.»

Il percorso è praticamente lo stesso ogni notte: si comincia dalla periferia, dove i due fanno qualche giro di routine; poi per quasi un'ora sono di pattuglia nel centro storico. Verso mezzanotte fanno una sosta in uno di quei bar che chiudono tardi, quelli in cui, come ogni fine settimana, il padrone lascia detto di non farli pagare. In fondo, è un modo abbastanza economico per garantirsi la presenza della polizia nel quartiere.

Dopo aver fatto ancora un giro nel centro storico, se non ci sono incidenti ritornano in periferia, nei quartieri residenziali, dove si prendono il penultimo caffè in una qualunque stazione di servizio. Caffè gratis, ovviamente, perché chi glielo offre è molto contento di sapere che a quell'ora la polizia passa di lì.

E dopo, intorno alle sei, quando la città sta per svegliarsi e la loro giornata sta per finire, si avvicinano alla Casa Azzurra per salutare la notte.

Aprii gli occhi e guardai l'orologio: le sei di mattina.

Mi ero addormentata. Mi voltai e lui era lì, come tante e tante altre volte.

Magari era il momento giusto per svegliarlo e parlare; il solo pensiero mi fece rabbrividire. Se in quel momento mio marito avesse aperto gli occhi, gli sarebbe bastato guardarmi per capire la verità.

Mi ero preparata mentalmente il discorso almeno un migliaio di volte, eppure, in quel momento, non sapevo più da dove cominciare. Sapevo che una confessione avrebbe lasciato una cicatrice permanente nella nostra relazione, una cicatrice che sarebbe stato difficile nascondere sotto i baci, le carezze, i 'ti amo tanto'. Ero terrorizzata al pensiero di parlargli... nel preciso istante in cui l'avrei svegliato, tutta la mia vita sarebbe cambiata, e anche la sua, e quella della bambina... Sarebbe stato un addio, oppure un ritrovarsi con tantissimi pegni da pagare.

Feci un profondo respiro e mi preparai a svegliarlo.

Allungai il braccio e gli toccai con delicatezza una spalla.

Sono da poco passate le sei del mattino, e la notte è stata abbastanza tranquilla: un paio di risse tra i capannoni dell'area industriale e un ubriaco che ha tentato di ribaltare un cassonetto in centro.

Si stanno allontanando dalla città, per la precisione sono diretti a una casa che conoscono bene. Parcheggiano sul retro con i lampeggianti spenti, e anche stavolta, come hanno già fatto molte e molte altre volte, entrano. Si siedono entrambi al bancone e ordinano qualcosa da bere, tanto – come al solito – è gratis. Hanno una regola che non infrangono mai: mai salire contemporaneamente, nel caso arrivi qualche chiamata dalla centrale.

«Guarda chi c'è! I custodi della legge in persona!» esclama Lina scendendo da una scala che – a modo suo – vorrebbe essere elegante.

«Bene, vedo che oggi sei di buonumore. Che ti è successo? Hai vinto alla lotteria?»

«No, la fortuna non mi ha neppure sfiorato, però bello, sei vuoi provvedere tu, non c'è problema!» E così dicendo si piega in avanti e mette in mostra un culo vistoso; il poliziotto pronto le dà una sculacciata che le strappa un gridolino di piacere.

«Non ti immagini cosa ti farei...» Ridono entrambi.

«C'è Katy?» chiede l'altro poliziotto.

«Mm... a quanto pare ultimamente te ne piace una sola, eh?»

«Be', mi trovo bene» risponde, appoggiando il bicchiere sul bancone d'acciaio.

«Sì, sarà come dici tu, o sarà che ormai vieni qui perché ti sei innamorato.»

«Ancora non mi conosci bene, allora.»

«Sì, sì, d'accordo... Aspetta che ora te la chiamo. Però vi devo dire una cosa, e soprattutto a te. Ho sentito che c'è qualcuno che va in giro a piazzare telecamere e a filmare i clienti, perciò, intesi: a me lasciatemi fuori, okay? Siete avvisati.»

«Lo sai che non mi verrebbe mai in mente di metterle qui, bella.»

«Come credi, io intanto ve l'ho detto.»

E sulle scale, con addosso una vestaglia che praticamente non le copre niente, le calze e un paio di tacchi senza fine, compare una ragazza sui venticinque anni, con i capelli biondi e gli occhi così scuri da sprofondarci dentro.

«Signor poliziotto, sei tornato!» lo saluta con un accento nordico. «Erano giorni che non ti facevi più vedere.»

«Be', ho anche altre cose da fare, ma mi mancavi tanto, tesoro» le risponde mentre si alza, svuotando in un sorso il resto del bicchiere. «Mi accompagni di sopra che devo leggerti i tuoi diritti?»

«Vuoi mettermi le manette?»

«Dipende da come ti comporti...»

Nello stesso istante in cui la mia mano gli sfiorò la spalla, lui la afferrò e in una successione di movimenti lenti si girò, mi fece voltare, e mi si accoccolò vicino: il suo torace a contatto con la mia schiena, il suo respiro appoggiato al mio collo e il suo amore sdraiato sui miei rimorsi.

Sospirai.

Non ce la feci.

Mi immaginai quella frase, «dobbiamo parlare», e come il silenzio si sarebbe abbattuto su tutto ciò che avevamo costruito in tanti anni. Ebbi paura, molta: credo che mi balbettassero perfino i pensieri.

«Dobbiamo parlare», ma non era solo una questione di parole, contavano anche il tono, la voce, la scelta del momento... C'era la possibilità che diventasse un addio ma, come diceva mia zia, in cambio di cosa? Ecco la domanda: in cambio di cosa?

E dopo sarebbe arrivata l'altra grande domanda, la sua, quella che lui aveva ogni diritto di formulare: perché? Il problema è che non c'era risposta... Perché? Forse perché la distanza tra noi, malgrado vivessimo sotto lo stesso tetto, era già cresciuta da tempo; forse perché dopo tanti anni, nessuno dei due si dava più la pena di coltivare l'amore; forse perché non c'è nulla come fare una cosa per la prima volta o forse perché a volte passavamo tutta la sera a guardare la stessa finestra: un televisore il cui rumore ci serviva per evitare ogni conversazione...

O magari non era niente di tutto questo: forse cercavo solo qualche scusa per giustificare quel che avevo fatto, e trovare delle attenuanti al mio comportamento.

Al piano di sotto, il secondo poliziotto chiacchiera con Lina.

Il fatto è che Lina, a dispetto dell'apparenza e soprattutto del suo lavoro, non è affatto come sembra.

Ogni volta che i poliziotti si fermano a parlare con lei scoprono una persona colta e dal passato interessante. Il poliziotto che in questo momento è seduto a tavola con quella donna si ricorda ancora il giorno in cui, incontrandosi per la prima volta, lui – tanto per dire qualcosa – le chiese da dove venisse il nome Lina, di che cosa fosse il diminutivo.

«Be', Lina non è il mio vero nome» gli rispose, «è il nome di battaglia che mi sono scelta. Se fosse il mio vero nome, significherebbe che sono nata per questo, e no, tesoro, una non nasce così, così si diventa. Il caso ha voluto che una volta mi raccontassero una storia e... sai una cosa? Mi piacque.»

«E allora? Qual è il tuo vero nome?»

«Ascolta me, ragazzino» rispose di scatto, «ci sono tre cose che non si chiedono mai a una donna: il peso, l'età e il vero nome.» Risero entrambi.

«E va bene, allora raccontami quella storia che ti ha fatto scegliere il nome di battaglia.»

Si aspettava una risposta banale, tipo un aneddoto da cui il soprannome affibbiatole in famiglia: invece fu sorpreso da una storia che gradualmente ribaltò del tutto il suo giudizio su di lei. In seguito venne a sapere che Lina aveva studiato più di quasi tutte le donne della sua età, che aveva svolto lavori diversi e «seri», come diceva lei, e che alla fine si era messa in proprio con un genere di azienda che, come la Chiesa, non paga le tasse.

«Lina, bello mio, viene da Messalina, lo sai chi era?»

«No, non mi pare.»

«Ahi, ormai oggi a scuola non vi insegnano più niente, ed è sempre peggio. Mettiti comodo che te lo spiego.» E quella che si mise comoda, con le gambe tra le ginocchia del poliziotto, fu lei. «Dunque, si sa che questa Messalina fu la terza moglie dell'imperatore romano Claudio. Divenne famosa per la sua bellezza, ma anche per le corna ramificate che mise al succitato. Praticamente gliele fece con chiunque respirava: soldati, nobili, gladiatori e un elenco lunghissimo di altre persone. Però, vabbe', fosse stato solo questo non ci sarebbe niente di strepitoso. Il fatto è che la signora in questione superò ogni limite e arrivò perfino a prostituirsi, sotto falso nome, in uno dei quartieri più frequentati di Roma.

«Un bel giorno le passò per la testa di sfidare in una gara la prostituta più richiesta in città per vedere chi delle due fosse in grado di scoparsi più uomini in una notte sola. Così, approfittando del fatto che il marito era via – e in quei tempi lì quando se ne andavano stavano via parecchio – organizzò la competizione a palazzo, dove si presentarono in massa tutti gli uomini importanti della corte. Immaginati i palchi di corna sulla testa dell'imperatore...

«L'avversaria era Scilla, una delle prostitute più famose di Roma. Bene, la povera Scilla, dopo aver soddisfatto venticinque uomini, si arrese, distrutta, invece Messalina la sorpassò e proseguì nella gara. Racconta la leggenda che anche dopo essersene scopati settanta non si sentiva ancora soddisfatta e arrivò alla bellezza di quota duecento! Te lo immagini? Duecento piselli! Si narra che Scilla abbia abbandonato la scena con una frase che diventò famosa in tutta Roma: 'Questa infelice ha le viscere d'acciaio'.»

È sempre così: ogni fine settimana, Lina racconta aneddoti tratti dalla storia che quasi sempre hanno a che fare con prostitute e grandi personaggi: imperatori, alti prelati, re...

E mentre lei, in questa notte che sta per finire, narra chissà quale nuova avventura, al piano di sopra, una camera inizia a riempirsi di sesso, e anche di tenerezza. Perché malgrado sia ovvio che non si amano, è pur vero che si vogliono bene. Lui sente un profondo rispetto e affetto per questa ragazza bionda dall'accento straniero. E a lei piace come la tratta quel poliziotto dagli occhi verdi che mentre la scopa le parla.

Finiscono e sono sudati, sdraiati sul letto uno accanto all'altra, senza toccarsi, guardando un soffitto che non viene imbiancato da tempo.

«Sai una cosa?»

«Dimmi.»

«In un certo senso, provo qualcosa per te.»

«Non mi dire che ti stai innamorando.»

«No, scema, non è questo, però mi piaci. Mi sto affezionando.»

«Sì, lo so.»

«Lo sai?»

«Sì, si capisce, tutto qui.»

«Ti piace quello che fai?»

«Ecco... diciamo che non mi disgusta. Se non altro sono in un posto in cui posso scegliere, ed è già tanto. A me, nessuno mi obbliga.»

«Be', forse è la vita che ti obbliga.»

«Sì, mettiamola così... Una volta anch'io sognavo una casa, un marito, dei figli... sai?, cose così.»

«Sì, certo... E poi?»

«Ecco... non so, ho cominciato per guadagnare qualcosa in più, e poi ancora qualcosa... e alla fine, ormai non so se saprei fare altro.»

«Dài, non dire sciocchezze, ovvio che sapresti fare altro.»

«Va bene, se lo dici tu...» gli risponde inginocchiandosi sopra di lui. «Un'altra bottarella?»

«No, oggi non posso, il mio collega è già stanco e vuole tornare in fretta a casa.»

«Digli di salire, che lo rimetto in forze.»

«Tu?»

«Adesso non mi dire che sei geloso!»

«Be'...»

Sorride, le dà un bacio sulle labbra e le lascia i soldi sul tavolo.

Quel sabato ci svegliammo abbracciati e, senza quasi accorgercene, ci ritrovammo a fare l'amore. Io non ne avevo molta voglia mentre lui, al contrario, sembrava addirittura febbricitante dal desiderio. Non so dire se mi piacque o no, non so dire se godetti o se invece, banalmente, lasciai solo che succedesse.

Lo facemmo avvolti dal silenzio delle lenzuola, senza guardarci, come chi gioca a carte in maniera automatica, senza alcun interesse per il risultato. Fu un ballo senza musica, dove lui si muoveva e io mi facevo trascinare. So che se ne accorse, ma non disse niente.

Finimmo nella stessa posizione in cui avevamo cominciato, ci separammo e senza quasi toccarci rimanemmo in silenzio. Non riuscii a evitare il confronto con l'altro, non per una questione di corpi, ma di magia.

Fu nostra figlia che salvò la situazione quando aprì la porta e si tuffò sul letto.

«Buongiorno!» gridò.

«Buongiorno!» le rispondemmo in coro.

«Dove vorresti andare oggi?» le chiese suo padre.

«Alle altalene, alle altalene!» esclamò, saltando sui nostri corpi.

«Perfetto, allora ci andiamo subito dopo aver fatto colazione, d'accordo?»

«E tu vieni, mamma?»

«Vi raggiungo più tardi. Devo fare la spesa e andare dalla parrucchiera, guardate che capelli mi ritrovo» dichiarai, nascondendo un piccolo particolare: avevo in mente anche una depilazione, oltre che un taglio di capelli.

Si alzarono, e padre e figlia si diressero in cucina. Io rimasi lì, seduta sul letto, con i gomiti appoggiati alle ginocchia, la testa sulle mani, a riflettere se per caso non stessi mettendo i bastoni tra le ruote all'amore.

Facemmo colazione tutti insieme, ma senza guardarci negli occhi; ci salutammo con un: «A dopo», corredato di un bacio di lui e uno della piccola.

Feci la doccia, mi vestii e uscii per le strade di un paesino che conoscevo a memoria. Le stesse case, con le stesse finestre, con le stesse tende, le stesse persone che dicevano le stesse cose, la stessa ombra proiettata dalla stessa luce sulla stessa porta della stessa casa... la mia.

Percorsi appena due strade, lungo le quali scambiai più di mille saluti. In un luogo così piccolo è impossibile avere la propria tristezza come unica compagna. Né è possibile mascherarla: tutto è pubblico.

Dopo troppi: «Ciao» e: «Guarda che tempo» arrivai alla porta color albicocca su cui campeggiava la stessa insegna di sempre: «Acconciature ed estetica, da Sonia».

Entrai e Sonia, che in quel momento stava finendo la piega a un'anziana signora, mi chiese di aspettare qualche minuto. Mi sedetti tra montagne di riviste, di quelle che frugano con gusto nelle vite altrui.

Sonia era una delle mie migliori amiche, anzi, a dire la verità, sia lei che suo marito erano nostri amici dai tempi dell'infanzia. Era una di quelle poche persone a cui si può confidare qualunque cosa; in effetti, da quando ero rientrata al paese, la mia testa sembrava una pentola a pressione dalla cui valvola rischiava di scapparmi un segreto che per il momento ero riuscita a trattenere trasformandolo in sbuffi di vapore.

Congedò la cliente, si scosse il camice e mi salutò con un forte abbraccio.

«Alicia, che piacere vederti! Come te la passi a Toledo?» mi chiese, con uno sguardo che mi scrutò dalla testa ai piedi.

«Bene, bene.»

«Allora, cosa vorresti fare oggi?»

«Ai capelli... una spuntatina...»

«E...?»

«E una depilazione.»

Guardò l'orologio.

«Bene, non c'è problema. Mi sembra che per oggi non ci sia più nessuno» rispose, controllando sull'agenda.

Mentre le forbici volteggiavano come farfalle intorno ai miei capelli, chiacchieravamo del più e del meno, di qualche pettegolezzo di paese e di come avessero sorpreso il sindaco con una donna che non era sua moglie.

«Non lo sapevi?»

«No, sono allibita» mentii.

«Già: e proprio nel suo ufficio... con una delle migliori amiche della moglie. Si vede che la storia andava avanti già da tempo...»

«Ma dài...»

«Come ti sembra?» mi chiese, porgendomi un piccolo specchio.

«Perfetto.»

«Bene, allora forza, spostiamoci nel camerino e continuiamo lì.»

Entrai, mi tolsi le scarpe, i pantaloni e mi sdraiai sul lettino.

«Allora, dimmi, che cosa faccio? Le gambe? L'inguine?»

«E un po' più su.»

«Un po' più su?» mi guardò stupita.

«Sì, una totale» risposi imbarazzata.

«Dài, allora sì che ti sta cambiando quella città!»

«No, è solo per provare qualcosa di nuovo.»

«Certo, certo, qualcosa di nuovo. Lo sai che fa un po' male, vero? Ma forza, per ora cominciamo da qui» disse, spalmando la cera su una parte dello stinco. Soffiò. «Bene, coraggio. Uno, due e...» tirò con forza e insieme a un urletto mi scappò una lacrima.

«Dài! Ora non esagerare. Su, di nuovo: uno, due e...» Un altro strattone e una seconda lacrima... e poi una terza, una quarta...

Mi guardò negli occhi. Appoggiò la spatola con la cera e si sedette sul bordo del lettino.

«Dài, Alicia, cosa ti prende?»

«Niente...» sussurrai.

«Forza, che ci conosciamo fin da bambine. Dimmi che cosa nascondono queste lacrime.»

E mi offrì un fazzoletto.

E glielo presi.

E mi guardò negli occhi mentre io li allontanavo.

E mi prese una mano.

E le rivelai tutto: dalla bambina che avevo incontrato nel vicolo fino alla donna che si era persa sul sedile posteriore di un'auto.

Mi costò raccontarglielo perché, in qualche modo, lei per me – e per quasi tutti gli amici del gruppo – era uno specchio in cui guardarmi. Si poteva dire che la sua vita fosse stata praticamente perfetta. Un marito bello, due bambini incantevoli, una casa a due piani col giardino e un'attività in proprio... Li avevo sempre considerati come una famiglia modello, quel genere di famiglia a cui si pensa quando si immagina che le cose possono anche andare bene.

In un certo senso, mi vergognavo di dover ammettere la mia sconfitta, di confessare che a noi in realtà non stava andando poi tanto bene, o almeno non così bene come sembrava da fuori.

Finii di parlare, ci guardammo e ci abbracciammo.

«Non so cosa fare, non vorrei perdere tutto quello che ho, buttare tutto all'aria solo per un banale capriccio.»

«Ti capisco, ti capisco perfettamente. Però, alla fine non è così complicato, anzi in realtà è semplicissimo» mi sorprese.

«Semplicissimo?»

«Sì: non dire nulla, ed è già risolto.»

«Risolto?» ripetei, stupefatta.

«Sì, non c'è niente di strano. Hai avuto una sbandata,

bene, e allora? Nessuno è perfetto. Ci tieni tanto a confessarlo e a perdere tutto ciò che hai a casa? No, vero? Dunque: fine della storia.»

«Non è così facile. Tra noi c'è sempre stata la massima fiducia, ci siamo sempre detti tutto, e ora...»

«E ora che? Le cose cambiano, le persone cambiano, perfino le pietre con il tempo cambiano; tu non sei la stessa di quindici anni fa, di quando vi siete conosciuti... Quando eri con quel poliziotto, per caso pensavi di fare un dispetto a tuo marito? No, vero? Semplicemente, stavi vivendo un sentimento.»

«Però devo dirglielo, non è giusto vivere nella menzogna. Il fatto è che non so se quando tornerò a Toledo...» E scoppiai di nuovo a piangere.

«Su, forza, non è così grave. Ti capisco, però credimi: non è un vero problema.»

«Mi capisci? Tu, che hai una famiglia perfetta, vi manca solo di uscire sulle pagine di una di quelle riviste del cuore... Sai che vi ho sempre invidiato?»

«Be', tutti abbiamo un lato oscuro.» E mi applicò un'altra striscia con la cera. «Uno, due...» Lei tirò e io urlai.

«Sì, certo, ombre... ma questa non è un'ombra, è un macigno.»

Prese di nuovo la spatola e mi spalmò la cera sulla coscia. «Uno, due...» e tirò. «E ora voltati.»

Lentamente mi girai e misi la testa in un piccolo buco sul lettino, in attesa del prossimo strappo.

«Allora, già che siamo in clima di confessioni, te ne faccio una io» mi disse, mentre mi spalmava la cera sul polpaccio. «È già qualche settimana che viene qui uno di quei ragazzi con i bicipiti di ferro e l'addome a tartaruga: carne da palestra, niente di più. Un ragazzo che dubito abbia compiuto vent'anni. Un *macho* da copertina, tanto per capirci. Viene per farsi depilare il petto e le gambe, e ti assicuro che petto e gambe sono uno spettacolo, per non parlare del resto...» Ridemmo entrambe. «Uno, due e tre!»

«Ahi!»

«Insomma, il fatto è che poco alla volta abbiamo cominciato a scherzare. Lui mi butta lì qualche battuta e io lo lascio scherzare, e viceversa. Ancora non ho capito cosa ci trovi in me, perché ho almeno quindici anni più di lui, ma sostiene che con me si trova benissimo, e sinceramente anch'io con lui.» Spalmò la cera sull'altro polpaccio. «L'ultima volta gli scherzi sono durati un po' di più e quando ho finito di depilargli le gambe mi sono accorta che il coso gli era diventato bello duro... sai, era in mutande.»

«E poi?»

«E poi? Be', non sono mica fatta di pietra, così sono rimasta a guardare, e non sapevo cosa dire, cosa fare... Ero lì, immobile e ammutolita e...»

«E...?»

«E lui, con lo sguardo, mi ha detto tutto: mi ha dato il permesso e così l'ho toccato. Altro che, se l'ho toccato. Gliel'ho preso in mano, gli ho abbassato gli slip e ho cominciato a... Insomma, per poco non gli faccio proprio qui una...»

Feci per alzarmi dal lettino, ma Sonia mi spinse giù e mi obbligò a restare ferma.

«E c'erano anche dei clienti, fuori, che aspettavano. Non so cosa mi è preso. In quel momento non pensavo più a niente, né alla gente né alla mia famiglia... ma quello che più mi ha stupito è che mentre lo facevo non mi sentivo in colpa, niente rimorsi... non riesco a spiegarmelo.»

«Caspita...»

«Già, ma non è tutto.»

«Ahia!» Questa volta non mi aveva avvisato.

«Mi ha proposto di trovarci un giorno, e fare un passo in più, mi hai capito...»

«Qui?»

«Be', sì: qui. Non potremmo trovare un posto migliore. È semplice: basta che gli dia l'ultimo appuntamento della giornata, quando ormai non c'è più nessuno...»

«Cavolo... e hai già deciso?»

«Uff... non lo so! Uno, due e...»

«Ahi!»

«Non ti lamentare, aspetta che arriviamo a quella zona che mi hai chiesto oggi e capirai cosa vuol dire sentire male. Lì per lì gli ho detto di no, ma il fatto è che continuo a pensarci... Cosa vuoi che ti dica: è tutta la vita che faccio l'amore solo con mio marito e sono contenta e tutto il resto, ma alla fine è così monotono... in più, non ho mai provato niente di diverso. Non so come sia farlo con un'altra persona, e sinceramente mi piacerebbe togliermi la curiosità almeno una volta, prima di morire...»

«Però tuo marito... sai quante farebbero carte false pur di...»

«Sì, lo so, mio marito è un bel tipo, certo, ha un bel fisico, è simpatico, e in più è una bravissima persona, dieci e lode, però...»

«Però ci si stufa anche di mangiare sempre la stessa torta, vero?»

«Esatto. E all'improvviso arriva un tizio così, con un corpo da urlo... dovresti vederlo.» Anche senza guardarla sentii che si mordicchiava il labbro.. «Quando mai mi ricapiterà un'occasione simile nella vita?»

«Ma...»

«La maggior parte delle mie amiche si accontenta di

leggere quei libri che adesso vanno tanto di moda, porno per madri di famiglia, li chiamano. In realtà, si immaginano tutto quello che c'è scritto ma senza metterlo in pratica; credo che alla fine sia la stessa cosa: loro lo desiderano tanto quanto me, con l'unica differenza che a me è stata servita una possibilità su un piatto d'argento.»

«Ma... e tuo marito? I tuoi figli?»

«Mio marito, sì, mio marito, e i miei figli, e i miei genitori, e tutti questi pettegoli del paese che aspettano solo di scoprire un fattaccio... Vedi, io sono innamorata pazza di mio marito, farei qualsiasi cosa per lui, te lo giuro, lo amo con tutto il cuore. Però questo è diverso. Sarebbe solo sesso, niente di più. È come quando lui va in bici con il suo gruppo. A me non piace la bici e lui va con altre persone, questo non significa che non mi ami: semplicemente non condividiamo una certa attività.»

«Che strano paragone» osservai.

«Sì, alla fine è questione di mezz'ora. Un'ora, a dire tanto. E poi basta. Tutto qui. Sarebbe solo uno sfizio, come se mi prendessi un caffè...»

«Be', non proprio come un caffè...»

«Ma sì, è così!»

«Allora, hai deciso?»

«Ma no, non lo so. Ci ho pensato, e sarebbe semplice. Nessuno lo verrebbe a sapere.»

«A parte te.»

«A parte me. Senti, lascia stare. Fa' come se non ti avessi detto niente. Alla fine, magari gli dico di no. Certo, solo a pensarci... Preparati, che ora passo alla tua zona segreta. E lì fa male sul serio.»

Il fine settimana trascorse in un lampo e con quello tutte le occasioni per parlargli che non cercai. C'era sempre una scusa per rimandare: nostra figlia che ci stringeva nello stesso abbraccio, un bacio inatteso, la cena a casa dei suoi, una visita ai miei, i momenti inopportuni...

Alla fine lasciai che il fine settimana passasse come passano tutti i fine settimana. Lui non si accorse di niente – o almeno così sembrò a me – perché feci del mio meglio per comportarmi come al solito. E così, tra le solite cose, arrivò la domenica pomeriggio.

Preparai la valigia con più frenesia che stanchezza, senza sapere se stavo solo partendo o se più precisamente scappando, e la differenza era significativa.

Già sulla porta, lui strinse la bambina come se non dovesse vederla più. Ci abbracciammo, ci demmo un bacio solo e io gli dissi: «Ti voglio bene». Non era una bugia, di questo sono sicura. Di ciò che invece non sono altrettanto sicura è se *voler bene* e *amare* siano sinonimi.

Quella sera guidai con lentezza, ammirando un paesaggio che sfumava lentamente nel buio.

A dieci macchine di distanza, un ragazzo è al volante di un fuoristrada e sa che si sta lasciando alle spalle il miglior weekend della sua vita. È lunga la strada che percorre per andare a trovarla, ma ogni minuto che passa con lei ne vale la pena.

A tre chilometri, due camion hanno iniziato il loro assurdo duello: uno sta superando l'altro, ma questi accelera impedendogli il sorpasso e così i due camion marciano appaiati sull'autostrada, creando una colonna di oltre venti automobili, con i conducenti che iniziano a sfanalare.

Due chilometri più avanti, in senso contrario, un'auto non riesce a restare in carreggiata, l'autista non ce la fa a tenere gli occhi aperti. Forse tra poco li chiuderà per sempre, o magari invece si fermerà nell'area di servizio che si trova cinquecento metri più in là. Non lo sapremo mai.

In quella stessa area di servizio, un camionista tenta di dormire nella sua cabina, senza smettere di fissare il neon che illumina alcune camere senza finestre, lasciando intuire cosa succede lì dentro. Infine scende, chiude lo sportello e si incammina verso quelle stanze. Mentre cammina si volta e vede la scritta che brilla sul parabrezza: «Carla e Raul», i suoi figli. Sospira, si ferma per qualche istante sotto la notte, si guarda l'anello e – per il momento – ritorna sul camion.

E la vita continua, per migliaia di persone che passano la notte sulle strade, lontane da casa, lontane dalle proprie abitudini, lontane perfino dai propri principi.

Alle nove e dieci suona il campanello di una casa.

Alle nove e undici risuona lo stesso campanello della stessa casa.

«Vado io, vado io, tu non muoverti, eh!» grida una donna al marito, uscendo dalla cucina.

«Finalmente sono arrivate, bell'orario per cenare» si sente dal divano.

«Non è così tardi, non c'è bisogno di lagnarsi» lo rimprovera la moglie, asciugandosi le mani nel grembiule.

«È che non capisco cosa ci fanno qui, anzi sì: danno fastidio, questo è chiaro» continua a recriminare l'uomo dal divano.

«Oh, ora basta!» urla la donna. «Ricordati che sono mie parenti! Sì? Chi è?»

«Noi, zia.»

«Tue parenti? Proprio adesso che hanno bisogno, perché – che io sappia – in tutti questi anni non sono venute neppure una volta a trovarti! Chiamale parenti!» urla, senza sapere che la moglie non ha fatto in tempo a riagganciare il citofono.

«Taci, che ti sentono. Stanno salendo!» E torna in cucina.

«E invece no, sono delle belle approfittatrici, ecco cosa sono!»

Salii con la bambina in braccio e una valigia che sembrava ogni volta più pesante.

«Ciao, siamo qui!» gridai apposta aprendo la porta.

«Ciao!» urlò anche mia figlia.

«Ben arrivate, ragazze!» ci salutò la voce della zia dalla cucina. «Entrate, entrate. La cena è quasi pronta!»

«Ciao, Pablo» lo salutai, e lui mi fece un gesto con la mano. «Zia, scusaci ma abbiamo dovuto fermarci. La bimba non ne poteva più. Come ti aiuto?»

«Niente, niente, anzi apparecchia, che Pablo va di fretta» rispose, arrabbiata.

E mentre io apparecchiavo e mia zia cucinava, una bimba di tre anni e un uomo di quasi settanta facevano la stessa cosa, ovvero un bel niente. Mia figlia giocava con un pupazzo, e quel pupazzo di mio zio continuava a trastullarsi con il telecomando. Restava lì, stravaccato, in attesa che intorno a lui tutto venisse organizzato al suo servizio.

Un tutto che – intuii – comprendeva parecchie cose: pranzi e cene serviti con puntualità, il letto rifatto ogni mattina così che lui potesse disfarlo la sera, vestiti lavati e stirati per permettergli beatamente di insozzarli; e gli abiti stessi comparivano per magia nel suo armadio, poiché lui non andava mai in giro per negozi...

Se qualcuno avesse valutato il rapporto di questa coppia dall'esterno, sarebbe arrivato alla conclusione: per restare in equilibrio, una delle due parti deve dimostrare all'altra un amore infinito. Invece non era così.

Mio zio si alzò in quel momento, ma non per offrirsi di aiutare, bensì per muovere il televisore e orientarlo verso il suo posto a tavola. Si sedette di nuovo e sembrò che gli mancasse qualcosa.

«E il vino?» urlò.

«È dove sta sempre» si sentì dalla cucina.

«Dove sta sempre, dove sta sempre...» bofonchiò, senza spostarsi dalla sedia e senza staccare lo sguardo dalla tv.

Dopo aver distribuito i piatti, fu mia zia che si avvicinò al piccolo armadio dove tenevano le bottiglie di vino. Ne aprì una e la mise in tavola, alla distanza giusta perché il marito non dovesse allungare troppo il braccio.

Pablo si riempì il bicchiere e iniziò a mangiare senza aspettare nessuno, perché nell'universo di casa sua dava per scontato di essere il sole.

Il tavolo fu percorso dallo sguardo triste e rassegnato della zia, la quale si alzò giusto un attimo prima che le scivolasse una lacrima... Andò in cucina e tardò qualche istante prima di tornare.

Quando, dopo essere passata dal bagno, tornò a sedersi a tavola, la cena ormai era fredda, ma lei non disse niente. Fu il marito a rompere di nuovo il silenzio.

«E il caffè?» gridò di nuovo, quel Pablo che aveva già finito e che, senza smettere di guardare la televisione, si spazientiva perché non sapeva più che cosa fare a un tavolo dove non c'era più niente da mangiare.

«È a tre metri da te, in cucina, fattelo tu, per una volta!» rispose seccata mia zia.

«Il caffè!» si sentì di nuovo.

«Incredibile, davvero incredibile...» parlava con se stessa, una Laura che ancora una volta si alzò per avvicinarsi rassegnata alla cucina.

Silenzio.

Tornò con una tazzina di caffè che lasciò davanti al marito. Lui soffiò sul caffè, ma vedendo che era troppo caldo si alzò e se lo portò sul divano.

Mia zia e io mangiammo in silenzio, un silenzio in cui

lei non sapeva come nascondere la vergogna. Di solito viveva situazioni di quel tipo nell'intimità della sua casa, al riparo dalle opinioni degli altri, ma adesso, adesso qualcuno stava assistendo alla scena.

Dopo quattro chiacchiere parlando di niente, sparecchiammo e, mentre lei lavava i piatti, io portai la bambina a letto.

Nel giro di qualche minuto, dopo la favola, gli abbracci e il momento in cui la piccola si arrese al sonno, la porta della stanza si socchiuse e apparve la zia.

«Si è già addormentata?» mi sussurrò.

«Sì, era stanca morta. E tu come stai?» le chiesi sottovoce.

«Mi dispiace, mi dispiace tanto» disse, portandosi le mani sugli occhi.

«Ma per cosa ti dispiace? Non dire sciocchezze.»

«È così, giorno dopo giorno, anno dopo anno. Adesso, tra qualche minuto, appena finito il caffè, lui se ne andrà in camera nostra e io mi siederò sul divano. Camera nostra... che ironia. Nostra perché io la pulisco e lui la usa. Ognuno con il suo televisore, come se il nostro vero compagno fosse quell'apparecchio con cui dividiamo tanto tempo. È che... è che è un uomo così inutile...» Mi guardò, ci guardammo e ci venne da ridere, un riso amaro. «È così inutile... Non sa come funziona la lavatrice né il forno né la lavastoviglie, niente, niente... non sa rifarsi il letto né lavarsi i vestiti né fare la spesa... Se in questo preciso istante io sparissi, cosa farebbe?»

«Chissà, magari si darebbe da fare.»

«Sì, sì, lo so che la colpa è mia.»

«Non volevo dire questo.»

«Non preoccuparti.»

E ci abbracciammo.

E intanto...

«Mi dispiace, mi dispiace di non averti mai chiamato in tutti questi anni, siamo parenti e non sono stata capace di venirti a salutare finché non ho avuto bisogno.»

«Hai sentito, vero?»

«Sì.»

«Non fa niente, adesso siete qui. Grazie! Bene, e tu? Come stai? Hai parlato con tuo marito? Gli hai raccontato qualcosa?»

«No, zia. Non ce l'ho fatta. Non ho potuto.»

«Be', non importa. Non importa.»

«Invece importa, importa perché non se lo merita, non si merita di essere ingannato...»

«Forza, su, Alicia, non preoccuparti, che tutto alla fine si sistema.»

«Non so come.»

«Be', non uscire più con quel poliziotto, ed è tutto risolto; hai avuto una debolezza, sai a quanta gente succede.»

«Sì, però...»

«Però?»

«Però, se non ce la faccio a smettere di vederlo?»

«Non ce la fai, o non vuoi?»

«Non lo so, zia, non lo so.»

«Vieni qui, bimba mia.»

E ci abbracciammo di nuovo.

Inizia il lunedì con il suo sapore. Lo trovai sul portone, come una sentinella fuori da scuola. Ci guardammo ma senza parlare, almeno non con le parole: il mio cuore si apriva e si chiudeva seguendo il battito dei suoi occhi.

Sospirai ed entrai a scuola.

Quel lunedì fu un giorno complicato in classe, di quelli in cui, senza volere, ti infili in ginepraі da cui non sai più come uscire.

Per rendere più leggera la lezione, mi ero allontanata dal programma, ma è una scelta che si paga. Quella mattina, persi tra numeri, operazioni ed equazioni, vedendo che non riuscivo a farli concentrare, interruppi le spiegazioni e scelsi di parlare un po' con i miei allievi, sul futuro e sulle loro aspirazioni.

Seppi ciò che già sapevo: alla maggior parte di loro non piaceva stare qui; lo consideravano una sorta di purgatorio in cui bisognava passare i giorni per poi finalmente poter lavorare e guadagnare soldi, l'unica cosa che realmente li interessava.

Posai il gesso, mi sedetti sul bordo del tavolo e domandai loro che cosa volessero davvero fare nella vita, quali obiettivi avessero e quali speranze, come si immaginavano il proprio futuro. In linea di massima, mi risposero tutti la stessa cosa, identica a quella che mi ero figurata: tutti sognavano di partecipare a qualche concorso televisivo e diventare famosi.

Mi sforzai di dimostrare che, francamente, non era la soluzione idilliaca che sembrava. «Ma chi di voi si ricorda chi ha vinto le ultime edizioni di *Star Academy*» chiesi, a suffragare la mia tesi, «o del *Grande Fratello*?»

Nessuno alzò la mano, nessuno lo sapeva più; era stata una fama effimera come il profumo che lascia un fiore quando lo si coglie.

«Come vedete, essere famosi a volte è una strada brevissima» cercavo di convincerli.

«Sì» mi rispose Alejandro, «ma intanto ti riempi il conto in banca, e poi vivi meglio!» Tutti scoppiarono a ridere.

«Bene, provate a farmi degli esempi di persone a cui sia servito diventare famose.» E ovviamente in quel momento ci fu una selva di mani alzate, e tutti iniziarono a parlare di presentatori televisivi, calciatori, giornalisti gossippari, concorrenti, cantanti...

Alzò la mano anche Erika, una delle ragazze più in gamba della classe.

Chiesi di fare silenzio, sperando che almeno lei dicesse qualcosa che portasse acqua al mio mulino, ma non fu così: anzi, fu anche peggio degli altri.

«Silenzio, per favore. Sentiamo Erika.»

«Non esiste solo la televisione, Alicia, senza studiare uno può anche darsi alla politica e guadagnare ugualmente un sacco di soldi.» Rimasi senza parole.

«Sì, fare il politico, il politico» gridarono altri.

«Erika, spiegati meglio.»

«Be', ieri, a colazione, mio padre ha letto un articolo

sul giornale in cui si diceva che molti dei consulenti del governo non hanno neppure la licenza media! Non hanno finito le medie!» Tutti emisero esclamazioni di stupore. «E di sicuro guadagnano stipendi da favola. E poi si sa che i politici sono in gran parte dei somari. Per esempio, il sindaco del paese di mia mamma: sa leggere a malapena e guadagna più di tremila euro al mese.»

Tutti si misero a fare gesti.

«Alicia» ci interruppe Carlos, «quello che non capisco è come si può dare consigli al capo del governo se non si è neppure andati a scuola, magari non sanno nemmeno leggere e scrivere!»

Tutti risero e io tacqui.

Avrei potuto dire loro la verità, avrei potuto ammettere che, indipendentemente dal partito politico, nel nostro paese la qualifica di consulente non è altro che una scappatoia per sistemare parenti e amici che non si saprebbe come impiegare; per dare un lavoro a persone che senza il minimo sforzo ottengono così un posto con uno stipendio ben più alto di quello di uno scienziato, per esempio, il quale ha passato la vita sui libri. Parassiti della democrazia. I miei alunni avevano ragione: quali consigli potevano dare individui del genere su temi di economia, politica estera, sanità... persone prive perfino di quel minimo di istruzione fornito dalla scuola dell'obbligo? Ma non ebbi il coraggio di dire la verità.

«E guarda noi, chiusi qui dentro» continuò Erika, «a studiare, a faticare, mentre è così facile fare come mio cugino: ha mollato la scuola, si è iscritto alla sezione giovanile di un partito e, a forza di fare il leccaculo, come dice lui, ora è nelle liste per le amministrative. Magari alle prossime elezioni verrà pure eletto... E nel frattempo gli hanno trovato un posto in Provincia.»

E smise di parlare.

E in classe calò il silenzio in attesa della mia replica.

E nella mia bocca ci fu ancora più silenzio perché ero rimasta senza parole.

Come potevo invogliarli a studiare, a sforzarsi, a investire tempo nella formazione, quando la gente più preparata del paese, medici, ingegneri, tecnici di ogni tipo, deve poi emigrare per trovare un lavoro, mentre i più scansafatiche, i più inutili, coloro che non hanno mai cavato un ragno da un buco si ritrovano a governare paesi, città e perfino la nazione intera... e per di più con stipendi da nababbi? Come si fa a spiegare queste cose a dei ragazzi, senza rischiare di demotivarli per sempre?

A molte strade da lì, in un'altra scuola della stessa città, un vecchio professore che si presenta ogni mattina con il sorriso stampato in volto – soprattutto quando una certa signora lo saluta dalla finestra – sta cercando di spiegare le funzioni della Camera dei deputati e, ancora più complicate, quelle del Senato, quando una domanda lo coglie di sorpresa.

«Julio» gli chiede un alunno, «c'è una cosa che non capisco.»

«Dimmi, Rafa.»

«Hai spiegato che di solito, per non dire sempre, tutti i componenti di uno stesso partito votano la stessa cosa al Parlamento, no?»

«Sì, è così. A meno che non siano rimasti a casa a dormire, o siano impegnati con il loro secondo lavoro o magari siano distratti perché leggono il giornale sull'iPad.»

«Bene, allora non capisco perché ci sia bisogno di trecentocinquanta deputati.»

«Spiegati meglio.»

«Be', è molto semplice: basterebbe che ogni partito rappresentato avesse un solo deputato e il suo voto varrebbe per la percentuale di seggi che ha ottenuto, no?»

«Be', sì, il tuo ragionamento non fa una grinza.»

«Per di più risparmieremmo molti stipendi e quei soldi potrebbero servire per migliorare ospedali, scuole, parchi...»

«Non è facile da applicare, ma è certamente un'idea.»

Alla stessa ora in cui Alicia sembra essere caduta nella 'tana del coniglio', Laura è già sveglia da un'eternità. Si è alzata prima del marito, per potergli preparare un panino che ha avvolto in un tovagliolo e una birra di quelle senza marca che ultimamente comprano al supermercato. Prima faceva sempre colazione al bar, ma ormai la musica è cambiata: soprattutto dal punto di vista economico, perché in effetti da quello sentimentale la situazione ristagna da anni.

Il marito si è alzato, ha preso birra e panino e con un «ci vediamo» sommesso è andato a lavorare. E mentre lui scende, lei si ferma con un caffè in mano davanti alla finestra, non per guardarlo allontanarsi ma perché sa che, come ogni mattina, tra una decina di minuti il portone di fronte si aprirà.

E si apre.

E lei lo saluta.

E lui la saluta.

E lei rimane lì, soffiando su un caffè ancora caldo, a guardarlo mentre si avvia lungo la strada con quella sua camminata che ha imparato a memoria.

Adesso Laura spazzerà per terra e riordinerà la cucina,

e poi il resto della casa; rifarà il letto, caricherà una lavatrice e si metterà a stirare guardandosi una soap opera in tv. Oggi comincia a lavorare alle dieci, sono solo tre ore di pulizie in alcuni uffici, ma quei soldi fanno comodo.

Il primo indumento che pesca dalla cesta è una camicia di quelle che all'inizio erano bianche, ma che ormai hanno perduto l'innocenza. Mentre la stira osserva un alone intorno all'ascella, un cerchio giallastro di sudore che neppure il miglior detersivo è più in grado di eliminare. È ora di buttarla...

E mentre guarda la macchia che assomiglia a quei disegni di schiuma che lasciano le onde sulla spiaggia, pensa a come sarebbe la sua vita, in che modo cambierebbe tutto se bussasse a quella porta... Ma... e se alla fine non cambiasse niente? E se banalmente ci fosse un altro accanto a lei a cui stirare le stesse macchie di sudore, ma su camicie diverse?

In quel momento in tv vede due uomini che lottano – letteralmente – per la stessa donna. Non è il suo caso.

Suonò la campanella dell'intervallo e uscii dalla classe con la sensazione di essere stata sconfitta. Mi affacciai in cortile cercando Carolina per commentare con lei la conversazione che avevo appena avuto con i miei studenti. E mentre tentavo di individuarla in mezzo a tutte quelle piccole esistenze, lo sguardo si fissò su una bambina con gli occhi azzurri e il viso impaurito: era senza dubbio lei.

Era passata più di una settimana e quasi non avevo più pensato alla violenza in cui mi ero imbattuta quel venerdì sera, e adesso eccola lì, in un angolo, accanto alle sue amiche.

Mi appoggiai con la schiena al muro e mi misi a guardarle; lei, da dov'era, non poteva vedermi.

Ridevano, chiacchieravano, si mostravano chissà che cosa sul cellulare... ma qualche minuto più tardi tre ragazzine si avvicinarono al gruppo e subito le amiche la lasciarono sola.

Non fui in grado di sentire le parole, ma i gesti sì: le ragazze sembravano diventare via via più grandi, e la bambina rimpiccioliva. Il silenzio fu ciò che le uscì dalla bocca. Tutto si risolse con uno spintone e le risate delle tre bulle che, con il trofeo dell'umiliazione in pugno, si allontanarono.

«Ciao, Alicia!» mi sorprese una voce.

«Carolina, che spavento!»

«Che ci fai qui tutta sola?»

«Sto osservando quella ragazzina lì nell'angolo, la conosci?»

«Chi? La bionda con il fisico da Barbie?»

«Sì, lei.»

«Be', come tutti: ha cominciato la prima quest'anno, si chiama Marta, è molto graziosa e dall'intelligenza vivace; in sintesi: ha tutte le fortune.»

«Forse anche troppe» risposi.

«Troppe?»

«Sì, ho la sensazione che l'abbiano presa di mira.»

«Cosa?»

Così le raccontai come l'avevo conosciuta, in quel vicolo buio del centro.

«Caspita, non sapevo niente. Non preoccuparti, ora vedo che cosa posso fare. Questi casi vanno trattati con cautela. Bisogna evitare a tutti i costi che si ripeta quello che è successo qualche tempo fa.»

«Qui?»

«Be', non proprio da noi, ma qui vicino, in un'altra scuola.»

«E che cosa è successo?»

«È morta una ragazza.»

«Cosa?»

«Sì, una tragedia, e per di più è stata uccisa da una coetanea, che è la cosa più, più... non so come definirla.»

«Dici sul serio?»

«Purtroppo sì. Non ricordo tutti i dettagli, però...»

Suonò la campanella che ripristinava il ritmo della vita in quella sorta di 'fabbrica' in miniatura.

«Be', ne parliamo un'altra volta.»

«Va bene, ma intanto tienimi informata se viene fuori qualcosa.»

«Certo, naturalmente, e non preoccuparti: me ne occupo io.»

«Grazie.»

«A te.»

Per il resto della mattina non riuscii a togliermi dalla mente il viso di quella bambina che finalmente aveva un nome: Marta.

Suonò di nuovo la campanella, questa volta l'ultima.

Uscii dalla scuola, salutai in fretta Carolina e, avevo fatto pochi passi, quando mi si avvicinò un ragazzino di circa dodici anni.

«Sei Alicia?»

«Sì» gli risposi stupita.

«Allora questo è per te.» E scomparve con la stessa rapidità con cui si era manifestato.

Aprii il foglio e sorrisi.

Andai a riprendere mia figlia al nido e pranzammo con la zia, che era rientrata dal lavoro da un'ora. Suo marito quel giorno non sarebbe tornato prima delle sette.

Passai il pomeriggio con mia figlia in uno di quei luoghi che hanno sostituito le strade e i campi della nostra infanzia. Entrammo, le tolsi le scarpe e la abbandonai in un deserto coloratissimo.

Mentre lei giocava lì dentro, ripresi il foglio che mi aveva consegnato quel giovane messaggero: «Domani sera continuo a mostrarti Toledo. Alle nove nel bacio. D'accordo?»

D'accordo? O no? Riflettei, forse era il momento di fermarsi, era stata una leggerezza, un'avventura, e poteva bastare. Avevo sicurezze da perdere e solo incertezze da guadagnare. Incertezze e... novità.

Rimasi a guardare la mia bambina che si perdeva in un mare di palline, lottando contro scale impossibili, rotolando da scivoli di plastica... Mi guardava e sorrideva: era felice. Realizzai come alla sua età sia impossibile sentirsi in colpa per una cosa fatta il giorno prima; preoccuparsi di quello che potrebbe succedere domani; a quell'età esiste esclusivamente il presente. L'innocenza dei bambini.

E io?

C'erano tante ragioni per non andare.

Ma anche tante ragioni per andare.

Martedì.

Arrivai alle nove passate e lui era lì, seduto ai piedi di una statua che confermava che si può essere guerrieri e poeti allo stesso tempo. Mi avvicinai nervosa, senza sapere bene come comportarmi: meglio salutarlo con due baci o aspettare che fosse lui a darmene solo uno, ma sulla bocca?

«Ciao!» dissi.

«Ciao!» E mi prese la mano. Non ci furono baci. «Oggi ti porto in una delle mie zone preferite: i cobertizos.»

«Cobertizos?»

«Sì, andiamo.»

E così, tenendoci per mano e – almeno nel mio caso – lontani dalla coscienza, riattraversammo quei vicoli che sembrava ci tenessero d'occhio.

A volte mi sentivo come una banderuola esposta a un vento che trasportava sogni. Non mi curavo della meta né della strada né di che significato avessero. Mi sentivo felice, per le vie di quella città così poco glamour. Mi piaceva perdermi in lei, accarezzarne i muri con le dita, abbandonare gli occhi nelle sue luci e le labbra in qualunque suo segreto.

E così, come in una sfilata di cui ero la protagonista, arrivammo in una stradina dove due palazzi, uno di fronte all'altro, si univano nella parte superiore, formando una piccola galleria che ci accingevamo ad attraversare.

«Bene, eccoci arrivati. I cobertizos, o passaggi coperti, sono tipici di Toledo. Vennero molto sfruttati come comodi accorgimenti per guadagnare spazio nelle case, senza l'aggravio di ulteriori tasse. Il problema è che a un certo punto diventarono così numerosi che la città perse luce e le tante gallerie così create diventarono zone insalubri e pericolose, dove la sporcizia si accumulava e i delinquenti vi stabilirono i loro quartier generali. Finché venne vietata la realizzazione di nuovi cobertizos. Più tardi, per i continui incidenti a danno di cavalieri che si trovavano a transitare sotto questi passaggi coperti, fu decretato che fossero eliminate tutte le gallerie che non raggiungessero l'altezza minima di un uomo a cavallo con una lancia in resta.»

«Accidenti, se ne dovettero demolire parecchie, o no?»

«Sì, non poche, ma subito qualcuno ebbe un colpo di genio tipicamente spagnolo e in qualche caso, come in questo che vedi qui, non venne sollevata la copertura per rispettare l'altezza indicata, piuttosto si scavò nel terreno per abbassare la strada. Che te ne pare?»

Scoppiammo a ridere.

«Guarda, se ci fai caso, questo è il livello precedente della strada, si vedono ancora i segni.»

«Vero, che strano!»

Andammo avanti tra baci e sguardi languidi.

Dopo qualche metro arrivammo al termine di una via che a sinistra si infilava in una magnifica e ampia galleria. Galleria che in fondo ci riservava una sorpresa, anzi: una sorpresa e qualcos'altro.

«Questo» mi raccontò «è probabilmente il cobertizo

più bello di Toledo, e certamente del mondo.» In effetti, questa zona è stata fonte di ispirazione per grandi artisti, lo stesso Bécquer passeggiava per queste strade in cerca di idee. Restiamo zitti per qualche istante e ascoltiamo il silenzio...

Tacemmo.

Non si sentiva assolutamente niente, era come se Marcos riuscisse a occupare tutto il silenzio di cui mi parlava. Chiusi gli occhi e provai piacere, un piacere diverso da tutti: il piacere del presente. In quell'istante seppi che non mi sarei mai dimenticata di questa città, che tutto ciò che accadeva qui entrava a far parte della mia altra vita... Mi dimenticai di mio marito, di mia figlia, della realtà, del mondo...

E così, dimentichi di tutto e stretti per mano, attraversammo quella galleria che sembrava il fondale di una storia d'amore: tra pochi minuti, della mia.

Non immaginai che alla fine mi sarei ritrovata in un luogo conosciuto: una piazza in cui pochi giorni prima avevo scoperto una strana iscrizione.

«Marcos» gli chiesi, allontanandomi da lui, «puoi venire un momento? Voglio farti vedere una cosa.» E correndo mi avvicinai a quel disegno per vedere se c'era davvero o se era stato solo frutto della mia immaginazione.

«Dimmi» mi rispose, mentre mi veniva di nuovo vicino.

«Guarda, guarda qui: c'è uno strano graffito.»

«Sì, sì, lo so, una specie di clessidra, un po' curva, vero?» domandò. Mi accorsi che l'allegria che aveva sul viso fino a un attimo prima si era dissolta.

«Sì» risposi sorpresa, «come fai a saperlo?»

«Ho visto il disegno altre volte, passando di qui, ma non posso dirti molto.»

«Cavolo, sembra che nessuno ne sappia niente.»
«Nessuno?» mi chiese interessato.
«Sì, quel venerdì, quando incontrai quella ragazzina nel vicolo qui vicino, ti ricordi?»
«Sì.»
«Quel venerdì, avevo notato questa iscrizione e avevo chiesto alla guida che cosa fosse.»
«E che cosa ti ha risposto?» mi incalzò, palesemente più nervoso.
«Niente, o quasi. Mi ha detto che era certamente l'opera di qualche innamorato.»
«Bene, forse è davvero tutto qui» concluse, più tranquillo.
«Non so, c'è qualcosa che non mi torna.»
«Dimmi...»
E dolcemente mi prese la mano, mi abbracciò e con lentezza ci lasciammo scivolare a terra, sedendoci lì: lui appoggiato al muro e io a lui... con gli occhi rivolti verso la città.

«Ti ricordi l'altra sera, quando mi hai portato con la macchina al Parador?»

«Certo che mi ricordo, come potrei dimenticarmi?» mi rispose, dandomi un lieve bacio sul collo.

«Sì, già...» replicai, con un sorriso. «Ti ricordi che abbiamo incontrato un uomo che sembrava smarrito?»

«Sì.»

«Bene, ecco: tu hai detto qualcosa sulla pioggia. Una frase tipo che la pioggia cancella tutto, che la pioggia confonde i ricordi, le strade... ed è curioso, perché è la stessa cosa che mi aveva risposto la guida quando gli ho mostrato il disegno. Rammenti quella frase sulla pioggia?»

«Francamente in questo momento no, davvero. Però mi ricordo cosa ti ho fatto in quella macchina, dopo.»

Continuò a baciarmi il collo, una guancia, poi mi fece voltare, e io mi sedetti su di lui. Per qualche minuto le nostre bocche restarono in contatto: le mie labbra sul suo mento, i miei denti contro i suoi, la mia lingua a battersi contro i suoi desideri.

Ci abbracciammo con forza, con furia, con frenesia e all'improvviso, ancora non saprei dire come, lui mi sollevò la gonna, mi strappò le calze, spostò di lato il tanga e io mi ritrovai inondata di piacere. Lì, in pieno centro, esposti agli sguardi di chiunque passasse, mi penetrò. In silenzio.

Sentimmo dei passi e nascondemmo la passione in un abbraccio. Due adulti accovacciati per terra, appoggiati su due cuori disposti a forma di clessidra.

Ci muovevamo con piccole spinte, e a ogni movimento io mi mordevo la lingua e chiudevo gli occhi; respiravo con lentezza mentre il suo sesso mi ancorava a lui, mi riempiva dall'interno, facendomi pregare che non finisse mai...

Finì. Me ne accorsi perché i suoi occhi rimasero senza fiato. E io venni in un istante, accompagnata dai suoi ultimi movimenti.

Misi a fuoco dov'ero, con chi ero e, soprattutto, mi resi conto di cosa avevo appena fatto. Credo che in quei momenti avessi smesso di essere io.

Mi sistemai la gonna e ci alzammo, senza parlare.

Sospirai.

Sospirammo.

Mi prese per mano.

«Andiamo» disse, «che qui, appena girato l'angolo, c'è qualcosa che ha dato vita a una strana leggenda.»

Ci mettemmo in marcia.

«Nel corso della storia a Toledo sono stati commessi molti omicidi: molte di queste morti furono ingiuste, altre meritate, alcune rapide, altre lente e dolorose... per questo non c'è da stupirsi se per queste strade vagano tanti fantasmi.»

Mi guardò e sorrise.

Dopo pochi metri ci fermammo.

«Bene, ti voglio raccontare una storia che è avvenuta

qui, dove siamo noi ora; magari proprio in questo punto, sotto i nostri piedi.»

E così, nella solitudine condivisa di quella strada, avvenne uno di quei momenti meravigliosi in cui non ti importa più chi sei o dove ti trovi, ma ti senti pronta a lasciarti conquistare dalla magia della compagnia e delle parole.

«Un giorno, molti anni fa, in uno di questi cortili che ci circondano ma che non si vedono, si celebrò una festa per l'alta nobiltà, uno di quei ricevimenti in cui erano ammessi solo aristocratici e pezzi grossi. La serata passò tra risa, canti e vino, con gli invitati che andavano e venivano, parlando e divertendosi come meglio preferivano, ci siamo capiti...

«Ma verso mezzanotte, poco dopo gli ultimi rintocchi delle campane, arrivò una donna con un abito bianchissimo che le lasciava scoperte le spalle. Una donna a cui nessuno fece caso, tranne un cavaliere, che ne rimase subito colpito.

«L'uomo attese per il tempo che gli sembrò opportuno e poi la invitò a ballare. La donna non parlò, ma assentì con lo sguardo e, mentre ballavano, lui ebbe la sensazione che non avesse alcun peso, ma fluttuasse nell'aria. Dopo il ballo continuarono per un poco a parlare e a ridere, ma all'improvviso la damigella disse che doveva andarsene e che si era fatto tardi. Uscì in strada e lui la seguì.»

Silenzio.

Mi prese la mano, il corpo e le labbra.

«Fuori, mentre camminavano, sfiorandole la mano il cavaliere si accorse che la donna era gelata, perciò si tolse il mantello rosso e glielo appoggiò sulle spalle. Continuarono a camminare su questa stessa strada, come due ombre nella notte. Forse come tu e io adesso.» Mi strizzò l'occhio. «Ma al momento di imboccare un vicolo, la damigella si congedò in fretta dicendo che per lui era meglio fermarsi lì. Il cavaliere insistette per accompagnarla a casa, ma lei rifiutò: nel luogo in cui andava non voleva compagnia. L'uomo, stupito, volle sapere se l'avrebbe rivista e la damigella rispose: 'Domani potrete venire a riprendere il mantello. Chiedete della casa dei conti di Orsino'. E mentre si allontanava la donna si voltò e i loro sguardi si incrociarono per un istante... Fu allora che il cavaliere vide qualcosa di strano nel suo viso.»

In quello stesso istante, mentre Marcos parla dei fantasmi del passato con Alicia, un'ombra si trascina sotto una lunga galleria, diretta alla piazza, da cui loro si sono da poco allontanati.

Si avvicina allo stesso luogo in cui si erano seduti e si mette a osservare i due cuori a forma di clessidra. Li accarezza con un gesto delicato, con mani che sembrano avere un secolo per dito. Allontana con lentezza la mano dalla pietra per accarezzare l'iscrizione che ha incisa su un braccialetto.

E alla velocità del vento che non soffia, si siede accanto ai cuori. Resterà lì per qualche minuto, o forse per tutta la notte. Per lui non fa differenza, perché l'unico bene di cui dispone in abbondanza è il tempo.

«Che cosa vide?» domandai, ormai in preda alla curiosità.

«Gli occhi della donna non avevano luce. Ma malgrado questo, il giorno dopo il cavaliere si svegliò euforico al pensiero che l'avrebbe rivista. E appena alzato si recò al palazzo.

«Bussò e venne ad aprirgli un uomo anziano; il cavaliere domandò della dama, ma ottenne una risposta che non si aspettava. Il vecchio, dopo averlo fatto entrare, gli spiegò che lì non viveva nessuna dama, forse gli avevano fatto uno scherzo, perché l'unica donna che vi aveva abitato era sua figlia, che malauguratamente era morta alcune settimane prima.

«Così il cavaliere, convinto di essere stato preso in giro, si scusò e fece per andarsene. Ma proprio nell'istante in cui si voltò, vide un grande ritratto appeso sopra la porta: raffigurava una ragazza perfettamente somigliante a quella che aveva visto la sera prima.

«'È lei' gridò. 'È la fanciulla che ho conosciuto ieri e a cui ho prestato il mantello.'

«'Signore' insistette l'uomo, 'credo che questo scherzo stia durando troppo. Quella è mia figlia, la stessa che è mancata quasi un mese fa. Non vede che porto ancora il lutto?'

«Il cavaliere se ne andò pieno di vergogna, amareggiato e soprattutto confuso.

«Si racconta che nelle notti successive non riuscì a chiudere occhio, assalito da febbri e dolori, la cui causa nessuno riusciva a spiegarsi. Si sentiva come se qualcuno gli avesse sottratto ogni energia.

«Dopo alcuni giorni, quando finalmente si riprese e poté nuovamente condurre una vita normale, un uomo si presentò a casa sua con il mantello rosso che aveva donato alla fanciulla quella fatidica notte, perché dallo stemma ricamato aveva riconosciuto il proprietario.

«'Dove l'avete trovato?' gli chiese con nervosismo.

«'Al camposanto, sopra una tomba.'

«'Andiamo' gli disse, 'accompagnatemi lì.'

«Quando arrivarono, il cavaliere scoprì che quella era la tomba della contessina di Orsino.»

Silenzio.

Sospirai.

Era accaduto proprio lì, in quella stessa strada dove ci trovavamo noi. Mi accorsi che qualcosa mi sfiorava i capelli, forse il vento, forse solo la mia immaginazione, forse lo spirito di una fanciulla... Mi strinsi al suo braccio.

«Bene, e adesso, dopo averti raccontato una storia di fantasmi, immergiamoci tra persone in carne e ossa. Oggi ti porto in un ristorante che a quest'ora di solito è molto affollato.»

Tornammo – o andammo, chi lo sa? quella città mi sembrava un labirinto in movimento –, e così, comportandoci come la coppia che continuavamo a non essere, entrammo in un ristorante dove, secondo il mio cicerone, avremmo incontrato una serie di veri 'delinquenti' che pure non avrebbero mai conosciuto il carcere.

«Che splendido locale!» sussurrai.

Ci accompagnarono a un tavolo delizioso, impreziosito con fiori finti e due candele di bellezza, mai accese.

Guardai il menu e la mia espressione fu eloquente.

«Non ti preoccupare, oggi pago io. Ho scelto io il posto, perciò sei mia ospite. Domani mi rifaccio, e con gli interessi.» Sorrise di nuovo, con quello sguardo che mi lasciava indifesa. «In ogni modo, non devi stupirti: se avessi un ristorante e volessi questo genere di clientela, farei anch'io gli stessi prezzi. Non sai che nulla è più facile che imbrogliare un ricco? Guarda» mi disse, e mi indicò il prezzo di un'insalata: trentacinque euro. «Vedi? Un'insalata, in un mondo 'normale', non può valere così, per quanta lattuga ci si metta, e invece, oltretutto, ce n'è anche poca!»

Ridemmo.

«Bene, dunque, hai scelto qualcosa?»

«No, preferisco che ordini tu: ho un peso sulla coscienza sapendo che spenderai tutti quei soldi solo per mangiare.»

«Allora non c'è problema, non preoccuparti: decido io.»

E alla fine ordinò, tra le altre cose, quell'insalata. Ci portarono da bere e brindammo.

«A Toledo» disse.

«A Toledo.»

«Vedi, in questa città, come in qualunque altra, c'è molta gente che ha qualcosa da nascondere... E io sono il primo. Un giorno ti ho detto che vivevo di segreti. Ecco, guarda: in questo momento ne siamo circondati. Tu non li conosci, ma sono quasi tutti politici e imprenditori, gente a cui l'uomo della strada dà sempre del lei. Questa è una cosa che non sono mai riuscito a spiegarmi, Alicia» disse e mi guardò negli occhi. «A un politico non si dovrebbe mai dare del lei, perché nel migliore dei casi è un lavoratore al tuo servizio, e nel peggiore un delinquente. Se ci pensi bene dovrebbero essere loro a rivolgersi a noi con riverenza, perché siamo noi a pagargli lo stipendio.»

«E tu, in quanto poliziotto» gli chiesi, «non dovresti denunciare tutti questi *delinquenti*?»

«Sì, dovrei, ma nel mondo reale le cose non funzionano così. In un mondo 'normale', un poliziotto non dovrebbe rivendere la droga sequestrata; i farmaci dovrebbero curare e non camuffare i sintomi; i sindacati dovrebbero sostenere i lavoratori e non le imprese... però, sfortunatamente, non viviamo in un mondo così.»

Si avvicinò il cameriere per versarci il vino.

«Sai... ti sembrerà strano, ma quando entrai in polizia, ormai tanti anni fa, lo feci per vocazione. Davvero: dietro questa facciata, c'è una persona a cui piace aiutare la gente.»

«E che cosa è successo?»

«Quello che succede sempre. Io volevo salvare il mondo, ma mi hanno dato una lezione. Iniziai a denunciare quelle infrazioni più o meno piccole che non denuncia mai nessuno: politici, portaborse, funzionari di alto livello, personaggi in vista che lasciano l'auto in divieto di sosta o che si fanno pizzicare alla guida pieni di alcol o fatti di coca fino al cervello... insomma, quello che di solito si finge di non vedere per evitarsi problemi. E, ovviamente, cominciai a dare fastidio. La goccia che fece traboccare il vaso fu quando iniziai a investigare su un caso di pedofilia, in cui erano coinvolte importanti figure pubbliche: mi obbligarono ad andarmene.»

«Accidenti, e dove sei andato?»

«Be', ho girato per anni in vari Comuni, e ti assicuro che per la maggior parte sono tutt'altro che puliti, la corruzione dilaga a tutti i livelli e a prescindere dal partito e dalle bandiere. E parlano di crisi economica: la crisi è solo la conseguenza di una classe politica marcia come non puoi nemmeno immaginare. Non si salva nessuno.»

Calò il silenzio.

«Ti ho fatto passare la voglia di parlare?»

«Sì... no, stavo pensando a quello che hai detto.»

«A cosa? Che alla fine, in un modo o nell'altro, siamo tutti corrotti?»

«Sì, e mi sono ricordata di una cosa che è successa nella mia città, poco prima che venissi qui, non più di qualche mese fa.»

«Dimmi.»

«Manterrai il segreto?»

«Dipende da quanto vale» mi rispose con un sorriso.

«Bene, allora, da noi, nella scuola» continuai, «si va avanti per concorso e graduatorie. Cioè, a parte l'esame, servono punti per scalare posizioni negli elenchi. E il modo migliore per ottenere punti è seguire corsi di formazione: più lunghi sono e meglio è. Corsi che in molte occasioni sono organizzati dai sindacati attraverso fondazioni o altro.»

«Sì, ti seguo.»

«Dunque, a un certo punto un sindacato propose un corso di circa trecento ore, che dava molti punti, ma presupponeva una frequenza di cinque mattine alla settimana per vari mesi, e quindi portava via un sacco di tempo allo studio.»

«E...»

«E insomma, ci presentammo lì e, dopo averci spiegato a grandi linee l'argomento, ci dissero che in realtà non era necessario seguire il corso, che potevamo firmare tutti i fogli di presenza quello stesso giorno.»

«Però, comodo. Così una cosa che avrebbe dovuto durare mesi si sarebbe risolta in poche ore.»

«Esatto» confermai.

«E nessuno protestò?» mi chiese.

«No» ammisi con vergogna. «Nemmeno io. Era perfetto: noi avremmo avuto il punteggio che ci serviva e per di più ci restava il tempo per studiare.»

«E *loro*» concluse Marcos «intascavano le sovvenzioni per il corso senza dover neppure convocare un docente, vero?»

«Vero.»

«Lo vedi? E allora è lecita la domanda: chi è più corrotto? Loro o voi?»

«Tutti.»

«La verità è che quella dei corsi di formazione è una storia che fa acqua da tutte le parti... È una copertura per il finanziamento occulto dei sindacati, non importa quale sia il partito o il governo. È solo un modo per intascarsi dei soldi. Molti corsi non vengono neppure organizzati, e comunque la maggior parte delle firme di presenza sono false. Così possono dire che le 'attività formative'» rise, «sono state portate a termine, e così l'anno successivo potranno chiedere altri soldi. In realtà, se ci pensi bene, questi corsi non sono altro che bustarelle, però formalmente è più opportuno dichiarare che i sindacati sono stati rimborsati per la formazione piuttosto che ammettere che viene regalato loro un mucchio di soldi.»

«Non ci avevo mai pensato in questi termini.»

«Invece è così. Viviamo in un paese dove, se il tuo vicino imbroglia il fisco, anziché denunciarlo gli si fa un applauso. Dove chi chiede la fattura è l'ingenuo di turno. Un paese in cui conviene tenere qualcuno senza contratto: è tutto risparmio. Se si tratta di criticare il governo, c'è la gara, però quando ci sono le votazioni, tutti al mare! È un paese dove chiunque è pronto a lamentarsi, ma quando si tratta di mettere qualcosa per iscritto sembra che tutti siano allergici all'inchiostro...»

In quel momento si materializzò il cameriere con un

piatto gigante e nel centro una piccola insalata circondata da una salsa scura che si spandeva tutto intorno, come colore su una tela bianca.

«Così» dichiarò Marcos «sembra meno ridicolo, vero?»

Sorridemmo entrambi. «In realtà la situazione nazionale potrebbe essere riassunta da questo piatto: di sostanza c'è poco, è tutta una grande menzogna ma, va detto, molto ben decorata. Solo che quando ti metti a mangiare ti accorgi che cibo non ce n'è. Questo potrebbe essere una... vediamo» prese un menu dal tavolo accanto, «un'insalata verde con ventresca al sapore italiano o, nel mondo reale, una merda di insalata con due foglie di lattuga e un po' di tonno.»

Rimasi di sasso, trattenni il respiro... e poi scoppiai a ridere come non ridevo da tanto tempo; a ridere forte, con le lacrime che mi scivolavano sulle guance. Ridemmo insieme e a lungo. La gente non smetteva di guardarci.

Non riuscivo più a staccare gli occhi da quel suo sorriso. Mi resi conto che, in quel momento, con lui, ero felice. Mi piaceva la sua compagnia, e non solo per quegli occhi verdi o il bel fisico; mi piaceva per la forza che metteva in ogni singola parola, per la passione che sempre accompagnava le sue conversazioni. Qualunque cosa dicesse, mi incantava.

«Guarda lì, per esempio. Vedi quel ragazzo che ha l'aria di non aver lavorato un solo giorno in vita sua e può permettersi di cenare qui con quella che deve essere la sua ennesima fidanzata?»

«Sì.»

«È uno dei tanti alternativi di questa città, un alternativo con la carta di credito di papà. Ma questo, in fin dei conti, non sarebbe un problema: ciascuno con i propri soldi e i propri figli ci fa quello che vuole. Il punto è che – reggiti forte – il signorino voleva un locale per incontrarsi con i suoi amici e fare baldoria il fine settimana. E così il paparino, un famoso imprenditore molto noto in città, gli ha consigliato di fondare un'associazione, di qualunque genere, e di fare domanda per una sede, che di sicuro gli sarebbero arrivate le sovvenzioni. E così è stato: adesso c'è il locale e l'associazione è tra quelle a cui entrano più soldi ogni mese.»

«Sul serio?»

«Serissimo. Ma non è tutto: per l'appunto, sopra quel locale, c'è un appartamento dove vive una signora anziana, una signora che adesso il fine settimana non riesce più a dormire.»

«Uff.»

«La donna ha sporto più volte denuncia, ma per un motivo o per l'altro ogni volta che escono a fare un rilievo i decibel sono più bassi di quelli di un uovo che frigge, o addirittura c'è un silenzio assoluto.»

«Li avvisano?»

«Ovvio.»

Mi squillò il telefono. Era mio marito.

«Scusa un momento, torno subito.»

Uscii in strada senza rispondere, mi tremavano le mani, il corpo e le labbra. Non volli rispondere perché temevo che mi tremasse anche la voce.

Sospirai, cercai un luogo silenzioso e iniziai a digitare il numero... Di solito erano conversazioni brevi... Avevo paura: se una macchina avesse suonato il clacson, o se fosse passata una moto... come avrei giustificato il fatto di trovarmi per strada? Nel dubbio preferii non chiamare, e spensi il telefono. L'indomani avrei trovato una buona scusa, per esempio che mi ero addormentata con la bambina e mi si era scaricata la batteria, o qualcosa del genere.

Cercai di calmarmi passeggiando per qualche minuto.

Feci un respiro profondo e rientrai.

Mentre Alicia si siede di nuovo accanto a Marcos, a qualche tavolo di distanza, in un piccolo privé del ristorante, si incontrano due persone; un assessore e un artista di un'altra città. Parlano della vita, dell'arte e di politica, ma soprattutto parlano d'affari.

Uno vuole far conoscere il proprio lavoro, ed è disposto a pagare per questo. L'altro si accontenta di una percentuale.

«Okay, allora siamo d'accordo?»

«Per me va bene, se dici che è così facile...»

«Naturale, e per la gara d'appalto non ti preoccupare. Tra poco verranno realizzate tre nuove rotonde e in qualche modo bisogna decorarle, e quale decorazione migliore delle tue sculture? Per te sarà un'ottima vetrina. Ti presenti al concorso e gonfi un poco il prezzo – e poco vuol dire cinquanta per cento, per esempio. Dopodiché troviamo il modo per farmi avere la mia percentuale. Così tutti e due ci guadagniamo qualcosa.»

«E gli altri candidati che si presenteranno al concorso?»

«Gli altri?» L'assessore si mette a ridere. «Se per ogni volta che viene truccato un concorso in Comune ci dessero cento euro, molti di noi a quest'ora avrebbero già smesso di lavorare.»

E brindano.

In quello stesso istante, a vari ristoranti di distanza, tre coppie di amici si sono incontrate per cena: sono già diverse settimane che non si vedono e c'è qualcuno che deve comunicare una bella notizia.

«Sul serio?!»

«Sììì!» E tutti si alzano per congratularsi con i futuri genitori.

«Lo sappiamo solo da pochi giorni, è ancora molto presto, ma sentite, ci speravamo così tanto...»

«Ma sì, dài! Vedrai che andrà tutto bene.»

La conversazione durante la cena passa dai bambini al calcio, alla politica, alla crisi, poi di nuovo al calcio, a qualche notizia recente e ancora alla corruzione dei politici. Tutti commentano sulla quantità di scandali che riempiono i notiziari, si indignano perché nessuno finisce in carcere né restituisce quanto ha rubato.

Parlano di tutto, ma tacciono altre cose. Una delle ragazze nasconde il fatto che si presenterà a un concorso che sa già di avere vinto. Un'altra, la futura mamma, non dice che salterà molte liste d'attesa, che le faranno più esami rispetto alla norma e che avrà una stanza singola in un ospedale pubblico, perché la caporeparto è un'amica di sua madre. E uno dei ragazzi, quello che ha criticato con veemenza la corruzione dei politici, non dice che la sua piccola ditta ha regalato un portatile costosissimo a un funzionario per poter chiudere un contratto.

«Marcos, sai che ho ritrovato la bambina?»

«Quella del vicolo?»

«Sì, si chiama Marta, frequenta la mia scuola e continuano ad avercela con lei. La perseguitano...»

«Merda, sembra impossibile, ma sono faccende complicatissime. Cose analoghe succedono in molte scuole, ma nessuno se la sente di intervenire: il preside se ne lava le mani; i professori lo stesso... e alla fine dicono che non è successo niente, che sono cose da ragazzi. Ragazzi, che alle fine ci rimettono le penne, lo sai?»

«Ma io che cosa posso fare? Ne parlo con i genitori?»

«Con i genitori?» Si mise a ridere. «Be', puoi anche provarci...»

«Non so, in qualche modo devo pur intervenire.»

«Facciamo così: dammi il tempo di pensarci, e poi ne riparliamo.»

E così, tra una chiacchiera e l'altra, finimmo di cenare, anche se a dire la verità si trattò più che altro di assaggi. Uscimmo, mi riparai dal freddo tra le sue braccia e andammo alla macchina.

«Mi accompagni?» mi sussurrò all'orecchio.

«Dove?»

«Dove vuoi tu.»

Sentivo che mi stavo di nuovo innamorando. Mi era successo solo due volte, nella vita: la prima a tredici anni e l'ultima a diciassette. E adesso mi stava accadendo di nuovo, ma in una forma che non sentivo giusta.

Quella notte diventò lunga, molto più lunga di qualunque altra notte vissuta negli ultimi anni... e nello stesso tempo passò in un lampo. Mi sorpresi io stessa, perché tutto il disinteresse nei confronti di mio marito si trasformava in passione quando ero accanto a quest'uomo. Scoprii che non c'è nulla di paragonabile al fare qualcosa come se fosse la prima volta.

Il mercoledì l'alba spuntò un attimo dopo il mio rientro a casa. Entrai in silenzio, mi spogliai al buio e mi infilai nel letto accanto alla mia bambina, e ai sensi di colpa. Colpa per non aver passato la notte con lei, né con suo padre; colpa perché stavo conducendo una vita segreta parallela. Mi accorsi che, giorno dopo giorno, ero divenuta complice della mia stessa coscienza.

Circa un'ora dopo, suonò la sveglia.

Feci la doccia, mi vestii, vestii la bambina, facemmo colazione, la portai al nido e andai a scuola.

Fu una mattina orribile, mi sentivo colpevole.

Approfittai dell'intervallo per andare nel bagno dei professori e buttare fuori tutto quel dolore che sembrava affondare le radici in ogni angolo del corpo. Mi guardai allo specchio e non mi riconobbi. Lì, davanti a me, c'era un'altra donna, una persona diversa da quella che un giorno era arrivata a Toledo, una donna che adesso era ostaggio dei propri tormenti. Era forse una colpa che lo sguardo di quell'uomo mi colpisse dritto al cuore? Era una colpa che mi sentissi così viva quando stavamo insieme? Come si fa a decidere di non provare un sentimento? Come si fa a seppellire un'emozione?

Mi arresi.

Mi appoggiai al lavabo e guardai nello specchio quella ragazza a cui iniziavano a colare le lacrime sulle guance; aveva il viso distrutto dai rimorsi... e allora scoppiai a piangere con fragore, con singulti così forti che mi impedivano di respirare.

In quel momento si aprì la porta ed entrò Carolina.

«Alicia, ti stavo cercando...» si zittì, fissandomi. «Alicia! Ma che succede?»

«Carolina...» balbettai «mi sto rovinando la vita.»

L'abbracciai con forza, piantandole le unghie nella schiena. E lì, tra le sue braccia, continuai a piangere, senza parlare, lasciando che il dolore si sciogliesse nelle lacrime. Piansi fino alla fine: meglio crollare lì piuttosto che in classe, davanti agli alunni.

«Alicia, oggi vieni a pranzo da me e ne parliamo, d'accordo?»

«E la bambina?»

«La bambina... telefoni al nido e dici che la passi a prendere più tardi. Okay?»

«Ma non voglio disturbarti...»

«Alicia!»

«D'accordo, d'accordo...»

«Io oggi esco un'ora prima, ma ti lascio in sala professori il mio indirizzo. Abito qui vicino, così appena esci vieni subito, ci stai?»

«D'accordo.»

«Se quello che ti succede è ciò che immagino, magari posso aiutarti raccontandoti la mia esperienza.»

«D'accordo.»

Suonò la campanella e, dopo essermi lavata la faccia con l'acqua fredda e aver fatto qualche sorriso di prova davanti allo specchio, uscii dal bagno per ritornare in classe. I ragazzi si accorsero che i miei occhi non erano gli stessi di prima; capirono che avevo pianto e mi chiesero perché.

«Non preoccupatevi, non è nulla» dissi.

E non insistettero.

Quel giorno si comportarono bene, molto bene.

Suonò di nuovo la campanella e tutte quelle anime si alzarono di scatto, raccolsero le loro cose e scapparono fuori. Io, dietro di loro.

Mi misi a camminare in direzione della casa di Carolina pensando di nuovo a quella bambina, non a Marta, ma a quella che avevo intravisto poco prima dentro il mio viso, nello specchio del bagno.

Voltai un angolo e all'improvviso mi ritrovai schiacciata contro la parete di un garage, con una mano che mi copriva gli occhi e una bocca appoggiata sopra le labbra. Non opposi resistenza perché lo riconobbi senza averlo visto.

Mi baciò con forza, mi abbracciò con violenza. La passione compressa nei nostri corpi, come se tutto l'amore del mondo si concentrasse solo nelle mani.

Ci salutammo con la stessa fugacità con cui ci eravamo incontrati. Mi diede un bacio sulla fronte e uscì di corsa verso l'auto di pattuglia.

Praticamente non ci furono parole, soltanto quelle che servirono per dirmi che fino a sabato non avremmo potuto vederci.

Nient'altro.

Poi il cellulare. Un messaggio di mio marito.

«Mi manchi tanto, amore.»

Suonai il campanello.

«Chi è?»

«Carolina? Sono io, Alicia.»

«Sì, sali, sali.»

Aprì la porta e mi accolse con un abbraccio.

«Stai meglio?»

«Sì, sì, mi dispiace darti disturbo.»

«Ma figurati! Quale disturbo? Per l'appunto oggi ero da sola, mio marito non torna fino alle cinque o alle sei. E poi ho ordinato al cinese ed è già tutto pronto in cucina.» Ridemmo. «Allora andiamo, che ho una fame!»

Durante il pranzo le raccontai tutto. Per filo e per segno. Quello che avevo fatto e quello che sentivo in fondo al cuore; la passione e i rimorsi; la tentazione e il veleno; il passato che non volevo perdere e il futuro che non sapevo evitare; la volontà confusa davanti a quegli occhi... Carolina e io ci conoscevamo solo da qualche settimana, ma sapeva più cose lei di me della maggior parte delle mie amiche.

Rimase ad ascoltarmi in silenzio, senza intervenire, lasciandomi sfogare lì, in casa sua.

Migliaia di lacrime e vari sospiri più tardi, io finii di

parlare e lei di mangiare. Io in pratica avevo solo spilluzzicato.

«Bene, allora è tutto risolto» dichiarò.

«Risolto?» ripetei.

«Sì, ti sei sfogata e ti sei alleggerita. Sai, Alicia, tutto quello che ti sta succedendo, e mi riferisco alla sofferenza, è il problema della società in cui viviamo. Ci portiamo dentro tanti sensi di colpa, la paura del giudizio degli altri, di cosa dirà la gente... che a volte ci impediscono di essere felici. In effetti il senso di colpa è utile in molte circostanze.»

«Utile?»

«Sì, certo, per esempio, se eliminassimo la colpa le religioni sparirebbero. Le religioni si fondano sul senso di colpa, così fai quello che ti ordinano. Nell'antichità, era il modo migliore per tenere la gente sotto controllo: se non compivi ciò che ti ordinavano, eri colpevole. Colpa, colpa, colpa.»

«Dài...»

«In ogni modo, se ti può consolare, è successo anche a me qualcosa di simile.»

«Di simile?»

«Be', quasi. Direi che la mia storia assomiglia più a un film.»

«Un film?»

«Sì, di quelli dove la sposa scappa il giorno delle nozze.»

«Cosa?»

«Non sto scherzando, è vero. Vieni, spostiamoci sul divano che ti racconto. Cosa preferisci, caffè o tisana?»

«Tisana.»

«Allora tiglio!»

Ci sedemmo con le nostre tazze in mano.

«Insomma, Alicia, io avevo già tutto pronto: fotografo,

ristorante, fiori... La data era fissata in Comune. Era tutto organizzato: mancavano solo tre settimane alle nozze. E tra la tensione, la quantità di cose da fare, la stanchezza e tutti i sentimenti che ci vuoi mettere, si è insinuato l'amore, ma l'amore per un'altra persona... Non l'ho cercato, te lo giuro, ma banalmente è successo.

«È successo probabilmente perché quello precedente ormai si era esaurito, solo che a muoversi sempre sugli stessi binari non ce ne eravamo accorti. Il problema sorge quando uno inizia ad agitarsi: è allora che scopri di avere nell'armadio quel vestito che non avevi mai messo... non so se rendo l'idea. Immaginati la situazione! Da lì a tre settimane dovevo sposarmi con il mio fidanzato di sempre... con gli inviti già spediti, tutte le aspettative dei miei genitori, dei suoceri, delle mie nonne, delle mie sorelle...»

«Cavolo...»

«Guarda, neanche te lo immagini: quei giorni sono stati i peggiori della mia vita. Persi la bellezza di quattro chili in due settimane. La gente pensava che fossi malata e io dicevo che ero a dieta per poter entrare nel vestito.»

«E alla fine che cosa hai fatto?»

«Bene, avevo due opzioni: la prima tentare di dimenticarmi di quel nuovo amore che nasceva e andare avanti, rinnegando i miei sentimenti. Può sembrare la decisione più facile nel breve termine, ma ti assicuro che a lungo andare è la più distruttiva. Arriva il giorno in cui la frase 'Come sarebbe stato se...' ti si infila nel cervello ossessiva come un mantra. E il peggio è che cerchi ogni momento critico nella relazione per prendertela con te stessa per non essere stata abbastanza coraggiosa. Lo so perché io, dopo la scuola, di pomeriggio, collaboro con un consultorio privato, dove seguo coppie in crisi.

«La seconda possibilità era accettare che anche i sentimenti muoiono e staccarmene senza arrecare troppo dolore a chi mi stava intorno. Guardando in faccia la verità e assumendone le conseguenze. Bene, mi armai di coraggio, riunii genitori e sorelle e comunicai loro che non mi sarei sposata più e spiegai il perché...

«Ti puoi immaginare la scena: mia madre in lacrime che dava pugni sul tavolo; le mie sorelle che piangevano come fontane ma che mi abbracciavano e mio padre... ahi, credo che ci sia stata una generazione di padri nati senza sentimenti... Alicia, ci fu una confusione generale di emozioni e rimproveri, interrogatori senza senso, nel tentativo di convincermi che non sapevo che cosa stavo facendo... Ed era proprio così in quel momento.

«Dopo la notizia alla famiglia, venne la parte più difficile: dirlo al mio futuro marito. Fu tremendo: quel giorno ho assistito al dolore allo stato puro. Forse la parte peggiore, che aggravò tutto, fu il fatto che lui non se lo aspettava, la mia decisione lo colse totalmente alla sprovvista. Vedi... ammutolì, restò immobile, pallido, credo che quel giorno, per qualche istante, fu come morto. Poi ci furono urla, proteste, lacrime e dolore, molto dolore, e infine se ne andò.

«Nei giorni seguenti tutto fu molto confuso, tentammo di tornare indietro, lui cercò di farmi cambiare idea, ci provai io stessa, a cambiare idea... ma nulla: alla fine capimmo che ormai la nostra storia era finita. A partire da quel momento, ci convertimmo in ventriloqui dei nostri avvocati. È triste ritrovarsi a comunicare così con una persona con cui hai condiviso tanti anni, tante situazioni e tanta vita.

«Ma ormai è acqua passata, Alicia, e ora eccomi qui. Sposata con un altro e felice. Debbo riconoscere che, con il tempo, il mio ex si è comportato bene. Non mi ha parlato per mesi, ma un giorno mi chiamò al telefono per chiedermi di vederci. Venne a casa e qui, su questo stesso divano su cui siamo sedute ora, ammise che ero stata molto coraggiosa. Mi disse quanto mi aveva amata e si mise a piangere, e anch'io piansi. Ci abbracciammo perché quelle lacrime erano la prova: tra noi forse l'amore non c'era più, ma certamente sopravviveva un profondo affetto. 'Con il tempo ho capito che hai fatto la cosa giusta. È meglio soffrire qualche mese pensando a ciò che sarebbe potuto essere piuttosto che vivere una vita intera nella menzogna, chiedendosi chi occupi davvero i tuoi pensieri' mi disse. Mi diede un rapido bacio sulla bocca, si alzò e andò via. E io rimasi qui, a piangere, piangere, piangere...»

«Carolina, che storia tremenda...»

«Sì, ma la vita va avanti. Alicia, la gente cambia: tu non sei la stessa di tanti anni fa; tutto cambia. È impossibile restare sempre uguali a se stessi, e sai perché? Perché viviamo. Guarda, nel mio consultorio vedo tanta sofferenza, tante coppie che restano insieme solo perché non se la sono sentita di separarsi, perché si sono abituate a questa vita... Persone che non si sopportano, che all'apparenza hanno una relazione perfetta ma che in casa vivono e dormono in stanze separate, che nell'intimità neppure si parlano...

«Ma perché, Alicia? Dove sta scritto che è obbligatorio vivere tutta la vita con la stessa persona? Dove sta scritto che non ti puoi innamorare anche di altri? Chi è più infedele? Chi pensa costantemente alla possibilità di vivere con un altro o chi, in un momento di leggerezza, trasforma quell'eventualità nell'occasione di una notte? E dopo, è meglio confessarlo o nasconderlo per sempre? Quante domande, vero? Già, però tutto questo a scuola non ce lo insegnano, ti pare? Anche se qualcosa sta cambiando...»

«Ah, sì?»

«Sì, faccio parte di un gruppo di educatori che organizza dei corsi per i ragazzi delle scuole su relazioni e sentimenti; e sai che cosa spieghiamo? Spieghiamo che le relazioni non sono necessariamente per sempre, che l'amore per sempre non esiste, se non in qualche film. Nella vita vera, ci sono relazioni che durano e altre che finiscono. Perché dopo la passione e l'innamoramento, vengono il russare di notte, il pessimo umore della mattina, i litigi per qualunque sciocchezza e la cosa peggiore di tutti: la perdita della speranza e – con essa – la noia. Ammettere queste cose finora era un tabù, ma ti assicuro che è molto più efficace parlarne, affrontarle piuttosto che lasciare entrare in agonia una relazione.»

Persa in quei discorsi non mi accorsi del trascorrere del tempo.

«Caspita, mia figlia! Devo andare a prenderla.»

«È vero, come passa il tempo!»

«Grazie di tutto, Carolina, mille grazie davvero.»

«Non c'è di che: se hai bisogno, io sono qui. So che non ti ho aiutata a decidere un bel niente, ma questo spetta a te.»

«Sì» le risposi, con un timido sorriso.

Quel giorno, come quando parlai con mia zia, scoprii che dietro le persone si nascondono migliaia di storie, che solo raramente emergono alla luce del sole. Tra quelle ora potevo includere anche la mia.

Recuperai mia figlia al nido e tornammo a casa.

Il pomeriggio trascorse tranquillo ai margini di uno stato emotivo che nel suo centro era infuocato.

Dopo cena sparecchiammo e io, come ogni sera, mi spostai in camera a mettere a letto la piccola. Di solito le leggevo un libro con grandi disegni e poche righe di testo; storie in cui i protagonisti sono quasi sempre animali e dove non si parla né di infedeltà né di genitori separati.

Quando finii, il suo corpicino si era già raggomitolato accanto al mio, e mi abbracciava con le sue manine. Era un abbraccio che non chiedeva niente in cambio, spontaneo, gratuito, di quelli che con l'età a poco a poco si perdono.

Lentamente mi separai da lei. La coprii bene, accostai la porta e uscii dalla stanza per raggiungere la zia che era già sul divano con due tazze di tè. Suo marito dormiva – o guardava la tv – nella loro camera da letto.

Mi sedetti accanto a lei, che mi sorrise, come si sorridono solo le amiche complici di un segreto.

«Hai notato» mi chiese «che ogni due o tre pubblicità ce n'è una di medicinali?»

«No, a dire la verità no: guardo poco la televisione.»

«Invece io già da tempo ci faccio caso, ed è così: se ti fa male la gola, medicina; se ti cola il naso, medicina; se ti fa male la testa, medicina; se non vai più in bagno, medicina... o yogurt.» Riuscì a strapparmi un sorriso. «È come se ci volessero curare tutti» dichiarò, mentre apriva una scatolina ed estraeva quattro pillole colorate. «La rossa per la pressione, la gialla per l'emicrania, quest'altra ora non mi ricordo per cosa, e la bianca tutta lunga per togliermi il dolore di stomaco che mi provocano le prime tre.» Scoppiammo di nuovo a ridere.

«Mio marito!» esclamai.

«Cosa?»

«Non l'ho chiamato per tutto il giorno!»

Andai in camera e composi il numero.

Mi scusai, imbastendo qualche storia: mi ero dimenticata il cellulare a casa, il lavoro, la piccola... Parlammo di lei, un po' dei miei alunni, un po' del suo lavoro, di come stava mia zia, di come se la cavava lui solo soletto... Parlammo, a volte anche senza ascoltarci, delle stesse cose di cui parlavamo ogni giorno, ogni settimana, ogni mese... Confrontai questi dialoghi con quelli che avevo con Marcos.

Riagganciammo senza perdere tempo, con un semplice «ti amo»; ormai erano lontani quei «riattacca prima tu!», «no, tu!»

Tornai sul divano.

Io e la zia passammo diverso tempo a guardare le pubblicità che interrompevano continuamente i programmi.

Lei taceva, totalmente catturata da una scena in cui gli attori sembrava facessero a gara a chi urlava più forte. Io invece non vedevo l'ora di allontanarmi, ma non solo fino alla mia camera... volevo proprio andare via, scappare verso quella città che mi attirava con la forza della curiosità.

Finii il tè.

«Zia, ti dispiace se vado a fare due passi?»

«A quest'ora?» si sorprese.

«Be', sono le dieci e mezzo, non è poi così tardi.»

«Hai un altro appuntamento, eh?» Sorrise.

«No, no, oggi no, ma credo di essermi abituata a girare a piedi per questa città. Non preoccuparti per la bambina, non si sveglia mai, e poi se hai bisogno mi chiami, tanto non vado certo lontano.»

«D'accordo, ma stai attenta, eh?»

«Non preoccuparti, torno tra pochissimo.»

Invece, alla fine, tardai eccome.

Portò la tazza in cucina, afferrò il cappotto e uscì a cercarmi.

A quell'ora c'era ancora gente per strada: persone che uscivano da qualche ristorante, qualcuno che portava giù la spazzatura e ne approfittava per fumarsi una sigaretta in santa pace, lontano dall'inevitabile routine che lo aspettava di sopra, vite smarrite che facevano ritorno sotto un tetto, le più fortunate sotto il proprio...

Mi misi a camminare sapendo perfettamente dove volevo andare. Quella piazza... quei due cuori, quello straordinario passaggio coperto, quel modo così spontaneo di amarsi. Mi diressi là, senza sapere con esattezza che cosa cercavo; sicuramente niente di simile a quello che vi trovai.

Mi persi varie volte, ma alla fine riuscii a individuare quella splendida galleria di pietra; l'attraversai e quando giunsi sulla piazza mi accorsi che non ero sola.

C'era un uomo, accucciato, che accarezzava con la punta delle dita il graffito. Un uomo tutto vestito di nero, con il viso nascosto da un cappuccio. Gli passai davanti, fingendo indifferenza, e continuai a camminare fino all'angolo successivo. Lì mi fermai e mi accorsi che tremavo.

Per qualche strana ragione avevo paura di quella figura accoccolata laggiù, per terra.

Mi venne la tentazione di scapparmene di corsa e ritornare a casa, ma alla fine la curiosità ebbe il sopravvento.

Rimasi lì, sull'angolo, a osservarlo, ma praticamente non si muoveva. Realtà e – forse – fantasia condivisero uno stesso luogo, nello stesso momento.

Restammo così oltre venti minuti. Un uomo immobile e una donna che negli ultimi giorni si era mossa fin troppo.

Lentamente, come se portasse sulle spalle il peso di secoli di vita, si alzò. In piedi, senza voltare la testa, sembrò scrutare nel vuoto. Iniziò a camminare, e io mi misi a seguire un'ombra che procedeva lenta, a volte perfino più del corpo a cui apparteneva.

L'immagine di quell'uomo mi faceva pensare alla luce di una stella che ancora si vede malgrado si sia spenta da anni. Attraversò vicoli, imboccò una traversa dopo l'altra e infine ci ritrovammo nella via dell'Uomo di legno. Se non altro, sapevo dov'ero.

Continuammo a camminare fino ad arrivare di fronte all'Alcázar. Da lì quello imboccò una strada che scendeva, lasciandosi il palazzo a sinistra, e io dietro, cercando di non dare nell'occhio.

Poi all'improvviso, scomparve.

Non era possibile: i muri se l'erano inghiottito! La strada proseguiva, ma lui non c'era più. Aumentai il passo, mi misi addirittura a correre, ormai non mi importava più se mi avesse scoperto. Quando arrivai al punto esatto in cui l'avevo visto prima che sparisse, capii.

La parete si interrompeva e un varco immetteva in un vicolo che sembrava incantato. Mi affacciai e riuscii ancora a scorgerlo mentre scendeva lungo una scaletta.

Credevo di essere entrata in una favola, non solo per la situazione ma per la scenografia. Dall'alto osservai l'uomo e la sua ombra che scendevano per quella scala che sembrava condurre a un altro mondo. Le ombre – per uno strano gioco dei lampioni che illuminavano la strada – seguivano e contemporaneamente precedevano il corpo che le produceva.

Svoltarono a destra e io dietro di loro.

E lì, davanti a una strana croce che occupava per intero una facciata, mi fermai.

Rimasi a guardare quello che sembrava un ammasso di vicoli, un groviglio di case, lampioni e balconi. Era come se un gigante avesse sradicato un pezzo di città, le avesse dato una vigorosa scrollata e poi l'avesse rimessa giù alla bell'e meglio.

Guardai l'orologio, era già tardi ma... dopo tanti anni di calma piatta come la superficie di un lago, come potevo rinunciare a un'avventura?

Mi addentrai tra quei vicoli che sembravano annodati l'un l'altro. Arrivata al primo angolo, lo vidi di nuovo. Un corpo che si trascinava così lento da darmi l'impressione che mi avesse aspettato mentre io indugiavo.

Così iniziò un inseguimento al ralenti: ci infilammo per strade tortuose, buie, fredde... Camminammo e camminammo: lui, corpo o ombra che fosse, davanti e io dietro, seguendo i suoi passi, adeguandomi alla sua andatura. Passammo così più di un'ora finché... mi accorsi dell'inganno.

Mi fermai.

Iniziai a tremare.

Mi resi conto che eravamo passati già diverse volte dallo stesso luogo. Che quell'ombra stava giocando con me, che stavamo girando in tondo per le stesse strade. Quella maledetta ombra e il suo corpo mi stavano prendendo in giro! Mi fermai e abbandonai la partita. Mi vergognai profondamente e mi sentii un'idiota.

Quel corpo si fermò ad aspettarmi per qualche istante, ma alla fine, vedendo che avevo smesso di seguirlo, se ne andò imboccando una salita. Mi sembrò che stesse sorridendo.

Con il trascorrere delle ore, si era formata una leggera cappa di nebbia che, come me, sembrava non poter più uscire dal quel labirinto.

Procedetti senza meta: una strada, un'altra, un'altra ancora... finché arrivai a un incrocio dove c'era una specie di panchina di pietra. Mi sedetti per riprendere fiato.

In quel momento comparve un gatto nero che lentamente mi si avvicinò. Giocò tra le mie gambe a coda ritta, e si strofinò la testa sulle mie scarpe. Nel silenzio si sentivano le fusa.

Restammo lì – il gatto e Alicia – per qualche minuto. Io a guardarlo e lui consapevole di essere osservato. Per poco non iniziai una conversazione folle: stavo per dirgli che mi ero persa, che non sapevo più da che parte andare per ritrovare la mia strada, e non solo in senso letterale.

Infine il gatto si allontanò e partì deciso in una direzione precisa.

Io lo seguii.

Da lì passammo a un'altra strada e poi a un'altra e a un'altra ancora... sempre continuando in salita. E a un tratto mi resi conto che era la direzione giusta per ritornare all'Alcázar.

Arrivai, respirai e presi la strada che mi riportava a casa.

Il gatto corse via verso la notte.

Ebbi la sensazione di scorgergli sul muso un sorriso.

Giovedì pomeriggio, dopo il pisolino, coprii bene mia figlia e la portai a fare una passeggiata, approfittando del sole che si insinuava tra i vicoli.

Di giorno tutto sembrava diverso: era come se di notte la città tornasse indietro nel tempo.

Rientrai a casa e ritrovai la routine di tutti i giorni: Pablo era sempre lì, seduto sul divano, ignaro che la moglie in quel momento stava forse pensando a un altro.

Dopo cena e dopo aver messo a letto la bambina, come succedeva tutte le sere, mi accomodai sul divano con mia zia, a vedere un po' di tv con una tazza di tisana in mano.

Quella sera quasi non parlammo, ma stavamo bene così, sedute una accanto all'altra, con i nostri segreti.

Dopo un po', presi le due tazze, ormai vuote, le portai in cucina e mi misi la giacca.

Diedi alla zia un bacio che accettò con sorpresa e uscii ancora una volta a fare una passeggiata.

Mi diressi spedita al solito posto per fare ciò che la sera prima non avevo potuto fare: accarezzare quel disegno di cui ancora non sapevo niente.

Arrivai in fretta al passaggio coperto, perché ormai, poco alla volta, mi stavo impadronendo della città. Attraversai lo splendido cobertizo e... e lo vidi ancora lì. Nello stesso punto, accucciato, a toccare il muro con le mani. Mi invase la rabbia.

Ma questa volta accadde qualcosa di diverso: nel momento stesso in cui arrivai sulla piazza quella figura si alzò. Era come se in qualche modo mi stesse aspettando per dare inizio a una nuova partita.

E io decisi di giocare.

Si mise a camminare e fece, più o meno, lo stesso percorso della sera prima, e io dietro. La via dell'Uomo di legno, l'Alcázar, la discesa che portava alle scale, il labirinto di vicoli... e poi un'assoluta novità: come se si fosse stancato del nostro inseguimento, andò diretto a una casa, aprì la porta ed entrò.

Io rimasi in fondo alla via, senza sapere che cosa fare: se tornare a casa o accettare l'invito.

Subito l'ombra tornò fuori, lasciando la porta aperta...

Aspettai che si allontanasse e, quando la vidi sparire all'interno, mi avvicinai a una porta su cui notai un grande segno rosso dipinto sul muro, a destra del cardine.

Spinsi leggermente.

Ebbi la tentazione di entrare, ma sentii un rumore che mi spaventò e scappai.

Se non altro, ora sapevo dove trovarlo.

E arriva il venerdì.

Un venerdì che qualcuno non dimenticherà facilmente.

È suonata la campanella e montagne di energia si incanalano verso il fine settimana. Un'energia che manca a una ragazzina sempre più distaccata dalla propria vita.

Esce per strada senza salutare nessuno. Come un automa prende la via che la riporta a casa.

Ha fatto solo qualche metro quando lo vede: è lui.

Decide di cambiare marciapiede, prende il telefono e finge di essere concentrata sul display (che peraltro è spento). Malgrado tutto, il destino la trova.

Anche Dani attraversa la strada per andarsi a mettere davanti a lei, e si ferma a una distanza da cui non è possibile schivare neppure un sospiro.

E lì, davanti alla scuola, sotto gli occhi di tutti – anzi, peggio, di tutte – si mettono a parlare, a lungo.

Lì.

Davanti a tutti.

Davanti a tutte.

Sul marciapiede di fronte a scuola, un venerdì, sotto una coltre di nubi che si stanno diradando in modo che anche il sole possa osservare.

E sempre lì, proprio in quel momento, Marta scopre l'amore, ma non quello che si intuisce da soli, chiusi nella propria stanza. L'altro: quello vero, quello che la porta a galleggiare nell'aria solo sfiorandogli la mano.

Allontana qualunque pensiero per concentrarsi unicamente sui sentimenti. Non è il momento per domandarsi se quei secondi potranno compensare la condanna successiva. Resta lì, sapendo che si sta comportando con l'incoscienza di un kamikaze.

A pochi metri, appoggiata a uno dei muri esterni della scuola, un'altra ragazzina osserva la scena e affila la vendetta. Come una mercenaria dei sentimenti che va a lavorare solo per orgoglio. Se fosse per lei, partirebbe in quest'istante: si butterebbe addosso a Marta, la prenderebbe per il collo e la picchierebbe con rabbia, con odio, con violenza... Ma non può, perché lì c'è anche Dani.

Nota che Dani e Marta si allontanano insieme, e li segue. Li vede attraversare una strada, e un'altra, e un'altra ancora, e arrivare fino alla porta di casa della ragazza. E lì, con le mani ancora strette, i due si danno un bacio sulle labbra.

Quel bacio le penetra come un ago nelle viscere. Freme di odio.

Marta sale in casa camminando sulle nuvole. Saluta il padre, dà un bacio alla madre ed entra in camera sua.

Solo dopo pranzo, distesa sul suo letto, inizia a realizzare che quelle nuvole su cui volava sono il preludio di una tempesta. Sa che da ora sarà il terrore a dominare i suoi movimenti.

Pensa a lunedì e inizia a tremare.

E a ragione, perché sarà un lunedì che non potrà mai dimenticare.

Nel fine settimana avrei dovuto correggere parecchi compiti per lunedì; inoltre mio marito doveva fermarsi in ufficio praticamente tutto il sabato, pertanto decisi che sarei rimasta a Toledo con la bambina.

Venerdì, dopo un sonnellino, passai tutto il pomeriggio con mia figlia, andando da un parco all'altro e godendomi una vita che cresceva di minuto in minuto, un'infanzia che sarebbe sfuggita in gran fretta sia a lei che a me. Rientrammo intorno alle sette, io stanca morta e lei già pronta a ricominciare.

Alle nove avevo un appuntamento con alcune colleghe per bere qualcosa e cenare insieme. Era la prima volta che uscivo con loro, anzi in realtà era la prima volta che a Toledo uscivo con qualcuno che non fosse Marcos.

Stavamo bevendo e chiacchierando del più e del meno quando a un tratto una di loro – la più giovane – trovando ispirazione nell'avvenenza di uno dei camerieri, disse: «Ragazze, avete fatto caso al poliziotto che ultimamente è sempre davanti all'ingresso della scuola?»

«Altro che se l'ho notato!» rispose un'altra «Io mi sciolgo tutta ogni volta che lo vedo.»

«Dài, ma sei un animale!» Tutte scoppiammo a ridere.

«No, sul serio, voi non ci fareste un pensierino?»

«Be', in effetti» intervenne una ragazza dai capelli rossi che non avevo mai visto. «Non se ne trovano mica tanti di uomini così.»

«Uomini così come?» domandò Carolina, guardandomi di sottecchi.

«Così, che a quell'età – perché quello i quaranta li ha passati di sicuro – si conservano strepitosamente bene!»

«Li trovi sulla porta della scuola» intervenne una ragazza bionda, amica di Carolina.

E giù un'altra risata collettiva.

«No, sul serio, perché io non so i vostri mariti, ma il mio, poverino, ci prova anche, ma la sua pancetta ormai non c'è santo che gliela faccia sparire, e in quanto a muscoli... sono pochi, pochi, pochi» continuò, facendo un gesto con i bicipiti. «Però, via: lo amo lo stesso...»

«Sì, sì, adesso dici così, ma se ti si presentasse un'occasione con il poliziotto, che faresti?»

«Una cosuccia rapida...»

Altra risata generale. Carolina e io incluse.

Alla stessa ora, mentre a Toledo un gruppo di amiche favoleggia su situazioni intime, a trecento chilometri di distanza, nel camerino del centro estetico di un piccolo paese, resta poco spazio per l'immaginazione.

La proprietaria, Sonia, ha avvisato il marito che farà tardi, perché un cliente ha fissato un appuntamento proprio all'ora di chiusura.

Uomo e donna entrano in silenzio, nervosi, come se, malgrado i loro giochi precedenti, non si conoscessero. Lui si sfila i pantaloni e si sdraia sullo stesso lettino su cui è già stato tante volte. Ma stasera si abbassa anche gli slip, in attesa che lei, altrettanto nuda, gli si avvicini.

Le sensazioni cominciano a invadere le loro menti, sensazioni che, adesso, non lasciano spazio per nient'altro. Perché i rimorsi compariranno molto più tardi, solo quando svanirà il piacere.

E così, con una voluttà moralmente proibita, riescono a fermare il tempo e lo spazio che li circonda. E si impossessano l'un l'altro di un corpo che ancora non conoscono, con lo sguardo, le dita e le labbra.

Ogni sensazione è amplificata: la carezza di una pelle sull'altra, i denti che affondano nel corpo di lei, le unghie che penetrano in quello di lui, i baci che si regalano... e tutti quei movimenti nuovi.

Entrambi si muovono su quel letto striminzito senza sapere che reazione si presenterà a ogni nuova posizione: le piacerà?, lo sto facendo bene?, gli piacerà il mio corpo?, si sta accorgendo che non riesco a smettere di guardare?

Si toccano con forza e con rispetto, con timidezza in quanto sconosciuti, ma con il gusto del proibito.

Vengono. Lei due volte.

Lui lo dimostra, lei non finge.

E poi l'intenso disordine dei corpi lascia spazio al silenzio: lentamente si rivestono, si guardano e si salutano come se si fossero appena conosciuti, come due estranei incrociatisi per caso.

Due baci e un ciao.

Non è stata questa gran cosa, pensa lei mentre ritorna a casa in macchina. È stato un momento piacevole, uno sfogo, un'esperienza, ma non lo scambierebbe con la tranquillità della sua casa, con suo marito, i figli, il pranzo di Natale in famiglia... Non lo cambierebbe, ma ciò non significa che non si ripeterà mai più. Lei lo sa: per quante volte possa farlo con suo marito, tra loro non tornerà mai più com'era all'inizio; non ritroveranno mai quella passione che poco fa è tornata a provare con un altro.

Dopo mille sorrisi, aneddoti e piccole confessioni la cena finì. Era quasi mezzanotte e decidemmo di andare a concludere la serata in un bar. Continuammo a ridere e a chiacchierare finché nel locale che avevamo scelto non decisero di mettere la musica a un volume decisamente troppo alto.

Bevemmo l'ultimo bicchiere e infine, ormai era l'una passata, ci salutammo. Immagino che le altre fossero andate direttamente a casa: non io; io prima avevo una cosa da fare.

Racimolai forza e coraggio – forse solo grazie all'alcol – e stabilii che era il momento di entrare in quella casa, di scoprire che cosa ci fosse dietro quella storia.

Percorsi strade e vicoli di una Toledo nascosta nell'oscurità della notte, ticchettando rumorosamente con il tacco dei miei stivali. Speravo che quella porta fosse rimasta aperta.

Arrivai.

Era aperta.

Guardai da entrambi i lati della strada: deserta.

Lentamente, mi avvicinai alla porta.

«È permesso? C'è qualcuno?» chiesi, varcando la soglia.

Nessuna risposta.

«Posso?»

Niente.

Entrai in punta di piedi, cercando di non fare rumore, e scoprii un magnifico cortile chiuso da una chiostra di colonne e illuminato da decine di candele; intorno, poltrone di vimini e piante. Sopra, porte e finestre di vari appartamenti.

Scoprii anche due scale: una scendeva e l'altra saliva fino al terzo piano.

Esattamente al centro del cortile, appoggiato a terra, qualcuno aveva lasciato un mazzo di fiori. Mi avvicinai e dal profumo sentii che erano freschi.

Osservai di nuovo quella magica scenografia, a dire il vero con agitazione crescente, e mi accorsi di uno strano rumore proveniente dalle scale che parevano condurre a una cantina.

Mi avvicinai, in silenzio.

A ogni mio passo il rumore risultava più nitido, più intenso.

Misi il piede sul primo gradino e iniziai a scendere; le scale curvavano a sinistra.

Feci un profondo respiro. Mi fermai. Poi feci un altro passo, scesi il secondo gradino, il terzo, il quarto e così via...

Arrivai all'ultimo e, mentre le pupille tentavano di abituarsi all'intensa oscurità, le orecchie non riuscivano a capacitarsi di una sinfonia simile al battito di mille cuori.

Un'unica candela, appoggiata su un tavolo di legno, illuminava la stanza.

Mi guardai intorno e capii di essere finita in una sorta

di 'vivaio del tempo': infinite lancette di centinaia di orologi marciavano in sincrono; guardai meglio e mi accorsi che quasi tutte indicavano la medesima ora.

Dopo la sorpresa iniziale, osservai la stanza con attenzione: tre pareti erano ingombre di orologi, la quarta invece era coperta da un immenso pannello di sughero, su cui erano stati appesi sei pezzi di carta. Mi avvicinai e vidi che su ciascuno era scritta una frase. Iniziai a leggere:

Sotto l'orologio senza minuti.
Nel doppio arco del tempo.
Ti ho trovata in tempo per scrivere la terza data.
Dove finì la sua vita e iniziò la tua morte.
Fosti una statua quando ancora potevi muoverti.
Sotto il simbolo dell'acqua chiusa.

Erano tutte scritte a mano, con inchiostro nero e una calligrafia delicata, come se per ciascuna di quelle frasi l'autore avesse investito un frammento della propria vita. E sotto ognuna... gli stessi due cuori che già conoscevo.

Presi il cellulare per fotografarle perché quando lessi la terza frase intuii che quella in particolare doveva essere legata al graffito della piazza. Forse le altre erano indizi per ritrovare altrettanti segni.

Poi lo sguardo fu catturato dagli oggetti appoggiati sul tavolo: un orologio aperto, forse in attesa di essere riparato, due che sembravano già pronti e, in un angolo, in una piccola teca, un magnifico esemplare da taschino con il vetro rotto.

Accanto alla teca, una lettera scritta con la stessa grafia delicata.

Sette date, sette luoghi dove ci siamo amati.
Sette date, ma, in realtà, sono stati...
settemila baci,
settemila carezze,
settemila modi di amarci,
settemila parole sussurrate,
settemila sorrisi,
sette date sparse per Toledo,
sette date che quando cammino per questa città mi ricordano che sei ancora viva.

Sette date? Tornai a contare quelle che immaginavo fossero gli indizi, ma le frasi erano solo sei.

Strano.

Presi di nuovo il cellulare e scattai una foto anche alla lettera.

Non mi ero accorta di essere rimasta quasi un'ora in una casa dove non ero stata invitata. Non mi ero accorta che in quella cantina il tempo passava troppo in fretta. Non mi ero accorta – ma questo lo capii solo più tardi – che non ero sola.

E il sole inaugura il mattino di un sabato.

In una casa qualunque, una ragazzina si sveglia spaventata: ha appena scoperto che ormai non è più una bambina. Resta immobile a guardare qualche goccia di sangue sulle lenzuola. Due piani più su, nello stesso palazzo, una ragazza che ha tre anni più di lei si sveglia preoccupata perché si è resa conto dell'esatto contrario: ormai il ritardo dura da troppi giorni.

In quella stessa strada, a tre portoni di distanza, un uomo di mezza età si sveglia abbracciato al suo cuscino preferito: lei. Sa che arriverà tardi al lavoro, ma preferisce godersi qualche altro minuto di quel collo che ha il gusto dell'allegria. Restano abbracciati e intanto, al di là della parete, una donna si fa una doccia mentre la sua compagna le prepara la colazione e le disegna un cuoricino col cioccolato sulla fetta di pane tostato. Entrambe si chiedono come sia possibile amarsi così tanto.

Cinque case più in là, si sveglia un ragazzo che la sera prima ha smesso di essere un bambino. Per qualche minuto si è sentito strano, ha pensato che quella fosse la sensazione di piacere più intensa che avesse mai provato nella vita. Indugia nel letto, all'inizio di questa nuova mattina, pensando a ciò che è successo; e sa che oggi ci proverà di nuovo, e poi domani, e il giorno dopo...

A molte strade di distanza, nella periferia di una città, un uomo disoccupato, con i baffi bianchi, fa colazione accanto a un televisore che informa di un nuovo suicidio a causa degli sfratti. «Non capisco» esclama a voce alta da solo. Non riesce a spiegarsi come la vittima si sia tolta la vita senza portarsi dietro qualcuno, senza aver prima sparato a uno dei tanti che, anziché finire in carcere, si intascano indennizzi miliardari. Lui, che è nella stessa situazione, presto toglierà il disturbo da questo mondo, perché senza famiglia, senza soldi e a breve anche senza casa, non ha più molta voglia di vivere. Ma di una cosa è certo: non se ne andrà da solo.

A trecento chilometri da lì, in un piccolo paese, una donna non ha chiuso occhio per tutta la notte. Ricorda i momenti di sesso vissuti con quel ragazzo dal corpo perfetto. Sospira, si gira nel letto e abbraccia il marito, lo bacia, si raggomitola accanto a lui e gli sussurra all'orecchio che lo ama.

In quello stesso paese, in un'altra casa, un uomo si sveglia senza nessuno accanto: è una sensazione a cui non si è ancora abituato. Sua moglie e sua figlia rimarranno a Toledo per il fine settimana e la casa per lui è diventata troppo grande. Per questo ha deciso che non passerà la notte da solo.

E così, tra migliaia di vite e di storie, tra verità e segreti, tra abitudini e sorprese, arriva il pomeriggio.

Un pomeriggio che avvolge una ragazza che guarda dall'alto di un parapetto. Una ragazza che quello stesso pomeriggio ha mentito già due volte: ha detto ai genitori che usciva a fare un giro con le amiche, e alle amiche che restava in casa.

Raccoglie un sasso, lo lancia con forza nell'acqua e lo vede sparire all'istante. Guarda il fiume che arriva, e si immagina la vita così: il resto dei suoi giorni sarà una lotta infinita, una lotta per restare in piedi, per non crollare, per non venire distrutta... cerca di capire se, davanti a tanta fatica, non sia meglio invece farsi portare via dalla corrente.

Sospira.

Sa che ieri, quando gli ha dato quel bacio, ha sparso sale sulla ferita. Finora sono state piccole gocce: uno spintone, qualche risata cattiva, qualcosa che le finiva addosso – una buccia di banana, uno sputo, l'inchiostro di una penna. Le amiche che a poco a poco, per la paura di essere prese di mira, spariscono... O forse è lei che per la vergogna si sta allontanando da loro. Ma adesso, dopo il bacio di ieri, dopo che si sono stretti le mani e gli sguardi...

Ha paura che arrivi lunedì e trema solo al pensiero.

Raccoglie un altro sasso e lo lascia cadere.

Abbandona il parco e continua a camminare verso un ponte che conosce benissimo: lo stesso dove ritorna ogni volta che subisce un'aggressione.

Si ferma.

Si sporge. Un po' di più, un po' di più... è già fuori con oltre la metà del corpo, basterebbe una piccola spinta e la farebbe finita con tutta la sofferenza che si porta dentro, con tutta la paura per ciò che è successo e per quello che potrebbe ancora accadere. Si spenzola ancora di più e... per un attimo perde l'equilibrio.

Tremando come una foglia ritorna alla posizione iniziale: le scarpe da tennis riatterrano sul selciato. Respira e cerca di calmare il cuore che batte troppo forte, forse perché ha visto da vicino la fine dei propri battiti.

Malgrado sembri contraddittorio, a Marta questo ponte dà anche la forza di resistere, perché sa che, nel momento in cui non ce la farà più, potrà ricorrere a una soluzione rapida.

Però c'è anche un altro motivo che dà a Marta la voglia di andare avanti: è la forza contraria, è lui. Si infila la mano in tasca, prende un pennarello nero e lì, sopra la spalletta, disegna un cuore con la sua iniziale e quella di Dani. Ha così paura che non ha neppure il coraggio di scrivere i due nomi per intero.

E mentre Marta lascia una traccia dei propri sogni, poche strade più in là due uomini hanno un appuntamento in uno dei bar più alla moda per prendere un caffè. Uno, un poliziotto che vive molto al di sopra delle sue possibilità e che si dedica a spiare segreti; l'altro, un consigliere originario di un paesino della provincia che vive molto al di sopra delle sue possibilità e che si dedica a crearli.

Quest'ultimo sta per concludere un'operazione che gli frutterà un discreto gruzzoletto, a spese di una coppia di vecchi. Anni fa, quando non si occupava di politica, aveva un'impresa edile che riusciva ad aggiudicarsi praticamente tutti gli appalti del Comune finché la situazione non andò a rotoli, e l'impresa fallì. L'uomo si ritrovò senza lavoro, ma per fortuna aveva un parente stretto molto con un'ottima posizione alla Provincia – uno di quei posti dove poco alla volta entrano, forse per ragioni genetiche, famiglie intere. E dalla sera alla mattina venne inserito al secondo posto nelle liste elettorali, scavalcando tutti coloro che iniziando da zero si stavano facendo conoscere nel partito.

Da quel momento, utilizzando le stesse arti che aveva adottato con l'impresa, iniziò a guadagnare un mucchio di soldi. Sfruttare percentuali e favori era la prassi nei suoi rapporti con le società esterne. Un'auto nuova per sé, un'altra per la moglie, una baita in montagna, qualche conto gonfiato... Per fortuna si inventò una buona scusa per giustificare tutto quel denaro: non era colpa sua se vinceva così spesso alla lotteria!

Adesso sta per mettere a segno un altro colpetto, e non certo per ritirarsi dalla politica – del resto ha appena cominciato –, ma solo per assicurarsi un altro po' di soldi e di potere, perché alla fine di questo si tratta.

Ciò che però non si aspettava è di dover dividere una parte del guadagno con un poliziotto che forse ha meno scrupoli di lui.

«Ciao!»

«Ciao» risponde, stringendogli la mano e mostrandosi interessato.

«Vedo che hai già ordinato...»

«Sì, un caffè.»

«Bene, prendo anch'io lo stesso, in fondo siamo qui per condividere...»

«Ah, sì?»

«Certo, ho sentito che adesso sei entrato nel settore dell'energia.»

Per poco non si rovescia il caffè addosso.

«Non so di cosa parli» dice, simulando una calma che non ha.

«Ma sì, sono sicuro che lo sai, adesso ti rinfresco la memoria. Mi hanno detto, sai, un uccellino che passava di lì per caso, che hai fatto un'offerta a degli anziani per un terreno che non vale assolutamente nulla. Anzi, praticamente glielo paghi una sciocchezza, non è vero?»

«Continuo a non capire di cosa parli.»

«Forza, non mi fare perdere tempo, siamo grandicelli

tutti e due. Il fatto è che ho compiuto qualche ricerca e sai cosa? Quelli sono vecchi, ma hanno dei parenti; se non mi sbaglio tre figli, tre omaccioni con dita grosse come salsicce e mani che potrebbero schiacciare un cranio come fosse un'arancia. E di sicuro non vedrebbero l'ora di metterle addosso a qualche politico, perché con i tempi che corrono le vostre teste fanno gola a tanti...»

«Che cosa vuoi?» cede.

«Be', una fetta della torta, come al solito.»

«Spara» dice con la tranquillità di chi è abituato a trattare percentuali, bustarelle e mille altri tipi di tangenti.

«Voglio che a loro paghi il triplo di quanto pattuito e a me, be', facciamo le cose in modo equo: mi dai la stessa cifra.»

«Sì, come no!» esclama, mentre appoggia la tazzina sul tavolo e sorride. «Andiamo, non hai idea di cosa mi stai chiedendo, non sono nato ieri!»

«Ti assicuro, neppure i figli di quella coppia di anziani, credimi» gli risponde ridendo.

«Dài, Marcos, per chi mi hai preso?»

«Bene, fai come credi. Per me alla fine è uguale: se vuoi, dividiamo, se no gli racconto che un politico corrotto sta pagando quattro soldi ai loro genitori per un terreno che tra un anno o due varrà una fortuna. Scegli tu: o i soldi o la gallina dalle uova d'oro.»

«Lo sai che andrai a finire male, vero?»

«Be', di questo lascia che mi occupi io. Per ora, l'unica certezza è che devi scegliere tra due opzioni.»

«Non sai in che cosa ti stai cacciando» ribatte, mentre si alza.

«Allora, siamo intesi. Sai già come farmi arrivare i soldi, e occhio che mi informo se hai pagato il triplo ai vecchi.»

Il consigliere lascia i soldi per il caffè sul tavolo e se ne va furioso.

Marcos, invece, rimane lì in attesa che arrivi l'ora del suo prossimo appuntamento: è d'accordo con una donna per passare la notte da lei.

Prende il cellulare e scrive un messaggio: «Ciao, Alicia, cm va? Qst sera alla fine nn possiamo vederci. Facciamo dmn sera? Alle 9 in Zocodover? 1 bacio».

Sabato pomeriggio, mentre stavo facendo un giretto con mia figlia per le strade di Toledo, mi squillò il telefono. Guardai il messaggio, era di Marcos. «Ciao, Alicia, cm va? Qst sera alla fine nn possiamo vederci. Facciamo dmn sera? Alle 9 in Zocodover? 1 bacio».

«Ok, a dmn» risposi.

Da una parte feci un sospiro di sollievo, come se il destino mi avesse regalato un giorno in più di tregua; dall'altra, e la cosa mi pesava molto di più, fu una grossa delusione.

Avevo ancora il cellulare in mano, e le dita andarono rapide all'album delle foto. Ne feci scorrere alcune, finché non arrivai a quella con le sei frasi che credevo essere sei indizi.

Guardai la prima: «Sotto l'orologio senza minuti». Era facile, soprattutto dopo la spiegazione di Marcos. Così, con la bambina per mano, mi diressi verso l'orologio con una sola lancetta.

Attraversammo vie piene di gente, per lo più turisti. Ci avvicinammo alla cattedrale e iniziai a sentire una magnifica melodia.

Seguendo le note di quella musica, mi ritrovai sotto il

muro della cattedrale davanti a una donna vestita di bianco che, seduta su uno sgabello, suonava uno strano strumento con dita che sembravano fatte di vento.

Intorno a lei si era formata una piccola folla calamitata, come me, da un suono che sarebbe potuto essere la colonna sonora della città. Chiusi gli occhi per qualche istante, sempre con mia figlia per mano, e mi trovai a rivivere le mie passeggiate notturne tra quelle mura.

La guardai suonare, ci scambiammo uno sguardo e con un sorriso ci salutammo.

Presi in braccio la mia bambina e continuai a camminare verso l'orologio, lasciandomi alle spalle quella melodia che spariva nell'aria ma mi risuonava nella mente.

Voltai a destra per ripercorrere la strada in cui qualche giorno prima ero stata inseguita da un 'uomo di legno'. C'era moltissima gente intorno a noi e mi accorsi di quanto fosse vivace quella città.

Raggiunsi la cancellata. Guardai in su e lo vidi: l'orologio con una sola lancetta. Perciò doveva essere lì.

Varcammo il cancello e mi misi a cercare nella parte inferiore del muro, dove si aprivano le porte laterali della cattedrale, poi guardai anche sui portoni, nel caso il disegno fosse stato inciso nel legno. Nulla.

Mi servii della bambina per giustificare un comportamento che avrebbe potuto dare nell'occhio. Finsi di giocare con lei a cercare qualcosa sul muro: un divertimento innocente fra madre e figlia. Lei mi seguiva, senza sapere bene che cosa stessimo facendo, e io continuavo imperterrita, senza sapere bene che cosa stessi cercando.

E così, a poco a poco, ispezionammo tutta la parte sinistra, dal portone principale alla vecchia cancellata. Niente.

Rifacemmo il percorso in senso inverso, ma questa volta a destra: dal margine della cancellata fino al bordo del portone. Niente.

Guardai in su, nella parte alta, tra gli archi, i rilievi, perfino tra una pietra e l'altra. Ispezionai intorno alla cancellata, all'esterno... Niente.

Quando mia figlia cominciò a protestare per la noia, la presi in braccio e ci fermammo alle altalene di un giardinetto.

Niente? Com'era possibile? Gli indizi sembravano precisi, doveva essere semplice. A meno che non ci fosse un altro orologio uguale a quello; a meno che, con la fretta, mi fosse sfuggito qualcosa...

Dovette passare ancora qualche giorno prima che riuscissi a capirlo. Il fatto è che qualunque verità ha due facce, e normalmente ci accontentiamo di conoscerne una sola.

In quello stesso istante, a circa trecento chilometri di distanza, un uomo è appena rientrato in casa, una casa che per quel fine settimana sarà tutta a sua disposizione, perché la moglie e la figlia non ci sono.

È passato al supermercato e ha comprato il necessario per una cena diversa. Trascorrerà la serata in compagnia.

Il pomeriggio di un sabato è ai suoi ultimi fuochi, in attesa che arrivi la sera.

Marcos cena a casa, fa una doccia, si veste e cerca il portafoglio per controllare l'indirizzo. Conosce la strada, ma non ricorda il numero civico e il nome sul campanello.

Si guarda allo specchio e sorride. Sa che lo aspetta una serata particolare, non è abituato a questo genere di appuntamenti, però dài, è questo il bello della vita, pensa.

Prende la giacca e un piccolo oggetto che ha custodito in una borsa nera. Scende in garage, sale in macchina e guida verso la sua destinazione.

Parcheggia il più vicino possibile e si mette a camminare per un quartiere che conosce a memoria. Dopo pochi minuti è arrivato. Controlla la facciata e soprattutto cosa c'è intorno all'edificio.

Suona il campanello.

«Chi è?» si sente dal citofono.

«Sono io, Marcos.»

«Ah, sì, sì» risponde una voce e gli apre la porta.

Marcos entra in un atrio antico, abbastanza trascurato, di quelli in cui di giorno la scarsa luce che penetra non basta per arrivare negli angoli più remoti; di quelli in cui di notte la luce delle lampadine riesce a malapena a illuminare i muri. Non c'è ascensore, perciò sale a piedi fino al primo piano; guarda i gradini consumati di marmo. Tra tutto ciò che lo circonda, l'unica cosa che sembra avere meno di un secolo è una lucida ringhiera di metallo, agganciata alle scale. Marcos fa sempre caso alle ringhiere.

Arriva al pianerottolo, preme un piccolo campanello piuttosto appiccicoso al tatto e dopo troppi secondi una donna finalmente gli apre.

Lo accoglie con un ciao e due baci.

Lo conosce appena, ma lo invita comunque a entrare.

«Mettiti comodo» gli sussurra.

«Dove?»

«Lì, sul divano.»

«Grazie» le risponde, mentre si toglie la giacca e appoggia il piccolo pacchetto su un tavolino al centro di un salotto molto ordinato.

«Cominciamo subito?» chiede Marcos, visibilmente nervoso.

«No, aspetta ancora un po'» risponde la donna.

«Okay, okay...»

«Vuoi qualcosa da bere?»

«No, no, grazie.»

«Io invece mi stavo preparando qualcosa. Vengo subito.»

Laura sparecchia mentre il marito finisce, in un sorso solo, il caffè che sicuramente non si è preparato lui. Mormora un «a domani» e scappa in camera.

Alicia porta sua figlia a letto, le mette il pigiama e la infila tra le coperte. Lì, seduta accanto a lei, mano nella mano, le leggerà qualche storia finché a poco a poco non cederà al sonno.

E dopo questa routine, sarà il turno dell'altra: quella che due donne ripetono ogni sera, sullo stesso divano, con una tazza di tè.

«Che strano!»

«Che cosa?»

«Niente, è solo che ho chiamato mio marito, ma non mi risponde, a quest'ora...»

«Be', magari è sotto la doccia, chissà.»

«Sì, può essere, dopo riprovo; però è strano.»

Mi accorsi che ero lì a parlare di mio marito, come se non fosse successo niente, come se i miei incontri con Marcos banalmente facessero parte di un'altra realtà, di un mondo che non era il mio, come se tutto ciò che accadeva di notte in quella città succedesse a qualcun altro e non a me.

«Mi piace questo programma» mi sorprese la zia.

«Quale?»

«Questo che sta per cominciare; è fatto così: ognuno degli invitati racconta la sua storia e si sentono cose incredibili.» Sorrise.

«Ah, sì... ma lo sai che quello che c'è in tv, non sempre è vero, sì?»

«A cosa ti riferisci?»

«Per esempio, l'altro giorno c'è stato un reportage proprio sugli attori che recitano in programmi come questo, interpretando il ruolo di persone comuni.»

«Ah, sì?»

«Sì, e mi ha colpito soprattutto una donna che è apparsa in un programma in veste di ninfomane, in un altro come moglie gelosa e in un altro ancora come madre che non ne poteva più delle figlie... e il bello è che non è sposata, non ha figli né niente di niente...»

«Come ci imbrogliano...»

«No, zia: come ci facciamo imbrogliare.»

In quel momento mi suonò il telefono.

Mi alzai di corsa.

«Pronto?»

«Ciao!»

«Pronto?»

«Alicia?»

«Sì, sì...»

«Sì, aspetta un momento che vado in cucina.»

«Cos'è questo rumore?»

«Niente, ho invitato degli amici a vedere la partita e proprio nel momento in cui ti ho chiamato hanno fatto un gol.»

«Ah, ho capito!»

«Bene, come va da quelle parti? La piccola?»

Fu una conversazione più breve del solito, perché sentii che – malgrado avesse l'orecchio sul cellulare – intanto stava seguendo la partita. Ci salutammo come sempre, con un bacio e un «ti amo».

Riagganciammo e tornai sul divano, accanto a mia zia, che rideva davanti alla tv.

Rimasi con lei per un po', finché non ci fu la pubblicità.

«Zia...»

«Dimmi.»

«Vado a fare due passi, d'accordo?»

«Ti piace questa città, eh?»

«La adoro.»

«Divertiti.»

Mi misi il cappotto, guardai mia zia e la ringraziai sottovoce. La ringraziai per passare in punta di piedi sulla mia intimità senza chiedermi mai niente di quella seconda vita che conducevo.

Uscii per strada e il freddo fu il primo a salutarmi. Rimasi per qualche istante appoggiata al muro, pensando a com'era strano ritrovarsi da sola di sabato, circondata unicamente dalla notte di una città che ormai amavo.

Mi abbottonai il cappotto, infilai le mani in tasca e iniziai a camminare verso l'orologio. La pista era chiarissima.

Arrivai ed ebbi la prima delusione: il cancello era chiuso. Mi guardai intorno, ma niente. Mi tornò in mente quella prima notte...

Tirai fuori il cellulare e cercai un'altra pista: «Fosti una statua quando ancora potevi muoverti».

Non ne ero del tutto sicura, ma mi faceva pensare alla leggenda del bacio. Avevo trovato il mio nuovo obiettivo.

E camminai, senza sapere che quella notte i ruoli erano invertiti: io seguivo una pista, e intanto ero inseguita da un'ombra.

«Bene, allora per me basta così.»

«Basta così?» ripete la donna stupita.

«Sì, non si preoccupi, adesso ne ho a sufficienza.»

«Allora grazie, e speriamo di riuscire a fare qualcosa.»

«Sicuro» risponde, mettendo l'apparecchio nella borsa nera. «Allora io vado, che devo vedermi con degli amici.»

«Grazie mille.»

«Niente, è stato un piacere.»

Marcos apre la porta ed esce da quella casa in direzione della propria; tra nemmeno mezz'ora ha un appuntamento con tre colleghi e amici.

Camminai verso quella piazza circondata da chiese e lì mi tornarono in mente le sue carezze, le parole, il modo in cui mi abbracciava mentre mi raccontava storie.

Una volta arrivata, mi resi conto che c'erano migliaia di posti in cui guardare, troppi edifici tutt'intorno. A ogni modo, avevo tutta la notte.

Rimasi quasi un'ora a guardare la parte bassa dei muri, i legni delle porte, ogni montante di ogni arco... niente. Allora mi misi a cercare sui palazzi che fiancheggiavano la chiesa, e passarono altre due ore.

Alla fine, stanca, mi sedetti a riposare su una panchina. E da lì, senza più speranze, continuai a guardarmi intorno in cerca di un graffito che al momento esisteva solo nella mia immaginazione.

E se quelle frasi non avessero avuto niente a che vedere con il disegno?

Dalla panchina mi misi a scrutare la parte alta dei palazzi, ma niente. Quando abbassai lo sguardo lungo uno dei muri notai che la luce di un lampione sembrava tratteggiare un'ombra strana sulla parete.

Mi alzai, mi avvicinai e dal basso riconobbi i due cuori incisi a un'altezza difficile da raggiungere.

Due cuori e una data: 22-X-1984.
La stessa dell'altro disegno.
Sorrisi.
A missione compiuta, tornai a sedermi sulla panchina.
Cercai la foto sul cellulare e lessi un'altra frase: «Nel doppio arco del tempo».

Parcheggia l'auto, entra in casa e dopo appena dieci minuti suonano alla porta.

I suoi tre amici entrano, lo salutano e si mettono comodi sui divani.

«Bene, prendete qualcosa? Una birra?»

«Sì, grazie» dicono, quasi in coro.

Marcos va in cucina, prende le birre e torna in soggiorno. Uno degli ospiti ha già preso in mano il telecomando della tv.

«Bene, allora, di cosa volevate parlarmi con tutta 'sta urgenza?»

«Ti stanno addosso, Marcos, ti vogliono far fuori.»

«Cosa?»

«È così. Non ti possiamo dire molto di più, ma qualcuno ci ha raccontato che stanno pensando a come liberarsi di te.»

«Chi? Qualche assessore?»

«Magari fosse solo uno» risponde uno dei tre ridendo. «Marcos, stai sui coglioni a tutti.»

«Okay, e se anche fosse?»

«Niente, niente, per noi figurati, è perfetto: lo sai che ti ammiriamo quando cerchi di rimettere in equilibrio la bilancia» ridono. «Però, è ovvio, alla fine... quel che semini...»

«La cosa migliore è che tu sparisca per un po', perché magari non ti vogliono solo allontanare... forse questa volta hanno in mente qualcosa di più.»

«Qualcosa di più? Non ti seguo. Cosa intendi: mi fanno secco?» chiede Marcos, ridendo.

«No, no, ci sono modi più semplici per toglierti dalla circolazione, e tu lo sai molto bene. Un pizzico di coca nel tuo armadietto, una denuncia falsa per stupro, chissà... Una cosa qualsiasi che ti faccia finire in carcere.»

«Cazzo!» esclama Marcos, mentre beve un sorso dalla bottiglia. «Ci vanno giù duri... Però non penso che ci proveranno, so troppi segreti che li riguardano.»

«Bene, Marcos, fai come credi, noi siamo solo venuti ad avvisarti. Non so, prenditi un mese di vacanza, o vai via per un po', magari le acque si calmano...»

«Sì, perché ultimamente è tutto molto agitato e la tensione è a mille» interviene un altro. «Avete saputo di quel ministro che hanno preso a pugni in mezzo alla strada?»

«Sì, sì, l'ho sentito alla radio, che roba!»

«Cazzo, ogni giorno è sempre peggio.»

«Be', è normale. È che hanno passato il limite, non hanno più ritegno... finirà che un giorno o l'altro ne fanno fuori uno» dice Marcos.

«Quello che non capisco è perché, arrivati a questo punto, la gente resista ancora.»

«La gente? Che gente?»

«La gente, tutti quelli che i politici trattano da idioti: i disoccupati, quelli da mille euro al mese, i pensionati, i professori, i medici... che si stanno accorgendo come tutti i soldi – i loro soldi – che entrano nelle casse pubbliche se li spartiscono i soliti ladri; che i consiglieri comunali delle varie città usano le auto blu per i viaggi privati; che piazzano amici e parenti in tutte le cariche amministrative; che sfruttano gli operai pubblici per farsi fare ogni genere di servizio; che hanno un tenore di vita molto più alto di quello che potrebbero permettersi con il loro stipendio; che si accordano sottobanco con certe imprese in modo che, il giorno dopo, avranno un'Audi parcheggiata in garage...»

«Troppi vermi per una sola mela.»

«La gente ancora resiste, ma la faccenda della sanità sarà la goccia che farà traboccare il vaso, vedrete... Perché un conto è che tuo figlio si ritrovi in una scuola sovraffollata, senza riscaldamento, dove i soldi bastano a malapena per i banchi e se un professore si ammala non c'è chi lo sostituisce, ma un'altra – del tutto diversa – è che muoia per i tagli alla sanità. Soprattutto quando quelli che la stanno privatizzando si sono riempiti le tasche.»

«E il peggio è che a noi ci tocca difenderli, oltretutto. Non vi sentite impotenti?» esclama rabbioso uno dei tre.

E in quel momento a Marcos viene un'idea, un'idea che di tanto in tanto gli è già balenata per la mente. Un'idea che non si è mai azzardato a realizzare, ma ora, sapendo che se ne deve andare, potrebbe essere diverso.

«Be', sì» risponde un altro, «quello che dite è sacrosanto, però bisogna vedere anche l'altra faccia della medaglia, perché non ci sono solo il bianco o il nero. O forse quegli stessi cittadini non solo gli stessi che li hanno votati, sapendo perfettamente che molti di loro erano corrotti? Se ci fate caso, la maggior parte dei politici corrotti è stata rieletta. Perché? Be', è facile: perché la società è corrotta quanto loro. Ci stiamo dimenticando che viviamo in un paese in cui è sempre troppo faticoso alzarsi dalla sedia per andare a una manifestazione, ma scattiamo come molle quando c'è da festeggiare uno scudetto? In un paese così, come possiamo aspettarci di avere dei politici migliori? Chi di noi non ha un collega, un amico, un vicino di casa che, intestatario di ha partita Iva, non si dà da fare per recuperare gli scontrini, dei ristoranti e dei bar per recuperare le spese? Quale idraulico, meccanico, muratore non vi chiede se volete la fattura o se preferite pagare meno ma in nero? Chi non ha un amico o un parente in Comune a cui non va a chiedere di togliergli una multa?»

Si mettono tutti a ridere.

«Volete ridere sul serio? Aspettate, vi faccio vedere una cartella...» Marcos si avvicina a un cassetto, lo apre e tira fuori un raccoglitore pieno di ritagli di giornale. Ne prende una manciata a caso e comincia a leggere i titoli a voce alta.

«*Assessore incassa l'indennizzo per riunirsi con se stessa*; *La prima misura dopo la mozione di sfiducia: triplicarsi lo stipendio*; *Comune stanzia sessantamila euro per difendere il suo sindaco dall'accusa di corruzione*; *La ministra: la fuga di cervelli all'estero è motivo di orgoglio*; *Sospesa la consigliera: ha denunciato che il Partito è pieno di corrotti*; *La Spagna lascia fuggire i suoi migliori scienziati per un terzo dello stipendio di un assessore a Madrid*; *Si sprecano sette milioni di euro per assumere hostess di pronto soccorso anziché investire in medici*. Che ve ne pare?»

«Barbarie.» E tutti ridono di nuovo.

E così passeranno la serata quei quattro amici che, malgrado ancora non lo sappiano, tra poco più di una settimana compiranno un gesto che non sarà particolarmente 'corretto', ma del quale si sentiranno orgogliosi.

Un'altra domenica che inizia. Una in meno nel conto alla rovescia.

Un uomo si sveglia sapendo che in casa non c'è più nessuno. Strizza gli occhi, tentando di allontanare un fortissimo mal di testa: forse ieri sera ha bevuto troppo. Va in bagno a cercarsi una pastiglia e si stupisce di vedere resti di cocaina su uno specchietto.

In quello stesso paese, a varie case di distanza, una donna si sveglia abbracciata al marito, apre gli occhi, lo guarda dormire e gli sussurra un «ti amo», forse tutto in minuscole. Perché mentre le parole le attraversano la bocca, i denti e le labbra, la mente è già guizzata verso un futuro prossimo, nel quale si immagina di nuovo insieme a quel ragazzo sul lettino.

Tre strade più a sud, una donna che ha già una certa età, una florida corporatura e una noia micidiale addosso, si è alzata da ore; attende nervosa che arrivi mezzogiorno per andare in piazza e raccontare alle amiche l'ultimo pettegolezzo del paese: Sandra, la figlia più grande del macellaio, si separa. È una donna che prova una soddisfazione eccezionale nell'essere la prima a divulgare questo genere di notizie. Lei e le sue amiche comari passeranno la mattina, la giornata e forse le prossime settimane a ricamare storie sui motivi di quella separazione. Inventeranno – e quel che è peggio spifferanno in giro – che lei l'ha tradito con un altro, che ha trascurato i figli per infilarsi nel letto di qualcuno o magari, chissà, che il marito tutti i fine settimana andava a puttane.

Stigmatizzeranno l'irresponsabilità di una coppia che non è riuscita a restare unita, fosse anche solo per i figli... Donne che sono felici solo quando possono sbirciare dalla serratura le vite degli altri.

La verità, invece, è che Sandra e il marito non si amano più da anni. Convivono sotto lo stesso tetto, ma sono separati. Sanno che il loro matrimonio non ha futuro, perché quando si svegliano evitano ogni contatto e quando si guardano tentano di non farlo negli occhi e quando vanno a letto i loro pensieri sono perfino più distanti dei loro corpi. Entrambi ormai se ne sono resi conto, ma fino a poco fa nessuno aveva voluto dirlo ad alta voce. Forse perché una relazione incagliata nel tempo non affonda finché non si alzano le onde, o la tempesta, o le parole che obbligano a riportare alla luce sentimenti nascosti.

Malgrado la verità, quelle donne continueranno a sguazzare nella menzogna. E al contrario non parleranno mai della propria vita di coppia, di quelle notti passate da sole davanti al televisore, di quei compagni con cui l'unica cosa che ormai condividono è l'indirizzo, di quelle relazioni in cui la conversazione più lunga è un «buongiorno». No, di questo non parlano mai.

Quella domenica mi svegliai con mille farfalle nel corpo, farfalle che mi sfuggivano a ogni sorriso; mi svegliai con la stessa euforia di un bambino la mattina di Natale. Quella domenica avevo un nuovo appuntamento con lui.

Adesso, ripensando a tutto, mi accorgo che in quei giorni i miei desideri erano molto più vivi dei rimorsi.

E venne l'ora di cena, l'ora di mettere a letto mia figlia, l'ora di telefonare a mio marito e l'ora di prepararmi.

Arrivai alla piazza con qualche minuto di anticipo, nervosa. Mi sedetti su una panchina, in attesa che lui arrivasse, nervosa, e feci qualche respiro profondo, nervosa.

Mi alzai, nervosa.

Marcos tardava troppo, o forse ero io che non sapevo aspettare. Feci qualche passo, iniziai a guardarmi intorno e a vedere una serie di particolari che non avevo mai notato. Quando uno ha davanti due occhi così verdi, gli altri dettagli, di solito, passano del tutto inosservati.

Guardai l'orologio che dominava la piazza: mancavano ancora cinque minuti. Abbassai lo sguardo e proprio lì sotto scoprii una cosa che mi rese ancora più nervosa.

Sotto l'orologio c'era un portico con un doppio arco. Tirai fuori il cellulare, cercai le foto che avevo scattato e lessi la seconda frase: «Nel doppio arco del tempo».

Mi avvicinai con quella speranza che si manifesta così di rado quando siamo adulti. Attraversai la strada senza guardare, mi infilai sotto il portico e... non trovai nulla. Continuai a scrutare lo spazio sotto i due archi: muri, pavimento, soffitto... nulla. Uscii dal lato opposto e trovai delle scale che scendevano verso una stradina: nulla. Girai intorno a una statua, guardai di qui e di là, sopra, sotto, a sinistra, a destra... nulla. Ma quando salii per tornare sui miei passi li vidi: due cuori sovrapposti e una data... 22-X-1984.

La osservai, nervosa.
L'accarezzai con le dita...
E suonarono le campane. Era l'ora.
Scattai una foto e risalii di corsa gli ultimi gradini. Attraversai di nuovo la strada e lui era lì, seduto sulla stessa panchina da cui mi ero alzata poco prima.
Non ci furono baci, mi prese per mano e con un movimento delle palpebre mi disse: vieni.

Uscimmo dalla piazza per addentrarci ancora una volta in quei labirinti. Ci spostammo di strada in strada, di storia in storia, finché ci fermammo davanti a una casa.

«Guarda» mi disse sottovoce, «vedi quel simbolo che c'è lì, sull'angolo?»

«Quella palla?»

«Sì, sai cosa significa?»

«No» risposi, mentre guardavo quella piccola palla di pietra, incastonata sull'angolo della casa.

«Okay» mi sorrise, «almeno prova a indovinare...»

«Be', non saprei, magari è un segnale per gli abitanti, un modo per distinguere una casa dalle altre... Forse dentro ci abitava una persona importante.»

«No, no, sei completamente fuori strada. A Toledo, malgrado sia circondata da un fiume, ci sono stati sempre grandi problemi per le riserve idriche. Se ci pensi, non è per niente facile far salire l'acqua fin quassù.»

Fece una pausa e restammo in silenzio.

«Pensa per un momento di vivere nel passato: metti che proprio in questa casa scoppi un incendio. Cosa pensi che succeda?»

«Be', in qualche modo ci si procurerà dell'acqua per spegnerlo, no?»

«Sì, ma come? In ogni casa c'era un po' d'acqua, ma serviva per il consumo personale, non per altro. Per prendere dell'acqua bisognava scendere al fiume. E poi, non so se ci hai fatto caso, ma a Toledo non ci sono isolati ben definiti: le case sono tutte attaccate le une alle altre. Perciò, se una bruciava, c'era il rischio che le fiamme, muro dopo muro, dilagassero per tutta la città.»

«Caspita, e allora?»

«Allora, ecco, tra le altre cose, l'utilità di questi segni a forma di palla. Si muravano sulle case al cui interno c'era una cisterna da cui attingere acqua. Un po' come le piscine dove oggi si riforniscono gli elicotteri antincendio.»

«Dài, che strano. Ma davvero sono così attaccate le case?»

«Qui? Qui sarebbe impossibile fare il giro completo dell'isolato e ritrovarsi esattamente al punto di partenza. Vuoi provare?» mi sfidò.

E senza aspettare la risposta, mi prese per mano e cominciammo a correre, cercando di non scendere mai dal marciapiede e – per quanto mi riguardava – cercando di non scendere dalle nuvole.

Dopo molti, molti metri, un certo affanno e qualche tentativo fallito, mi arresi: aveva ragione, non c'era modo di ritornare al punto di partenza restando sullo stesso marciapiede. Ci fermammo, lui intero e io piegata in due, con le mani appoggiate sulle ginocchia, ansimando vapore nel freddo della notte. Mi guardò, lo guardai e sorridemmo.

«Ci credo» dissi.

E così com'ero, piegata cercando di riprendere fiato, mi sollevò e mi caricò in spalla, come se fossi un sacco, e io mi lasciai caricare, come se fosse un sogno. E mi trasportò per qualche minuto per quelle strade che sembravano nasconderci.

Tenendoci per mano, continuammo a camminare fino ad arrivare a un magnifico belvedere da cui si godeva uno dei panorami più belli sulla città, che a quell'ora stava iniziando a chiudere gli occhi.

Si sedette accanto a me.

Mi abbracciò.

Ci abbracciammo.

Silenzio, buio e tatto.

E il tempo passò...

«Bene, continuiamo» mi sussurrò mentre mi riprendeva per mano, «che la città ci aspetta. Lo sai? Ci sono migliaia di portoni nel mondo, ma nessuno come quello che stiamo per vedere.»

E così, in un attimo, mi fece alzare e ci rimettemmo in marcia.

Ci fu un momento in cui sentii che qualcuno ci seguiva. Non vidi niente, ma avvertii un rumore come di passi a pochi metri da noi. Qualcosa mi diceva che non eravamo soli. Forse fu quello a farmi pensare a mio marito, alla possibilità che fosse venuto a trovarmi a Toledo, alla possibilità che fosse andato a casa di mia zia e lei non avesse saputo spiegargli la mia assenza, alla possibilità che fosse uscito a cercarmi, alla possibilità che alla fine mi avesse trovato...

No, pensai, l'amore che ci restava non era così forte da fargli compiere un passo del genere. Tuttavia non valutai che esiste un'altra forza intensa quanto l'amore: la gelosia. Non mi venne in mente.

«Guarda» mi disse.

E lì, tra le sue braccia, mi lasciai stupire da un magnifico portone fiancheggiato da due torri gigantesche, grosse quasi quanto lo scudo che lo sormontava. E in cima, su tutta quella costruzione, un angelo di pietra.

«Un giorno la peste si avvicinò a Toledo e intendeva entrare proprio da questa porta. Ma nel momento in cui stava per varcarla, l'angelo che vedi lassù la fermò.

«'Che vuoi?' le chiese.

«'Sono qui perché ho il permesso di portarmene via sette da questa città.'

«L'angelo, vedendo che non si trattava di una grande minaccia, la lasciò passare. Ma con il passare del tempo, l'epidemia fece sempre più vittime. Forse all'inizio furono davvero solo sette, ma poi diventarono venti, cento, duecento, mille... alla fine furono colpiti oltre settemila toledani.

«Dopo molti mesi e molte morti, arrivò il giorno in cui la peste si decise a lasciare la città, e attraversò di nuovo questa stessa porta. Nel momento in cui passava, l'angelo la fermò.

«'Ehi' gridò, 'ti ho lasciato entrare perché mi avevi detto che ne avresti presi solo sette, invece sono morti in settemila! Non hai mantenuto la parola.'

«'Non è vero' rispose la peste, 'io ho fatto ciò che avevo detto: ne ho uccisi solo sette, gli altri sono morti di paura.'»

Silenzio. Come tante altre volte, quando mi raccontava una storia. «Gli altri sono morti di paura», la stessa paura che stava uccidendo me, dall'interno: la fifa, non i rimorsi. Una differenza importante.

Settemila, pensai. Che campanello mi faceva suonare quel numero? Settemila baci, settemila carezze... sorrisi.

«In realtà» continuò, «è così che ci succede spesso: ciò che ci paralizza non è qualcosa che accade, ma solo la paura che quel qualcosa possa accadere.»

Mi abbracciò e io mi rannicchiai tra le sue braccia.

E così, tenendoci abbracciati, ci accingemmo ad attraversare quella porta, sotto lo sguardo dell'angelo.

Arrivammo a una bellissima piazza d'armi. Lì lui mi spinse contro un muro, mi prese le mani e mi baciò.

E passa la notte, e passano i sentimenti, e i desideri, e sicuramente anche i rimorsi.

Marcos rientra a casa con il sospetto che in quella passeggiata notturna non fossero soli. Se n'è accorto quando si sono seduti al belvedere: in quel momento ha visto un'ombra sparire dietro un angolo. Dopo, mentre raccontava la storia dell'angelo, ha visto di nuovo l'ombra nascondersi dietro una torretta.

Da quel momento ci è stato più attento e ha colto il rumore di passi, dietro di loro, in varie occasioni. Non ha voluto dire niente ad Alicia, per non spaventarla.

Dopo la conversazione di sabato, ha cominciato a guardarsi le spalle.

Entra in casa, chiude la porta e inserisce l'allarme.

Un lunedì può passare senza traccia o lasciare un'impronta e restare indelebile nel ricordo.

Quando Marta apre gli occhi sa già che è il panico ad averla svegliata. Si alza cercando una scusa qualunque per non andare a scuola, per non dover affrontare l'altra, quella che un giorno ha promesso di piantarle un coltello in faccia se solo provava a rivolgere la parola a Dani. La parola! Cosa farà per un bacio?

Tutti gli istanti che precedono il momento di uscire di casa scorrono al rallentatore, come se stesse vivendo in un film da cui cerca di scappare in ogni fotogramma.

Cammina in attesa dell'impatto: la rappresaglia può colpirla in ogni momento. Invece non accade niente.

Arriva a scuola, si mescola alle compagne ed entra in classe. Non accade niente.

E così, con una tranquillità sospetta, trascorre una mattina come in attesa di uno scontro che non sarà possibile evitare.

Suona la campanella dell'intervallo.

Marta esce.

Inizia a sentirsi come una di quelle macchine tirapugni

che ancora si trovano in qualche luna park di paese, spenti finché qualcuno infila una moneta: pronta ad abbassare la testa e incassare il colpo.

Ma se fosse solo questo! Se fosse solo questo, non sarebbe tanto tremendo: ciò che davvero la spaventa non è ricevere una botta, quanto restare lì a misurarne la forza davanti agli altri testimoni muti, senza riuscire a reagire, senza altra alternativa che aspettare passivamente il pugno successivo, e quello dopo, e quello dopo ancora...

E il combattimento inizia.

Dapprima solo con gli sguardi.

Entrambe le ragazze si osservano dai loro rispettivi angoli. Una, in attesa di scaricare la raffica di colpi definitiva, l'altra, con la speranza che l'incontro venga sospeso.

Ballano senza toccarsi.

E gli assalti si susseguono nel tempo: per adesso non ci sono colpi, solo gesti e occhiate.

Ma tutto cambia in pochi istanti, perché a un certo punto Marta non ce la fa più e deve andare in bagno.

Approfitta di un attimo di distrazione del suo avversario per svignarsela e darsela a gambe.

Apre la porta.

Entra nervosa in un cubicolo vuoto, chiude col paletto, si siede e fa pipì.

E sente che la porta si apre.

E trema.

Poi sente che si richiude, ma non sa se chi è entrato è già andato via o è ancora lì.

Silenzio.

Suona la campanella che indica la fine dell'intervallo, ma non del combattimento.

Silenzio.

Sembra che non ci sia nessuno.
Si pulisce, tira la catena e... silenzio.
Fa scorrere il paletto e apre la porta.

Nessuno. Lì non c'è nessuno.

Sospira mentre il corpo trema ancora.

Non si lava neppure le mani: l'unico desiderio è uscire subito.

Va verso la porta, la apre e in quel momento, da fuori, la spingono brutalmente e la fanno cadere per terra.

È la ragazza che l'ha aggredita nel vicolo qualche giorno prima lo fa di nuovo adesso nel bagno. Lei, e altre due.

«Io ti ammazzo, hai capito? Ti ammazzo!» le urla, sputandole in faccia. «Ti ammazzo!» sbraita, mettendole le mani al collo. «Te l'ho già detto, ti ho avvisato, lo sapevi che se osavi ronzargli ancora intorno ti distruggevo questo bel faccino.»

Stringe di più, con le mani chiuse intorno alla gola, la tira su e la colpisce in faccia... Marta è di nuovo per terra. Il sangue comincia a uscirle dal naso, forse è rotto.

La prendono per i capelli e la trascinano in uno dei bagni e lì, mentre in due la tengono ferma, il suo boia le mette i piedi in testa, cercando di ficcarle la testa nel water.

«Che cosa fate?» urlai.

Afferrai la ragazzina che era in piedi sulla testa di Marta e, strattonandola per il maglione, la tirai fuori, scagliandola contro i lavandini. Si sentì un colpo secco, quella gridò e si portò le mani alla bocca. Pregai che non si fosse fatta niente, non tanto per lei, ma per me. Immediatamente, le altre due ragazze, spaventate dalle urla, uscirono in un lampo.

Mi avvicinai a Marta e per un attimo non mi sembrò una ragazzina. Guardai ciò che assomigliava solo all'involucro di una vita: la vita era scivolata via dalle fessure.

Lacrime, sangue e saliva si mescolavano su un viso che era il ritratto perfetto della sconfitta.

Continuai a osservarla senza avere il coraggio di abbracciarla, perché per un momento temetti di romperla.

Infine non riuscii più a sostenere quello sguardo che implorava protezione e la presi fra le braccia. La strinsi a me e cominciai a piangere anch'io. Non immaginavo che la parte più difficile doveva ancora arrivare.

Perché il peggio non erano i colpi, o il sangue, o quegli occhi senza speranza. Il peggio era ciò che avrei ascoltato poco dopo.

«Me la sono cercata» mi sussurrò, con un filo di voce.

«No, no!» le risposi quasi urlando. Parlavo con veemenza, con odio. Mi allontanai: «Non ti sei cercata proprio niente, queste cose non si cercano! Hai capito? Mi hai capito? Certe cose non si cercano!» Lo ammetto: persi il controllo.

«Sì, sì» mi rispose, abbassando ulteriormente la voce e lo sguardo. «Mi aveva avvisato di non avvicinarmi, ma io mi sono fermata a parlarci e... e gli ho dato un bacio... be', è stato lui a darmelo, però io l'ho lasciato fare, è successo fuori da scuola, ma io non volevo.» E ricominciò a piangere. «Ho attraversato la strada per non trovarmelo davanti perché sapevo cosa sarebbe successo... e lui mi ha preso per mano, e anch'io l'ho fatto... Me la sono cercata, sapevo che mi avrebbe picchiato...»

«No, no, no!» ripresi a urlare, senza aver neppure capito bene di che cosa stesse parlando. Non riuscivo a tollerare che dicesse cose simili.

In quel momento, dopo quelle grida – le mie – che probabilmente si erano sentite in tutta la scuola, un gruppo di professori entrò nel locale dei bagni.

Aiutammo Marta a ripulirsi il viso, presi un pezzetto di

carta igienica e feci due palline per cercare di arrestare il sangue che continuava a scenderle dal naso.

E, come un pupazzo, la portammo in infermeria e da lì nell'ufficio del preside.

Dal preside Marta praticamente non aprì bocca. Non disse che l'avevano picchiata, non disse che la stavano perseguitando da giorni, non disse che venire a scuola ogni mattina le costava sempre di più... Aveva troppa paura.

Infine, dopo molte insistenze, ammise che aveva discusso con delle ragazze, che le avevano dato uno spintone e poco più.

Chiamammo i genitori che arrivarono preoccupati, agitati e soprattutto sorpresi, perché non avevano intuito niente. Nelle ultime settimane avevano notato che Marta era un po' strana e non aveva voglia di uscire, ma pensavano fosse dovuto agli esami. Non si erano accorti che, mentre loro vivevano la propria vita, quella della figlia si sgretolava.

Avvieremo un'indagine, li rassicurarono, di quelle che non si avviano mai... Prenderemo le misure opportune, promisero, di quelle che non vengono mai prese...

E mentre gli adulti dichiaravano tutto ciò che non avrebbero fatto, Marta era l'unica che pensava a un'azione definitiva: pensava al ponte.

Martedì.

Appena arrivata a scuola, mentre riponevo le mie cose in sala professori, mi si avvicinò Carolina per riferirmi che il preside mi voleva subito nel suo ufficio.

«Problemi?» chiesi.

«È venuta la madre della bambina.»

«Di Marta?»

«No, dell'altra.»

«Dell'altra?»

«Sì, di quella che hai spinto contro i lavandini.»

«Va bene, ora vado.»

«Ti accompagno.»

Aprimmo la porta e cominciammo a camminare per un corridoio a quell'ora totalmente deserto.

«Alicia» mi disse, fermandosi.

«Sì...»

«Senti, da psicologa della scuola dovrei suggerirti di confessare la verità, ma come amica, e mi sento di esserlo, ti raccomando di negare tutto. Ricorda che non ci sono telecamere: quindi è la tua parola contro la sua. Se ammetti di averla spinta, puoi dire addio alla scuola. Viviamo in un paese in cui la legge è fatta per i delinquenti, perciò testa alta e non cedere.»

Bussai alla porta ed entrammo.

E lì, accanto al preside, la ragazzina e sua madre.

«È lei?» le chiese.

«Sì, è lei, mamma: è lei che mi ha sbattuto contro i lavandini.»

«Ti strappo tutti i capelli, brutta puttana!» mi aggredì una madre furiosa.

«Allora, per favore, calma» intervenne il preside. «Cerchiamo di capire che cosa è successo.»

E lì, in quell'ufficio, cominciai a incassare insulti e minacce. Non si arrivò alle mani, ma ci andammo vicine quando dissi che non avevo neanche sfiorato la ragazza. La mia versione fu che, quando ero entrata nel bagno, lei e altre due compagne stavano tentando di infilare nel water la testa di Marta, dopo averla presa a pugni in faccia.

«E questo dente rotto?» urlò la mamma, aprendo la bocca della figlia.

«Be', non lo so: le ho detto che, quando sono entrata, si stavano picchiando.»

«È una bugia, mamma! Sta mentendo» gridò la ragazzina.

«Mia figlia non dice balle, cagna, peggio che cagna, puttana» prese a gridare anche la madre. «Mia figlia non dice bugie!»

Cagna: eccola lì la spiegazione, una parola semplice e insieme triste spiegava tutto ciò che quella ragazza viveva e sentiva in casa. *Cagna*, e le ombre in un vicolo male illuminato.

Passammo più di venti minuti in quella discussione terribile. Fu emblematico che non chiedessero mai come stava l'altra ragazzina, quella che davvero era stata aggredita: di lei non interessava a nessuno.

Infine, vedendo che non si approdava a nulla, il preside disse che la riunione era conclusa.

«Non finisce qui: ti denunceremo, e denunciamo anche la scuola!» Madre e figlia se ne andarono, e la figlia, malgrado le mancasse mezzo dente, sorrideva.

«Vieni, ti offro un caffè.»

«Qui?»

«No, andiamo fuori, così ti calmi.»

Uscimmo, attraversammo la strada ed entrammo in un bar lì vicino.

«Sei stata brava, Alicia.»

«Brava? È un merito mentire?»

«Sì, se ti interessa continuare a lavorare qui. È triste, ma siamo arrivati a un punto in cui i ragazzi hanno troppo potere. Siamo passati da un estremo all'altro.»

«È vero, ma io non ho fatto altro che difendere una di loro.»

«Sì, aggredendone un'altra.»

«Cosa? L'ho solo allontanata.»

«Sì, questo nelle intenzioni, ma il risultato è stato un dente rotto. Guarda, Alicia, ormai lavoro qui da parecchi anni, conosco quella ragazza da quando è entrata in questa scuola e ti assicuro che la madre l'ho vista oggi per la prima volta. Vorrà pur dire qualcosa, non ti pare?»

«Merda...»

«Ci sono genitori che per tutto l'anno non si interessano dei figli, per loro è uguale se studiano o no, se imparano qualcosa o vengono qui a scaldare il banco. La cosa importante è che non diano fastidio a casa e che ci sia un posto dove lasciarli, perché i figli sono un impiccio nella loro vita, nel loro lavoro o addirittura negli hobby... e la scuola è un comodo parcheggio dove mollarli.»

«Che tristezza.»

«Sì, Alicia, ma se il semplice fatto di possedere un pianoforte non ti trasforma in musicista, anche avere un figlio non ti trasforma automaticamente in 'genitore'. Ma la cosa peggiore è che, se cerchiamo di organizzare uno sciopero o una manifestazione per rivendicare qualcosa per una scuola allo sbando, quanti genitori pensi che ci sostengano? Quanti si uniscono a noi nella protesta?»

«Pochi?»

«Ancora meno... dicono che riguarda i professori! Ti pare? E la maggior parte delle volte è per cercare di migliorare l'istruzione dei loro figli. È incredibile!»

Nel pomeriggio di un martedì, una pietra cade da un ponte; pochi secondi più tardi cadrà una lacrima e, forse, poco dopo, cadrà anche un corpo.

Marta si sporge con la consapevolezza che potrebbe mettere fine a tutto il dolore soltanto con un piccolo salto, come quello di una ginnasta da un trampolino, magari non altrettanto elegante, ma di sicuro molto efficace.

Guarda di sotto, cercando la zona dove non c'è acqua, quella dove la fine è garantita.

Si sporge di più, adesso ha mezzo corpo di fuori. In quel momento l'unico contatto con il terreno – e con la realtà – è la punta delle scarpe da ginnastica.

Fa un profondo respiro e si prepara per darsi la spinta e saltare.

Qualche secondo prima di lanciarsi, si guarda intorno e vede due donne che la guardano stupefatte.

E, per fortuna, subentra una vergogna che ha il sopravvento sulla disperazione. «Meglio che lo faccia di sera» dice a se stessa. Come se fosse importante cosa dirà la gente quando ormai non ci sarai più per ascoltarlo...

Si spinge indietro, si afferra al parapetto e respira con

un corpo che non ha ancora smesso di tremare, un corpo che è stato sul punto di non esserci più.

Guarda il cuore che ha disegnato un paio di giorni prima. Pensa a lui, a Dani, a quel bacio e a tutto ciò che ancora non ha fatto nella vita: non ha mai fatto quel viaggio con le amiche, non si è fatta quel piercing all'ombelico, non ha fatto l'amore, non ha mai guidato una moto, non è ancora andata al concerto di quel cantante che la fa impazzire...

E all'improvviso sente che c'è un'alternativa, una possibilità che è sempre stata lì ma a cui non ha mai dato peso: prima di farla finita con tutto, così, senza neppure combattere, potrebbe tentare di reagire e magari mandare l'avversario al tappeto.

Deve almeno provarci: muoversi per una volta come se quella forte fosse lei. Si volta, dà le spalle al ponte e guarda in faccia la vita.

Mentre Marta torna a casa, in un'altra parte della città una bambina con l'orgoglio – e un dente – spezzati continua a meditare la vendetta.

Non riesce a togliersi dalla testa l'immagine di quel bacio in mezzo alla strada. Ogni volta che ci pensa stringe i pugni e con un odio vicino alla pazzia giura di dare una lezione alla sua compagna.

Non lo farà a scuola, perché lì ormai non è più così facile. Lo farà da sola, come quella prima volta nel vicolo.

Ripensa un'altra volta a quel bacio e si morde la lingua, e si morde la rabbia, e si morde fino alle gengive.

Mercoledì avevamo di nuovo un appuntamento in piazza. Mi sedetti sulla stessa panchina di sempre, pensando che ormai mi restava solo una settimana a Toledo. Tra qualche giorno tutto sarebbe finito e allora avrei dovuto prendere una decisione.

«Ciao.» Mi sorprese, coprendomi gli occhi da dietro. «Ti piace il tè?» mi sussurrò. Sentii che le sue parole mi accarezzavano l'orecchio.

«Sì» risposi: mi voltai, mi misi in ginocchio sulla panchina e gli diedi un bacio sulla bocca.

«Bene, allora oggi ti porto in un angolino magico dove lo fanno buonissimo. Andiamo!»

E così, mano nella mano, una coppia a passeggio si immerge in una città incantata. Subito dietro, a qualche metro di distanza, un'ombra li segue. Finora era rimasta nascosta a un'estremità della piazza, a guardare ciò che succedeva.

La coppia, tra baci e abbracci, naviga lungo canali in cui l'acqua è stata sostituita dal vento. E così, quasi volando, arrivano alla calle del Ángel e si insinuano in una traversa che li conduce proprio davanti a una porticina.

«È qui» annunciò mentre apriva.

Mi prese per mano e mi portò in un angolo. Da lì, seduti per terra, ammirai un magnifico locale decorato da candele e profumi.

In quell'istante si aprì di nuovo la porta e comparve la sagoma di un uomo che sembrava in cerca di qualcosa. Si guardò intorno, chiuse e sparì. Io non ci feci troppo caso, ma mi accorsi che per Marcos aveva significato qualcosa.

«Aspetta un attimo» mi disse, alzandosi in fretta e dirigendosi verso la porta.

Aprì e uscì.

Dopo due o tre minuti rientrò.

«Cosa è successo?»

«Niente, niente, è solo che mi sembrava di aver visto uno che conosco, ma non era lui.»

Ordinammo due tè e, con le dita intrecciate, iniziammo a baciarci.

«Cosa ti piacerebbe vedere, oggi?» mi domandò.

«Non saprei, quello che vuoi tu.»

«Bene, siamo nella zona del quartiere ebraico, e anche solo passeggiare per queste strade è un piacere.»

Ci portarono il tè, e restammo lì accoccolati a parlare di leggende, di storia, della vita... e tra tutte quelle chiacchiere gli raccontai che cosa era successo con Marta.

«Quanto deve soffrire quella bambina» osservò.

«Sì, e non capisco: nessuno fa niente. Tutti sembrano prenderla alla leggera, dicono che sono solo ragazzate.»

«Sì, sono sempre ragazzate, finché qualcuno non ci lascia le penne. Allora tutti cominciano a indagare e a fare lo scaricabarile con le responsabilità. Sai, Alicia? Una volta una bambina, la figlia di una mia conoscente, un giorno disse a sua madre: 'Torno presto' e non è mai più tornata.» Bevve un sorso di tè e continuò: «Madre e figlia si sono salutate come al solito, perché entro un paio d'ore pensavano di rivedersi. Nessuna delle due pensò che fosse un saluto definitivo. La bambina non sapeva di avere un appuntamento con la morte. Forse, quando i suoi genitori iniziarono a preoccuparsi, quella bimba era già morta da un pezzo. Tredici anni di vita vaporizzati in un lampo».

Cercò di respingere il dolore buttando giù un altro sorso di tè; era la prima volta che vedevo piangere Marcos.

«L'abbiamo cercata per giorni» riprese, «amici, polizia e parenti... e ogni ora che passava la gente perdeva fiducia, tutti parlavano di speranza, ma in realtà pensavano alla disgrazia. Alla fine, abbiamo ritrovato il corpo in fondo a un pozzo. Una bambina morta in fondo a un pozzo, accanto a un cellulare che sicuramente ha continuato a squillare senza sosta finché anche le batterie non hanno ceduto. Quel piccolo corpo era sotto delle pietre che cercavano di nascondere il vuoto di un'anima, le miserie dell'essere umano.» Marcos non riuscì più a ricacciare indietro le lacrime e, senza togliere lo sguardo dal tè, lasciò che gli scivolassero sulle guance. Fece qualche respiro, si asciugò con la manica del maglione e continuò: «Quella bambina fu uccisa da un'altra bambina. Si erano incontrate per discutere di un amichetto e, dopo il litigio, la sua assassina la buttò in un pozzo... e l'abbandonò lì, la lasciò morire. Se solo avesse avvisato qualcuno... invece no: ebbe il sangue freddo di andare avanti con la propria vita, sapendo che in fondo a quel pozzo ne stava scomparendo un'altra.

«Quella bambina morì, e con lei scomparve la possibilità di cambiare il mondo, magari non quello di tutti, ma certamente quello che per lei era il più importante: il suo. Sparì, senza aver avuto la possibilità di dare un bacio a quel ragazzo che le piaceva tanto, senza poter regalare ai genitori tutti gli abbracci che aveva nel cuore... Tutto questo scomparve in un secondo, dopo quel: 'Torno presto'.

«E dopo la morte si materializzano le due giustizie. La prima è quella della nostra legislazione, che fa sconti agli assassini: chi l'ha uccisa, dato che è minorenne, di sicuro adesso è già a spasso. La seconda, quella personale, nasce dall'odio, è quella dell'occhio per occhio, quella a cui ricorre chi non ha più nulla da perdere. È una giustizia, quest'ultima, che di solito non porta frutti perché il dolore per la perdita è sempre più forte della vendetta. E fra queste due giustizie e un 'torno presto', sopravvivono quei due genitori che porteranno un cilicio per il resto della vita: il pensiero che forse avrebbero potuto fare qualcosa».

Un altro profondo respiro.

«Il problema, Alicia, è che la gente alla fine si dimentica di queste cose: è diverso quando qualcosa succede a te o a un altro. Quei genitori ricorderanno fino al giorno della loro morte. Vedranno la loro piccola in ogni pensiero, in ogni stanza della casa, in ogni parola, e soprattutto la vedranno quando, nel bel mezzo della notte, si sveglieranno tra le lacrime con la speranza che tutto sia stato solo un sogno.

«E in fondo è meglio che continuino a vederla perché altrimenti... altrimenti, il giorno che non ricordassero più quel viso, saprebbero di averla persa davvero.»

Finimmo il tè, Marcos lasciò i soldi sul tavolo e uscimmo di lì entrambi con le lacrime agli occhi.

«Bene, ora però basta piangere» mi disse, prendendomi per mano. «Vieni, andiamo.»

E come tante altre volte, ci perdemmo per vicoli in cui era impossibile passare stando affiancati, come se i palazzi volessero – nel rigore dell'inverno – avvicinarsi gli uni agli altri per trovare un po' di tepore.

Arrivammo alla terrazza sul fiume, la stessa da cui ci eravamo affacciati già molti giorni prima; attraversammo la strada e salimmo per qualche metro fino a un piccolo belvedere. Ci appoggiammo a un muro e iniziò un'altra di quelle storie che sono diverse se a raccontartele sono un paio di occhi verdi.

«Ecco, qui siamo arrivati al passaggio di San Cristóbal. Hai mai sentito l'espressione 'passare una Notte toledana'?» mi chiese.

«No» negai anche con la testa.

«Be', qui, dove ci troviamo adesso, è accaduto uno degli episodi più sanguinosi della storia di Toledo. Lo chiamano la Notte toledana o anche la Giornata del fosso.

«Alla fine dell'ottavo secolo a Toledo ci fu un governatore che aveva fama di essere crudele. Si macchiò di ogni crimine godendo di una totale impunità. Sembra che rapisse fanciulle, le stuprasse... uccideva chiunque gli si opponesse e compiva atrocità di ogni genere. La gente non ne poteva più. Un bel giorno i toledani si ribellarono e si impossessarono della città, pronti a farsi giustizia; ma i nobili locali – temendo che l'ondata di violenza potesse abbattersi anche su di loro – catturarono il governatore e lo uccisero.

«Una volta giustiziato il malvagio governatore, i nobili toledani si recarono dal califfo per spiegare che cosa era accaduto: gli raccontarono le sue crudeltà e chiesero un nuovo governatore per la città. Sfortunatamente il califfo si rivolse a uno dei suoi più fedeli servitori, Jusuf: il padre del governatore assassinato. Gli raccontò che cosa era successo a Toledo per colpa di suo figlio.

«Jusuf chiese al califfo di essere nominato nuovo governatore della città. Era un modo, disse, per fare ammenda degli errori del figlio, restituendo nel contempo l'onore alla famiglia. Immaginati il terrore dei toledani quando seppero che il nuovo governatore era il padre di quello appena giustiziato. Invece Jusuf governò in modo equo, ascoltando le richieste dei cittadini e cercando di accontentare tutti... E così passarono i giorni.»

Io ero incantata, rannicchiata nel suo abbraccio e nella notte, ad ascoltare quella storia che si era svolta proprio lì, dove eravamo.

«Un giorno, approfittando della visita in città del figlio del califfo, il nuovo governatore organizzò un grande banchetto a cui furono invitati tutti i nobili della città. La festa venne allestita in un palazzo che si trovava qui in questa zona, perché per evitare spiacevoli ricordi legati al figlio il governatore non aveva mai voluto risiedere nell'Alcázar.

«Quella sera tutti i nobili indossarono i loro abiti più

sfarzosi: sarebbe stata una festa memorabile, con la presenza della crème della società toledana.

«Peccato che a mano a mano che gli invitati arrivavano a palazzo, le guardie del governatore li scortavano fino a un salone in cui, appena entrati, venivano decapitati.»

«Cosa?» domandai sorpresa.

«Sì, e si racconta che, quando cadde l'ultima testa, il governatore si sia affacciato in questo stesso luogo dove siamo noi ora, esclamando: 'Figlio mio, ti ho vendicato!' Il giorno seguente, allo spuntare del sole, c'erano centinaia di corpi e di teste dappertutto, alcune delle quali, le più illustri, erano state appese alle torri del palazzo, così che tutti i toledani potessero vederle. Insomma, ecco cosa significa 'passare una Notte toledana'.»

Mi venne la pelle d'oca a immaginare quei morti, quei corpi, quella storia...

Marcos mi abbracciò e iniziammo a scendere; passammo ancora una volta dai giardini e proseguimmo fino a una magnifica porta. La attraversammo e ci ritrovammo fuori dalle mura, su una passeggiata bordata di aiuole che aveva una bellissima vista sull'altra città, quella fuori dalla cerchia.

Mi prese di nuovo per mano e mi condusse a un muro appartato, riparato dal vento e dagli sguardi. Lui, appoggiato alle pietre e io, di spalle, appoggiata al suo petto. Sentivo il suo respiro sulla nuca, mentre guardavamo quella danza di luci.

«La storia che ti ho raccontato prima...» disse.

«Sì, quella della Notte toledana...»

«Sì, quella. Se ci pensi, qualcosa di simile potrebbe accadere anche oggi. Siamo arrivati a un punto in cui i cittadini non ne possono più dei loro governanti.»

«Sì, però...»

«Certo, non è esattamente la stessa situazione, e decisamente è un'altra epoca, ma se ci pensi nel corso della storia si ripetono punti di rottura: la Rivoluzione francese, le primavere arabe... e chissà che una volta o l'altra non succeda qualcosa del genere anche qui, dove la gente si ammazza perché non riesce più a pagarsi la casa.»

Rimanemmo in silenzio.

Mi abbracciò e lì, guardando verso l'orizzonte, lasciammo passare la notte. Mi accorsi di come è bello il silenzio quando c'è qualcuno con cui condividerlo.

Molti minuti dopo cominciò a ronzarmi in testa il pensiero di quei cuori a forma di clessidra. Non avevo raccontato a Marcos che negli ultimi giorni ne avevo trovati altri due.

Il fatto è che, quella sera in cui gliene avevo parlato per la prima volta, mi aveva dato l'impressione di saperne molto di più di quanto volesse farmi credere con la sua risposta.

Ora ci volevo riprovare.

«Marcos» sussurrai, «posso farti una domanda?»

«Sì, certo. Dimmi.»

«Ecco, qualche giorno fa ho trovato altri due graffiti identici a quello che ti avevo fatto vedere nella piazza... ti ricordi?»

«Sì, e...?»

«Be', ho la sensazione che ci sia una storia dietro che, per qualche motivo, non mi vuoi raccontare.»

Silenzio.

Ancora silenzio.

«È vero, Alicia, non ti ho raccontato tutto, anzi, per la verità non ti ho raccontato proprio niente» mi rispose, mentre mi stringeva lentamente tra le braccia.

«Ma... perché?» chiesi, afferrandomi alle sue mani.

«Perché è facile parlare dei morti, ma molto meno di quelli che, in qualche modo, sono ancora vivi...»

Silenzio.

Mi accorsi che inghiottiva saliva.

«Ma sì... ormai che differenza fa? Da quando sono stati scoperti quei disegni, in molti ci hanno ricamato sopra e si sono inventati una propria versione. Potrei dirti che circolano almeno quattro o cinque leggende diverse, e ti racconto quella che secondo me assomiglia di più alla verità.

«Si narra che, ormai molti anni fa, in città c'era un uomo famoso perché riusciva a riparare qualunque tipo di orologio, qualunque fosse il guasto. Col tempo acquistò una certa fama e il lavoro continuava ad aumentare, al punto che iniziò a trascurare tutto il resto: gli amici, la moglie, i figli...» fece un respiro profondo. «Quell'uomo passava giornate intere chiuso in un piccolo laboratorio pieno zeppo di orologi. Usciva di rado e solo per mangiare o bere. Trascorse così tanto tempo chiuso lì dentro che lentamente impazzì. Cominciò a credere che l'orologio di un cliente fosse in stretta correlazione con la vita del cliente stesso. Perciò, se l'orologio andava avanti, significava che il suo proprietario voleva vivere la vita troppo in fretta; se l'orologio restava indietro era segno che il suo proprietario perdeva tempo o non sapeva viverlo a pieno; e se un orologio si era fermato... be', si convinse che a furia di aggiustare il tempo degli altri, gliene rimanessero agganciati gli avanzi: i minuti che si perdevano quando un orologio restava fermo.

«E così, con la pazzia latente ma sempre in agguato, trascorse mesi e anni, senza accorgersi che intorno a lui la vita cambiava. Era ogni giorno più ossessionato, più perso nel suo mondo; a malapena parlava con qualcuno, dichiarava che la sua missione era accumulare il tempo, accumulare tempo per vivere in eterno. Poi tutto cambiò il giorno in cui morì sua moglie.

«In quel momento l'orologiaio si svegliò. Allora si rese conto che aveva immagazzinato tempo che adesso non sapeva più con chi condividere. Quel giorno segnò uno spartiacque nella sua vita. Smise di lavorare e si dedicò solo a lei: con tutte le attenzioni che non le aveva mai dedicato quando era viva. Per il resto dei suoi giorni, decise, non avrebbe fatto altro che mantenerne vivo il ricordo.

«Una delle prime cose che fece fu incidere quei cuori in vari punti della città, di certo luoghi che per la coppia avevano avuto un significato particolare. Si dice che da allora passò i suoi giorni soltanto camminando per le strade della città nel tentativo di esaurire un tempo che sembrava infinito.»

Ancora silenzio.

«Marcos...»

«Dimmi.»

«Hai cominciato questa storia dicendo che mi avresti raccontato quella che assomigliava di più alla verità. Qual è la verità?»

«Alicia, credimi se ti dico che è meglio se ti accontenti della leggenda, anziché insistere per scoprire la verità. Dalla prima puoi ancora trarre una sorta di morale, dalla seconda solo tristezza, te lo assicuro.»

Non ci furono altre parole.

Quella notte non mi resi conto che non ci saremmo più rivisti. Non mi accorsi che quello era un addio.

Giovedì.

Marcos è appena arrivato al commissariato e subito viene avvisato che il direttore vuole vederlo.

Si toglie il giubbotto, depone le chiavi in un cassetto e va nel suo ufficio. Entra e trova due uomini che lo stanno aspettando con un'espressione dura in viso. Uno è un ispettore della polizia; l'altro un faccendiere che prima o lui poi si aspettava di vedere.

«Marcos» gli chiede l'ispettore, «hai idea di come sia arrivata questa denuncia fino a casa del signor Rodríguez?»

«Signore? Quale signore?» risponde con un sorriso.

«Dài, Marcos, non esagerare, rispondi.»

«Vediamo» prende la denuncia e legge ad alta voce: «Secondo la misurazione effettuata nell'abitazione della signora... si conclude che il livello della musica proveniente dal locale sottostante superava i decibel consentiti e pertanto... bla, bla, bla».

«Dunque?»

«Dunque cosa?»

«Be', l'hai firmata tu, no?»

«Sì, certo, c'erano diverse denunce e sabato sono passato di lì a controllare la situazione. Devo dire che la signora fa dei biscotti da leccarsi le dita...»

«Piantala con le cazzate, poi ci vediamo a quattr'occhi...»

«Va bene, allora se per il momento non c'è altro, tolgo il disturbo. Ah, Rodríguez, lo sa che per recidiva la multa è parecchio più alta, sì? Saluti suo figlio.»

Venerdì sera, in una strada di Toledo.

Venerdì, pensa che coincidenza, è stato di venerdì anche la prima volta. Negli ultimi giorni ha pianificato ogni dettaglio: l'ora, il luogo, le forbici...

Si appoggia al muro gelido in attesa che arrivi. Lì, nell'oscurità della notte che si avvicina, lascia che il tempo passi. Non ha nessuna fretta. Il tempo scorre, tra poco sarà passata un'ora... e poi ecco il rumore di piccoli passi che ritornano a casa. Si affaccia e ha la conferma: è lei. Ed è sola.

Tra pochi secondi quella ragazzina riceverà una lezione che non dimenticherà per il resto della sua vita. Cercherà di non lasciare troppi segni sul suo corpo, perché ciò che vuole realmente è farle provare una paura tale che da grande, quando ripenserà alla propria infanzia, non possa dimenticarsi di questo momento.

I piccoli passi si avvicinano.

Si prepara.

Si guarda intorno per assicurarsi che non ci siano testimoni.

I passi ora sono vicinissimi.

Tre, due, uno.

L'afferra alla vita e la trascina nel vicolo come se fosse un manichino, con una violenza e una rabbia recuperate dal passato. Per un attimo si dimentica che è poco più di una ragazzina.

La spinge contro il muro, con una mano le stringe il collo mentre con l'altra tira fuori delle forbici che avvicina a pochi centimetri dalla sua faccia.

«Cerca di tenere la testa ferma e non ti muovere, se non vuoi che queste forbici ti accarezzino il viso» sussurra a una ragazzina bloccata come una statua.

Apre le forbici e con un movimento rapido le taglia una ciocca di capelli, e poi un'altra e un'altra ancora... i capelli si spargono a terra alla stessa velocità con cui, all'interno, le sparisce il coraggio.

Ha finito, osserva il grottesco risultato, mette via le forbici e la guarda con due occhi verdi che la ragazza non dimenticherà mai più.

Silenzio.

L'afferra di nuovo per il collo e con l'altra mano le introduce la punta della pistola in bocca.

E lei comincia a tremare come non ha mai fatto prima, come un sonaglio scosso dal terrore. Non sa che fare davanti a una situazione del genere, forse perché finora non si è mai trovata dall'altra parte, in un'aggressione.

«Lo sai?» le bisbiglia all'orecchio. «Questo non sta succedendo. Questo non sta succedendo perché nessuno crederà che è successo, sarà un segreto tra te e me, d'accordo...? D'accordo?» La ragazza annuisce. «Hai capito cosa succede quando le forze si disequilibrano? Senti, ci sono momenti in cui il dialogo, una mano tesa, i punti d'incontro e tutto il resto vanno benissimo, però ce ne sono altri in cui invece bisogna agire così» spiega, mentre giocherella con la canna della pistola tra i suoi denti.

Silenzio.

«Ascoltami, c'è una ragazza, mi pare che si chiami Marta, che sta perdendo la voglia di vivere, e questo mi rende molto triste. E sai cosa? Non mi piace essere triste.»

Silenzio.

«Voglio sperare che, a partire da ora, quella ragazza recuperi la voglia di vivere, che possa sentirsi felice senza dover temere, in ogni momento, che qualcuno le faccia del male. Per questo ho voluto fare quattro chiacchiere con te, per essere sicuro che, a partire da ora, possa vivere tranquilla. Siamo intesi?»

La ragazza annuisce di nuovo.

«Perfetto» risponde il poliziotto.

E con lentezza ritira la pistola dalla bocca e allontana la mano dal collo, che comincia a sanguinare proprio nei punti in cui Marcos aveva affondato le unghie.

«Bene, allora abbiamo finito. Ricordati che è importante saper custodire un segreto.»

E la ragazza esce a passo malfermo dal vicolo, con le membra rigide; con una mano si sfiora il collo e con l'altra i capelli. E in un lampo comincia a correre, forse come non ha mai fatto prima.

Marcos si allontana, è già pentito di averla trattata così. Ma sa che ci sono occasioni in cui la violenza, ben amministrata, è la forma più veloce per sistemare le cose.

Si allontana con il ricordo di quel corpicino che ritrovarono in fondo a un pozzo... È da allora che si chiede se i genitori, i professori, lui, la polizia, le amiche della ragazza... se qualcuno avrebbe potuto fare qualcosa di più per salvarle la vita. Questa volta non vuole ritrovarsi ancora a chiederselo. Per questo ha agito.

UNA MATTINA TOLEDANA

Passai il fine settimana a casa... la nostra.

In quei giorni, mio marito e io a malapena ci parlammo, forse perché in ogni suo comportamento leggevo la possibilità che avesse intuito non qualcosa, ma proprio tutto; o forse perché lui, che ancora non sapeva niente, si stava rendendo conto che tutto quello che aveva creduto oro in passato adesso sembrava solo bigiotteria.

Il venerdì, appena arrivata, usai la stanchezza del viaggio come scusa per andarmene subito a letto. Lui rimase con la bambina, le raccontò una favola, e aspettò finché non si addormentò. Poi lo sentii spostarsi in salotto e accendersi la tele. In quel momento pensai a mia zia e a suo marito.

La notte.

Silenzio.

La mattina di un sabato.

Mi svegliai con la sensazione che fosse già sveglio anche mio marito, ma ugualmente preferii non dire niente. Rimanemmo così, schiena contro schiena, senza parlare, in attesa che quell'unica cosa che ci univa, nostra figlia, si presentasse di corsa e ci desse un motivo per scambiarci qualche parola.

Arrivò la bambina e la giornata iniziò.

E anche questo passò come qualunque altro sabato.

Le ore si trascinarono per due persone che si evitavano, e poi ritornò il momento più duro: la notte. Avevamo cenato, la bimba era già a letto, e mio marito e io ci ritrovammo da soli sul divano. Da soli: perché non eravamo seduti 'insieme', ma 'uno a fianco dell'altro'; non intrecciavamo le mani, ma ci sforzavamo, in quello spazio ristretto, di non toccarci a vicenda; invece di raccontarci le nostre vite, preferivamo tenerle sotto silenzio, nel mio caso sotto segreto.

Tornai nel ricordo a quei giorni in cui non vedevamo l'ora che la piccola si addormentasse per ritrovarci su quello stesso divano su cui eravamo seduti ora, per strapparci i vestiti a suon di baci, avvinghiarci l'un l'altro con le unghie e unirci fino nelle ossa.

E nei miei pensieri la mia mano, senza il permesso del cervello, scivolò verso di lui. Lui la prese, mi guardò negli occhi, mi diede un leggero bacio sulla bocca e mi strinse a sé.

E se ormai ci restava solo l'affetto? Quella era una domanda che se ne trascinava dietro tantissime altre. Bastava l'affetto per far durare una relazione nel tempo? Si poteva convivere con qualcuno solo con l'affetto? E il desiderio? E la passione? E il sesso? Il sesso... non quello programmato, quello dell'« oggi ci tocca », ma l'altro, quello spontaneo, quello che ti trova lui senza cercarlo.

Approfittammo di una pausa nel programma televisivo per concederci una pausa anche dalle nostre vite.

« Cambio? » gli chiesi.

« Va bene, il telecomando è lì... »

Tre telecomandi che facevano le veci di braccia invisibili per corpi semisdraiati. Tre telecomandi sufficienti a dirigere una situazione in cui ormai non c'erano più sorprese.

Presi quello più grosso, quello nero e grigio, che premetti per far scorrere i canali e che mi servì da scusa per far scorrere anche il tempo.

In quel momento avevo nostalgia delle conversazioni con mia zia, delle nostre risate, delle nostre lacrime, di quel lasciare il tè, indossare il cappotto e uscire a visitare la città.

Finimmo per appisolarci sul divano.

E da lì a letto. A dormire.

Mi svegliai la domenica pensando a Toledo, mi restava solo una settimana per concludere la mia parentesi in quella città che era divenuta un'isola di segreti.

Mi sentivo come in quei giorni di fine estate, quando si tornava a casa lasciando amicizie, esperienze e soprattutto amori; amori che poi non sarebbero sopravvissuti alla distanza, spietata giustiziera di ciò che già sapevamo effimero.

Andammo dai miei. Mangiammo. Tornammo a casa. Mi buttai sul letto mentre mio marito e mia figlia giocavano insieme. Mi svegliai. Feci le valigie e lo salutai con un «ti amo».

Fu uno strano lunedì, perché al risveglio sul cellulare non trovai nessun messaggio di Marcos. E quella mancanza mi fece accorgere che avevo bisogno di sapere di lui; in un certo modo ormai faceva parte della mia vita. Tra poco avrei capito invece che faceva già parte del mio passato.

È uno strano lunedì anche per Marta.

La ragazza che qualche settimana fa l'aveva spinta contro un muro in un vicolo si è presentata a scuola con varie ferite al collo e un taglio di capelli ridicolo, malgrado nessuno si azzardi a ridere di lei. Ma la cosa ancora più strana non è il suo aspetto, ma come si comporta: per la prima volta è lei che sembra spaventata. Arriva a scuola tardi, quando le porte stanno per chiudersi, camminando in modo nervoso: si guarda intorno, e a volte si ferma e si gira, come se temesse di trovarsi di fronte il suo nemico.

Primo incontro.

Marta esce in cortile sicura che da un momento all'altro qualcuno la picchierà. Invece no: all'altro angolo del ring non c'è il pugile avversario; non c'è nessuno che la spinga o cerchi di rubarle i pochi soldi che ha in tasca; nessuno le sputa addosso, nessuno la insulta...

Passa l'intervallo, suona la campanella e Marta torna in classe stupefatta. È come se fosse stata decretata una tregua generale.

Suona di nuovo la campanella, l'ultima: Marta recupera le proprie cose per essere tra le prime a uscire e saluta le amiche. Senza voltarsi indietro si avvia verso casa. Arriva al suo portone e no, non l'ha seguita nessuno.

Venne la sera e ancora non avevo ricevuto notizie. Avevo avuto per tutta la giornata il telefono nella tasca e lui nella testa. Avevo raggiunto un tale livello di ossessione che in certi momenti guardavo il cellulare ogni dieci minuti, per controllare se la batteria fosse carica, la suoneria attivata, se mi avesse mandato un messaggio... ma no: il problema non era nel telefono.

Intuii che non l'avrei più rivisto, che forse quella relazione era finita con la stessa velocità con cui era cominciata.

Mi assalì una tristezza che spense anche gli ultimi resti di speranza che ancora trattenevo nelle tasche – soprattutto in una –, nello stesso modo in cui svaniscono le certezze dell'infanzia quando si scopre che non c'è nessuna stella cometa inseguita dai Magi, né un signore vestito di rosso a bordo di una slitta, e neppure topolini che collezionano denti.

Dopo il bagno, la cena e quelle piccole storie in cui non si parla mai di madri che nascondono segreti, mia figlia si addormentò appoggiata alla mia spalla.

Uscii, lasciai la porta socchiusa e mi avvicinai al divano dove già mi aspettava mia zia. Appoggiai il cellulare in vista, sul tavolo, e mi sedetti accanto a lei.

«Dorme già?» mi chiese, avvicinandomi la tazza.
«Sì, oggi si è arresa subito.» Presi il tè. «Grazie.»
Silenzio.
Ancora silenzio.
Un silenzio che iniziò a diventare scomodo.
«*No! Adesso no, tra pochi istanti dobbiamo dare la linea alla pubblicità...*» e il presentatore con un sorriso forzato lasciò spazio agli annunci.
Mia zia prese il telecomando, tolse l'audio, e si voltò.
«Alicia, cosa c'è? Oggi sei silenziosa.»
«Niente...»
«Alicia.»
Si avvicinò, mi prese le mani come le sa prendere soltanto chi ti vuol bene veramente e mi guardò negli occhi.
«C'è che non ho saputo niente di lui per tutto il giorno, e c'è che mi sono sentita come un'estranea a casa per tutto il fine settimana e c'è...»
Mi strinse forte le mani senza dire niente.
«Zia, questa situazione mi sta uccidendo. Non so come uscirne. La mattina mi alzo sapendo che sto sbagliando tutto, che ogni pensiero che mi passa per la testa rischia di mandare tutto a rotoli, che sto vivendo una vita che non è la mia...»
«Lo dici a me...»
«E per di più questa è la mia ultima settimana. Che cosa faccio? Me lo chiedo in ogni momento. Ho perfino pensato di lasciare mio marito, mollare tutto e venire a vivere qui, con lui. Che idiozia! Ti rendi conto, zia? Ho pensato di venire a vivere con un uomo che dalla sera alla mattina sparisce. Quando ho cominciato a perdermi così?»
«Forse quando non riuscivi più a trovarti in casa tua» mi rispose, guardandomi sempre negli occhi.
«Sì, forse sì... ma mio marito?»

«Alicia, sei felice con lui?»

«Come si fa a saperlo?»

«Quando è stata l'ultima volta che l'hai baciato con gli occhi chiusi?»

Silenzio.

«Non so cos'altro dire, Alicia, mi piacerebbe aiutarti, ma quello che ti può consigliare questa vecchia codarda non ti sarebbe di grande aiuto.»

«Zia... non dire così.»

«Invece sì, Alicia. Codarda.»

Tenne le mani sulle mie.

«Perché non vai a fare una delle tue passeggiate per Toledo? Chissà, magari lo incontri.»

«No, oggi non ho voglia di uscire, oggi non ho voglia di fare niente. Perché le cose sono sempre così complicate?»

«Ahi, figlia mia, le cose sono semplici, siamo noi a complicarle.»

Silenzio.

Andai a dormire.

Quando Alicia è già a letto, in una casa alla periferia della città Marcos e tre amici si riuniscono di nuovo.

«Allora, eccoci qui: sputa il rospo.»

«In realtà, vi ho fatti venire solo per salutarvi.»

«Alla fine hai deciso di andare via?»

«Ho fatto qualche ricerca e avevate ragione: questa volta fanno sul serio, sono nel mirino, mi vogliono fregare in tutti i modi.»

«Che storia...»

«Però, prima di andarmene, volevo chiedervi un favore: un ultimo favore. Sarà una specie di festa d'addio» e sorride.

«Quello che vuoi, non hai che da chiedere!»

«Sapete che domani c'è una riunione della Giunta abbastanza delicata, vero?»

«Sì, sì: all'ordine del giorno c'è quel cavolo di aumento delle tasse. Sembra che ci sia anche parecchia gente a manifestare in piazza.»

«Sì, ecco, vi chiedo solo che in un momento di distrazione facciate entrare la gente.»

«Cosa? Dici sul serio?»

«Sì, solo questo: voglio vedere per una volta la faccia di

tutti quei corrotti quando non ci siamo più noi a fare da scudo; voglio vederli quando si trovano davanti i cittadini inferociti.»

Tutti scoppiarono a ridere.

«Cazzo, Marcos, rischiamo di farci sospendere tutti.»

«No, no, di questo non preoccupatevi, ci sto pensando da giorni e faremo le cose bene. Vi chiedo solo di fingere un poco, tutto qui. Domani sarò io al comando della nostra unità e quindi farò in modo di piazzare proprio voi davanti alle porte.»

«Cazzo, Marcos.»

«È l'unica cosa che vi chiedo.»

«Be', in fondo non è così difficile» dichiara uno di loro, mentre si alza con la bottiglia in mano. «E ora brindiamo!»

Sparse per la città, centinaia di persone anonime si alzano con l'intenzione di partecipare alla manifestazione indetta davanti al Comune per protestare contro l'ennesimo aumento delle tasse che proprio quella mattina deve essere approvato dalla Giunta.

Tutti hanno, per disgrazia, troppe situazioni spiacevoli in comune: disoccupazione, mancanza di risorse, drastica riduzione dei sussidi sociali, pessimismo e, soprattutto, rabbia, tanta rabbia accumulata.

Perché tutte queste persone, ogni giorno, mentre fanno colazione, pranzano, cenano o semplicemente passano la vita nei loro – almeno per ora, per fortuna – appartamenti, continuano a sentire le notizie trasmesse dalla televisione sulla corruzione politica di un paese sull'orlo del naufragio. Notizie di politici con retribuzioni e rimborsi da scandalo, direttori di banca che vanno in pensione con cifre da capogiro, membri della famiglia reale che intascano soldi come se niente fosse, imprenditori foraggiati a colpi di sovvenzioni – in cambio di bustarelle – che provengono dagli stessi politici che adesso predicano l'austerità. E dopo ogni notizia, rimane loro una sensazione di impotenza vedendo che in ogni caso l'impunità è la norma e le colpe

– e gli accusati – col tempo vengono dimenticati. Forse è proprio questo che suscita più rabbia: vedere che non c'è mai un colpevole che finisca in carcere.

In contrasto con questa situazione, quello stesso martedì si presenta in forma molto diversa in altre case.

Una donna regola il riscaldamento del suo appartamento mentre i suoi due figli dormono ancora. Sa che oggi in Comune sarà una giornata dura, ma non è particolarmente preoccupata: i suoi hanno la maggioranza assoluta e questo minimizza ogni difficoltà. Il marito è ancora a letto, con la tranquillità che gli viene dal sapere che – se non altro – le sovvenzioni per la sua impresa, quella che ha fondato proprio su insistenza della moglie, gli saranno garantite.

Un'altra donna dello stesso partito politico scopre ogni giorno ulteriori nefandezze: particolari che avrebbe preferito ignorare; quando ha abbracciato la politica aveva dei principi, ma poco a poco si è accorta di averli smarriti. Ha capito che praticamente il partito è marcio, senza eccezioni, ma non ha il coraggio di denunciare niente perché le conseguenze sarebbero due: la sua immediata espulsione e la perdita del tenore di vita che ha raggiunto. Però sa anche che andare avanti così – tacendo – vuol dire rendersi complice.

Un assessore si sveglia e fa la doccia cantando. Fa colazione con calma sicuro che, qualunque cosa accada oggi in Giunta, il suo bilancio per le attività culturali sarà approvato. Ha dovuto tagliare sul preventivo della promozione culturale dedicata all'infanzia, ed è stata scartata anche la proposta di installare nuove altalene nei giardini pubblici, ma pazienza, tanto i bambini non scendono in piazza. L'importante è che l'accordo con quell'artista stia andando avanti. Quasi un milione di euro: due terzi per lo scultore e il resto per lui. Si guarda allo specchio e sorride.

In un'altra casa, un uomo con parecchi anni sulle spalle, che appartiene all'opposizione, sa che malgrado tutto non bisogna fare troppa pressione, tanto alla fine sono tutti nella stessa barca e tutti, allo stesso modo, sanno anche come far affluire i soldi nelle proprie tasche.

Nell'attico di un palazzo di lusso, una donna ne approfitta per chiamare l'autista del Comune perché accompagni i figli a scuola, perché lei, tra la riunione della Giunta e altro, alla fine sta facendo tardi. Suo marito, un uomo la cui impresa si fa sistematicamente pubblicità sul maggiore quotidiano cittadino, si alza con la certezza che oggi riuscirà a far assumere il nipote come ingegnere. «Non ti preoccupare: lo zio è capace di far questo e anche molto di più» gli aveva detto qualche giorno prima.

E a poche strade da lì, un altro consigliere dell'opposizione guarda suo figlio ancora addormentato e sorride. Sa che quest'anno i cinquemila euro del premio per il disegno che verrà usato come manifesto per le Feste cittadine andranno a lui. È già tutto stabilito.

Ciò che nessuno di loro ancora sa è che la riunione di oggi sarà leggermente diversa dal solito: uno degli anelli della catena, forse il più importante, si spezzerà.

Ciò che non sanno è che – almeno due di loro – finiranno la giornata in ospedale.

In una bella casa alla periferia della città, un poliziotto si gira impaziente nel letto.

Si scopre, guarda l'orologio e si accorge che è già abbastanza tardi.

Si veste con nervosismo.

Sono passate da poco le undici e nella piazza del Comune si inizia a riunire un numero considerevole di persone che, tra fischi, cartelloni e insulti, chiede le dimissioni di tutta la Giunta al completo. L'aumento delle tasse non è che la punta di un iceberg, perché solo pochi giorni fa è venuta a galla un'organizzazione per riciclare denaro sporco in cui è coinvolta la maggioranza dei consiglieri, di tutti i partiti. E nonostante tutto, nessuno si è dimesso, nessuno ha chiesto scusa. Molto tranquillamente si sono limitati a scaricarsi la colpa dall'uno all'altro.

Tutto avvenne poco dopo l'una, anche se io lo scoprii solo un'ora più tardi, quando uscii dalla classe e trovai alcuni colleghi che guardavano con attenzione la tv in sala professori.

«Finalmente! Era ora che succedesse qualcosa del genere! Ormai siamo stufi marci di questi corrotti...» declamava il professore di lettere, famoso in tutta la scuola perché ogni volta che arrivava il nuovo materiale di cancelleria – carta, quaderni, penne... – si portava a casa qualcosa di tutto; addirittura si era comprato lo stesso modello di stampante della sala professori per potersi portare via le cartucce d'inchiostro.

Mi avvicinai e mi sedetti accanto a loro.

In quel momento ci fu un'inquadratura aerea della piazza del Comune, in cui si riconoscevano vari furgoni della polizia e alcune ambulanze.

«Passiamo la parola alla nostra inviata» diceva la conduttrice del telegiornale. «Buongiorno, Irma. Ci puoi dare maggiori dettagli su quanto è accaduto?»

«Certo, Monica, quella che stamattina sembrava solo una delle tante riunioni della Giunta, con una pacifica manifestazione di protesta fuori del palazzo, si è trasformata in un durissimo scontro, che ha fatto registrare diversi feriti tra i consiglieri, tra cui uno in gravissime condizioni, addirittura è in pericolo di vita.»

«Ma... che cosa è successo esattamente?»

«In realtà la dinamica è ancora confusa. Vari testimoni hanno raccontato che i manifestanti sono riusciti a rompere il cordone di polizia e a entrare in massa nella sala del Consiglio. Ma di cosa sia accaduto dentro si sa ancora molto poco.»

«Ci sono le telecamere nella sala del Consiglio, perché da quanto mi risulta alcune sedute sono trasmesse in diretta.»

«Sì, è vero: ci hanno comunicato che stanno già visionando le registrazioni.»

«Bene, Irma, ti ringrazio, ti passeremo di nuovo la linea non appena ci saranno sviluppi. Come abbiamo sentito, le informazioni per il momento non sono precise, ma quando ci saranno novità torneremo a collegarci con Toledo.»

Raccolsi le mie cose, salutai i colleghi e andai al nido a prendere mia figlia.

Passai abbastanza vicino al Comune e vidi che la gente si affollava sempre più numerosa.

«Zia, siamo qui» annunciai varcando la porta.

«Ciao, Alicia! Ciao, piccola! Andiamo, il pranzo è pronto. Hai saputo cos'è successo, vero?»

«Sì, ho sentito qualcosa a scuola. Un bel pasticcio, non credi?»

«Sì, ma c'era bisogno che qualcuno reagisse... Piatti e posate, che si va a tavola.»

Ci sedemmo, attente agli aggiornamenti che continuavano ad arrivare dai telegiornali.

In quel momento stavano trasmettendo le immagini riprese in un filmato amatoriale. Si vedeva una massa di gente che riusciva a sfondare – forse fin troppo facilmente – il cordone di poliziotti che fino a quel momento l'aveva tenuta lontana dalle porte del palazzo.

Una massa che al grido di: «Corrotti, corrotti, ridateci i nostri soldi» oppure: «Siete la vergogna del paese» irrompeva nella sala appena qualche minuto prima che venisse approvato l'aumento delle imposte.

In un primo momento, i manifestanti si erano fermati su un lato della sala, limitandosi a gridare e a insultare i politici. La tensione aumentava, si aspettava che scoppiasse la scintilla; e scoppiò.

Tutto degenerò quando uno dei consiglieri rispose agli insulti con una frase che sicuramente passerà alla storia: «Andatevene a casa, barboni fannulloni». Una frase che, nel caso non si fosse capita bene, venne sottotitolata nelle immagini.

A partire da quell'istante, le immagini mostrarono una turba fuori controllo che colpiva chiunque capitasse a tiro, accanendosi in modo particolare su chi aveva pronunciato quella frase infelice. Sullo schermo della tv passavano scene da panico: colpi, grida, lacrime, richieste di aiuto... Poi entrarono i rinforzi della polizia e la registrazione venne interrotta.

«Dopo gli incidenti» continuava l'annunciatore «ci è stato riferito che varie persone sono state arrestate e che sei consiglieri risultano feriti, due dei quali in modo grave. Quello con la prognosi peggiore in questo momento è in sala operatoria per doppio trauma cranico.»

Mia zia e io restammo in silenzio, senza riuscire a staccare gli occhi dal televisore.

Finito di mangiare, mentre mia zia sparecchiava e preparava un tè, io andai in camera con mia figlia per farle fare un pisolino. Si addormentò in un lampo.

Mentre dormiva, la guardai: pensavo a che futuro le stavamo preparando, un giorno forse sarebbe stata orgogliosa di tutte quelle persone che erano scese in piazza per cercare di creare una società migliore.

Mi alzai e mi spostai sul divano. Lì mi accomodai accanto a mia zia, per continuare a seguire i notiziari.

Cambiammo più volte canale, ma tutti i telegiornali aprivano con la stessa notizia.

«Alex» diceva il giornalista, «siamo di nuovo in collegamento con Toledo. Hai con te dei testimoni?»

«Sì, qui accanto a me c'è un uomo che questa mattina era nella sala del Consiglio.»

«Può raccontarci che cosa è successo?»

«Be', è successo quello che tutti aspettavano da tempo: è successo che la gente ha preso il potere, che abbiamo detto in faccia a quegli spudorati che ormai siamo stufi, ma non con i cartelloni e i fischi, come ci avevano già provato gli Indignados del 15 maggio, senza nessun risultato. Questa volta abbiamo fatto alla nostra maniera.»

«Sì, è vero... però...» Si capiva che il giornalista era in difficoltà: era in diretta. «Però ci sono vari feriti e un consigliere è in gravi condizioni. È informato di questo?»

«Quello che è grave davvero è che ci siano tanti politici corrotti nelle Giunte e nessuno in carcere!»

«Sì, ecco... la ringrazio e restituiamo la linea.»

Mi voltai a guardare mia zia, il cui sguardo sembrava incatenato allo schermo, e riconobbi un leggero sorriso che le stirava le labbra.

«Prima o poi doveva succedere» disse.

«Sì» risposi.

«In ogni modo è facile dare sempre la colpa agli altri; invece tutti abbiamo contribuito, chi più chi meno, per arrivare a questa situazione, non trovi?»

«A cosa ti riferisci?»

«Guarda, Alicia, io ai miei tempi... ora sembro nonna Abelarda...» scoppiammo a ridere. «Insomma, quando ero più giovane mi ricordo che avevamo l'abitudine, ogni mese, di mettere da parte qualcosa per i tempi di vacche magre, e se arrivava l'estate e non c'erano soldi per le vacanze, sai cosa facevamo?»

«Cosa?»

«Be', si restava a casa... inaudito, vero? Sì, Alicia, lo so che questo ormai non si usa più, che oggi, anche se non hai un soldo, ci sono società che ti consentono di pagare la crociera a rate.»

Bevve un sorso di tè.

«Oppure, pensa al Natale. Mi ricordo ancora, e non è passato tanto tempo, che mi sembrava un'assurdità comprare un regalo che costasse più di cinquemila pesetas; invece oggi, con tutto che c'è la crisi, mettono in vendita console che costano più di trecento euro, e fuori c'è la coda perché si esauriscono in un baleno.»

Potei solo annuire.

«E non parliamo dei concerti o delle partite di calcio! A volte ho sentito che in poche ore vengono venduti centomila biglietti, che costano tra i trenta e i centoventi euro. Ma come è possibile?»

In questo stesso momento, mentre piazze e strade di varie città si riempiono di gente, in migliaia di case in tutto il paese si avverte il sussurro di una piccola vittoria.

Nessun notiziario si azzarda a dirlo apertamente, ma è chiaro che la polizia è stata – per la prima volta – fin troppo permissiva con i manifestanti. Forse perché sotto quelle uniformi ci sono persone stanche di difendere i corrotti e attaccare gli innocenti.

Laura e Alicia sono ancora lì, in attesa di altre notizie, quando all'improvviso la maggior parte delle reti interrompe la programmazione per trasmettere in diretta un messaggio del capo del governo. Come ormai è consuetudine, il capo del governo non legge il messaggio dal vivo, esponendosi in prima persona, ma nascondendosi dietro lo scudo del collegamento televisivo, uno schermo al plasma che lo mette al sicuro dall'arma più pericolosa della democrazia: le domande.

«Oggi abbiamo assistito a un attacco gravissimo alle istituzioni di questo paese, oggi è stato superato un limite che non dovremmo mai superare. Oggi si è fatto ricorso alla violenza, uno strumento che non ci porterà da nessuna parte. Il bilancio è di dieci rappresentanti dei cittadini feriti, alcuni in modo molto serio, per i quali si è reso necessario il ricovero ospedaliero.

«Come portavoce di tutto il governo, esprimo ai feriti e ai loro familiari tutto il nostro sostegno e la nostra solidarietà in questo momento profondamente difficile, e mi preme ricordarne uno in particolare, che si trova tuttora in terapia intensiva.

«Ancora non sappiamo con precisione come si siano svolti i fatti, e attendiamo la conclusione delle indagini in corso. Ma non vi sono dubbi che arriveremo a fare totale chiarezza sull'accaduto e i responsabili saranno individuati...»

In quel momento, in una casa di una città qualsiasi, un uomo guarda la televisione e pensa che, malgrado i feriti, questa è la lezione di cui il paese aveva bisogno, pensa che quegli anonimi cittadini hanno appena inferto il primo colpo a quello che indubbiamente è il cancro di questa democrazia: i politici.

In un'altra casa di un'altra città, un pensionato ricorda altri tempi, tempi in cui la gente scendeva in piazza a reclamare i propri diritti, tempi in cui alla fine vinceva il popolo, tempi in cui i politici erano al servizio dei cittadini e non viceversa. Sorride, gli scende una lacrima e si sente di nuovo orgoglioso dei suoi connazionali.

In un'altra città, tre ragazze che dividono un appartamento guardano la tv. Sono tre delle migliori ricercatrici del loro anno, tre menti brillanti; lavorano su progetti che in futuro potrebbero salvare vite umane, ma che saranno cancellati per mancanza di fondi – per i quali basterebbe anche solo una parte del denaro rubato.

In una grande villa ai margini della città, una donna non smette di piangere. Suo marito, che quella mattina era uscito sorridente per andare alla riunione della Giunta, adesso combatte tra la vita e la morte in un letto d'ospedale. È tornata a casa a prendere qualche vestito e ha abbracciato i bambini assicurandoli che va tutto bene, e che papà guarirà presto. Due bambini che non riescono a smettere di piangere da quando hanno sentito che è in fin di vita. Non riescono a spiegarsi perché quella gente sia entrata in Comune e abbia cominciato a picchiarlo.

E quel pomeriggio di martedì, in varie parti del paese, ha inizio un piccolo effetto a cascata e sempre più cittadini scendono spontaneamente in piazza.

Il mercoledì albeggia sulle piazze di varie città di nuovo gremite di tende da campeggio, manifesti e migliaia di persone che chiedono un cambiamento.

Scoppiano vari tafferugli, soprattutto aggressioni ai danni di politici che si estendono a macchia d'olio per tutto il paese. Molti si verificano in centri di pochi abitanti i cui cittadini, esasperati dai piccoli tiranni locali, colgono al volo l'opportunità di sfogarsi per tutti i rospi che hanno dovuto ingoiare.

Ma malgrado la crescente tensione sociale, la notizia che apre i telegiornali è un'altra.

A mezzogiorno si riunisce l'assemblea degli azionisti di una di quelle banche che, dopo essere stata salvata con denaro pubblico, prosegue nella politica degli sfratti coatti. Tra i presenti, un azionista, risparmiatore e correntista di quell'istituto da una vita, un uomo con un bel paio di baffi bianchi e una giacca di panno sotto cui nasconde una pistola.

Al momento delle domande alza la mano e si mostra estremamente cordiale con il direttore della banca. Questi gli risponde con altrettanta affabilità.

La seduta si conclude e quel signore si avvicina al direttore con l'intenzione di rivolgergli ancora una domanda. Quest'ultimo, che lo ricorda dall'intervento precedente e lo ha trovato particolarmente cortese e simpatico, si ferma per rispondergli.

Quando è a pochi metri di distanza, l'uomo dai bei baffoni candidi estrae la pistola e gli spara in pieno petto. Subito dopo rivolge la canna contro se stesso e fa fuoco.

Adesso è questa la notizia del giorno.

Giovedì.

Dopo le due giornate precedenti, la situazione ritorna relativamente calma. Tuttavia si registrano ancora diverse aggressioni a vari politici, di tutti i partiti e di tutti gli schieramenti... Anche le manifestazioni vanno avanti, nelle piazze principali del paese.

I miei ultimi giorni in quella città.

Mi abituai all'idea che non l'avrei rivisto mai più. Sapevo che in forma più o meno diretta era legato a ciò che era accaduto; quella storia della Notte toledana non era stata un caso: me l'aveva raccontata al momento giusto e nel luogo perfetto.

Continuai a sperare in una sua telefonata, in quei giorni, ma non arrivò. Di notte, non riuscivo a fare a meno di piangere. Lo amavo? Sì. Ormai la storia era finita, ma seppi che sarebbe andata avanti, nella mia testa, per il resto della vita e non come ricordo, ma in forma di segreto.

Non avrei saputo più niente di lui, tranne un piccolo dettaglio...

Venerdì.

Quel fine settimana, l'ultimo, decisi di passarlo a Toledo. Con mio marito sfruttai la scusa che volevo salutare i colleghi. Gli dissi che mi avevano organizzato una cena e che tanto a partire da lunedì avrei avuto tutto il tempo del mondo, perché sarei stata disoccupata.

In realtà la cena era il meno: chi volevo rivedere era lui, perché in fondo al cuore avevo ancora un barlume di speranza di rivederlo.

Venerdì sera i colleghi mi portarono a cena in un ristorante, lo stesso in cui ero stata la prima volta con Marcos. Mi sorpresero con due magnifici regali e con un affetto che non mi aspettavo. Fu una cena allegra e insieme triste; allegra perché sentii che in così poco tempo mi avevano – e io loro – circondata di stima e simpatia; triste perché avrei lasciato lì una parte della vita, in quella città in cui avevo vissuto con profonda intensità.

Fuori pioveva, e questo fu importante.

A quella stessa ora – mentre Alicia è a cena con i colleghi – dentro un cinema una mano sfiora delle spalle che sembrano fatte di felicità. Lei non sa neppure il titolo del film, ma ugualmente desidera che non finisca mai. E intanto, lui si diverte a guardare la lucentezza di quegli occhi azzurri che appaiono e scompaiono a seconda della luminosità delle immagini sullo schermo.

Lei pensa a come la sua vita sia cambiata nell'arco di una sola settimana. Com'è cambiato il rapporto con la sua aguzzina. Non sa esattamente che cosa sia successo, ma è sicura che le minacce, i provvedimenti disciplinari, l'incontro con il tutor, la sospensione non siano serviti a niente. È certa che debba essere successo qualcos'altro, qualcosa che ha a che fare con quelle ferite sul collo e quello strano taglio di capelli, ma lei non riesce a immaginare chi possa essere stato.

Ripensa anche a quei giorni in cui guardava la morte dall'alto, da quel ponte su un fiume che rifletteva il volto della sua tristezza. Pensa a quell'impulso repentino, al coraggio di quell'istante in cui si era sentita pronta ad affrontarla. Ma sa anche che poi non avrebbe avuto il fegato di saltare.

Il film finisce e loro fanno ciò che non hanno mai fatto: restano lì seduti, a guardare i titoli di coda, sperando che le luci non si accendano mai più. Lei pensa solo al momento presente, come i bambini. E questo momento è occupato da lui; dalle carezze che le sue mani le tracciano sul collo, dal dolce respiro alla menta che in quell'istante le si avvicina, dalle labbra che le sfiorano la bocca mentre tiene gli occhi chiusi...

Fuori piove...

Piove sulla notte di ritorni a casa.

Piove sui tetti delle macchine. Piove anche su un uomo che cammina sul bordo di una stradina, guardando verso le luci che in un attimo gli sono davanti e subito dopo sono già sparite; aspetta di ritrovare qualche ricordo che lo aiuti a riconoscere la direzione smarrita. Aspetta, forse, di ricordare ciò che neppure sa di aver dimenticato.

Cammina lentamente, trascinando i piedi su una pozzanghera senza fine, trascinando la vita su un futuro affogato nell'oblio.

Cammina con le mani in tasca, senza sapere se sono sfondate o solo vuote. Cammina tra le luci e la pioggia, tra il freddo e la paura, tra colpi di clacson che lo fanno sobbalzare.

Delle luci si avvicinano, sfrecciano e dopo un forte stridore di freni si fermano sull'asfalto bagnato.

Un uomo ha inchiodato di colpo e ancora gli tremano le gambe sui pedali. I fari, gli occhi delle automobili, hanno appena illuminato una figura sperduta nella notte che conferma i suoi peggiori sospetti. Guarda di nuovo, adesso dallo specchietto retrovisore, la schiena di un uomo che continua il suo cammino sulla strada, una qualsiasi.

Molla l'auto lì dov'è, accende le quattro frecce e scende in una notte in cui la pioggia non dà tregua. E corre, senza preoccuparsi che sulla strada ci sono altre macchine, senza preoccuparsi di aver lasciato la sua con il motore acceso, corre verso quell'uomo che continua a camminare senza voltarsi indietro.

In pochi secondi l'ha raggiunto.

Gli si mette accanto, e si fermano.

Si guardano, occhi negli occhi, con l'acqua che sfuma i volti, di notte sempre difficili da riconoscere: solo uno dei due ha capito chi è l'altro.

«Mi sono perso.»

«Non ti preoccupare» lo tranquillizza, appoggiandogli una mano sulla spalla.

Adesso camminano insieme verso l'automobile: uno con lo sguardo perso nella pioggia, l'altro con le lacrime che cadono sull'asfalto. Il tragitto è lungo, perché avanzano di metri, ma vanno indietro parecchio nei ricordi.

Gli apre lo sportello e lo aiuta a salire; l'uomo si lascia aiutare. Gli allaccia lentamente la cintura, chiude e rimane fuori, appoggiato al tetto dell'auto, cercando di trovare il coraggio che gli serve per rientrare e sedergliisi accanto.

Dopo cena, le mie colleghe insistettero per andare a bere l'ultimo bicchiere in un altro locale. Aprimmo gli ombrelli e camminammo fino a un pub vicino su un selciato che la pioggia aveva reso pericolosamente scivoloso. Restammo lì un'altra ora.

Infine, dopo una lunga serie di brindisi, ci salutammo con grandi abbracci e qualche lacrima. Abbracciai con una stretta speciale Carolina, una di quelle amiche che incontri proprio là dove meno te lo aspetti.

«Mi verrai a trovare qualche volta, vero?»

«Ma certo!» risposi mentre le lacrime mi scivolavano sulle guance.

«Dài, forza, che non siamo così lontane e poi adesso con Internet e tutto il resto...» ed entrambe iniziammo a ridere.

«Grazie» le dissi.

«Grazie?»

«Sì, grazie.»

«Be', di niente» rispose e ci abbracciammo.

«Ti accompagno a casa?»

«No, oggi no. Anche se piove, mi piacerebbe dare un ultimo saluto alla città.»

E ci stringemmo per l'ultima volta.

Uscii in strada, sola, sotto una pioggia che in quel momento era meno fitta: bastava per tenere aperti gli ombrelli e inumidire i cuori.

Mi guardai intorno tra le lacrime, guardai la strada, il selciato di pietre bagnate, i muri con tanti anni sulle spalle, gli aloni luminosi dei lampioni attraversati da piccole gocce d'acqua, il cielo così nero, impenetrabile...

E per la prima volta, circondata da quello scenario, mi chiesi se non fosse stato tutto un sogno, se le strade di quella città non mi avessero condotto in quel mondo a cui si accede solo di notte, quando dormiamo. Pensai a tutto ciò che era accaduto: a quanto avevo sofferto, a quanto avevo vissuto, a quanto mi ero divertita... a quel segreto che adesso portavo nel cuore.

E lì, sopra e sotto l'acqua, pensai che adesso mi restava soltanto un'ultima cosa da fare: congedarmi da quell'ombra che avevo inseguito per queste strade e, se possibile, scoprire l'altra versione della storia: quella vera, quella che Marcos non aveva voluto raccontarmi.

Aprii l'ombrello e mi diressi verso quei vicoli che ormai, dopo tanto tempo, conoscevo a memoria.

Camminai come avevo camminato quel primo giorno, ma stavolta senza inseguire nessuno, o forse sì: inseguivo una risposta. Mi addentrai nel labirinto attraverso una scala costellata di ricordi...

Camminai sopra rigagnoli di pietra e dopo qualche minuto raggiunsi quella porta con lo strano segno rosso, una porta che, come sempre, era aperta.

La spinsi lentamente: le stesse candele, gli stessi vasi e lo stesso mazzo di fiori per terra.

«C'è qualcuno?» chiesi.

Nessuno rispose.

Quella notte non avevo fretta di rientrare: a casa pensavano che fossi con i colleghi e i colleghi che fossi a casa. Mentre io, in realtà, non sapevo molto bene dove fossi.

Attraversai il cortile e, quando fui all'altezza del mazzo di fiori, mi accorsi di qualcosa. Lo spostai con delicatezza e lì, sotto i fiori, apparve di nuovo il simbolo: quei due cuori sovrapposti a forma di clessidra.

Mi sedetti su una delle poltrone accanto all'ingresso e rimasi lì, in attesa che arrivasse qualcuno.

Lascia che la pioggia gli cada negli occhi, respira e lentamente si dirige verso l'altra portiera. Apre, sale e mette in moto, evitando di guardare alla sua destra.

Iniziano a muoversi.

«Abito qui vicino, nella zona dell'Alcázar... Sa dov'è?» lo sorprende con una voce che, malgrado venga da molto vicino, lo fa pensare a un'eco del passato.

«Sì, sì, non preoccuparti» risponde.

«Grazie, giovanotto. È che stavo facendo una passeggiata e all'improvviso ha cominciato a piovere... credo di aver perso l'orientamento e... è tutto così diverso quando piove...»

«Sì, è tutto diverso, tutto» risponde, con un profondo respiro. È che ci sono cose alle quali non ci si abitua mai.

Stringe il volante con forza, come se questo bastasse a scaricare il dolore che sente. Guarda la strada, senza sapere se le gocce che gli appannano la vista sono sul vetro o nei suoi occhi. Perché in quei momenti ricorda l'infanzia: tutte le ore passate sulle altalene, le migliaia di storie che gli raccontava tra quei vicoli che gli parevano enormi, le storie – che a Toledo sembravano sempre trasformarsi in leggende – che gli sussurrava prima di addormentarsi, quelle notti di temporale in cui si alzava dal letto per andare a dormire accanto a lui, accanto a lei, accanto a loro...

Silenzio, lungo una strada che hanno percorso tante volte. Una strada che è sempre la stessa, perché entrambi hanno iniziato un viaggio verso un presente permanente, un viaggio senza futuro né passato. Come bambini, pensa.

Chi decide quanto dura un ricordo? Come è possibile dimenticare ogni giorno il presente?

Silenzio e gocce che colpiscono il tetto; silenzio tra loro, solamente silenzio.

«Abito vicinissimo all'Alcázar, lei lo sa dov'è?» insistette di nuovo.

«Sì, calmati...» gli risponde Marcos mentre avvicina la mano alla gamba dell'anziano; mentre lo stringe con tutto l'amore possibile; mentre riflette sul fatto che non esistono tergicristalli per il cuore; mentre le lacrime gli inondano gli occhi a tal punto che quasi non vede più la strada.

«Grazie, giovanotto. È che stavo facendo una passeggiata e all'improvviso ha cominciato a piovere... credo di aver perso l'orientamento e...»

Sono quasi a destinazione, rallentano e attraversano una zona che entrambi conoscono bene.

«Di qui, sì qui!» esclama il vecchio.

«No, aspetta... aspetta, andiamo un po' più avanti. È che tutti i vicoli si assomigliano» risponde, cercando in qualche modo una giustificazione per quel caos mentale; o forse cercando una giustificazione che gli serva soprattutto di consolazione.

«È di qui, di qui!» grida ancora.

«Sì, non preoccuparti, devo fare il giro. Tra un attimo arriviamo» cerca di tranquillizzarlo.

Marcos osserva quell'uomo che si agita sul sedile; vede come, dopo vari tentativi, sia riuscito a liberasi dalla cintura di sicurezza, come lotti contro la portiera, contro il suo mondo e a volte anche contro il suo stesso destino.

Alla fine, appena lui riesce a parcheggiare, il vecchio vestito di nero e fradicio di pioggia scende.

Marcos resta a guardare suo padre che si allontana, lo vede risalire una strada e svoltare a sinistra, in cerca di quel segno rosso che fa le veci di un faro in mezzo all'oceano delle cose dimenticate. Lo segue e osserva, attraverso il velo del dolore, come quella figura oscura – che adesso ha ritrovato nella mente un frammento di ricordi – rallenti il passo a mano a mano che si avvicina alla meta. Lo vede fermarsi davanti alla porta, spingerla e infine sparire all'interno di casa sua.

Rimane a guardare il cielo, in attesa che scendano i ricordi: le prime partite a scacchi, quelle in cui papà vinceva sempre; le storie che tante volte gli aveva raccontato seduto sul bordo del suo lettino; i giorni e i mesi passati ad aiutarlo a pronunciare una erre che non ne voleva sapere di uscire; le sfide a braccio di ferro che con il passare del tempo iniziò a vincere; le strade percorse tantissime volte con le sue mani a raddrizzare una bicicletta che procedeva incerta, finalmente senza rotelle... Le ore trascorse insieme sul divano, in cucina, nella vita...

Si volta e si dirige di nuovo verso la macchina.

Sale e si congeda da una città che continua a piangere imperterrita.

Stavo per addormentarmi quando sentii un rumore e mi svegliai di soprassalto.

Era lì, davanti a me.

Vestito completamente di nero ma con il cappuccio abbassato, con i capelli fradici che gli cadevano a ciocche sulla fronte, con le occhiaie che gli cadevano inesorabili verso la bocca e con uno sguardo semiperduto che cadeva irrimediabilmente sopra di me.

Lo guardai negli occhi.

Erano occhi senza luce, pensai.

Restammo uno davanti all'altro, senza sapere chi sarebbe stato il primo a parlare, senza sapere se ci sarebbe stato un dialogo oppure no.

In quello stesso istante, Alicia sente un rumore nella parte superiore della casa.

Un uomo scende dalle scale, un uomo che vede il padre immobile, in piedi, insieme a una donna.

Un uomo che davanti al padre in quello stato si chiede se sono state abbastanza le volte in cui gli ha detto: «Ti voglio bene». Sa che da tempo, ormai, ogni «ti voglio bene» è sempre il primo e insieme l'ultimo, perché le conversazioni durano un istante; da tempo, ormai, ogni cosa è più difficile, i ricordi più confusi e gli sguardi più assenti.

Respira.

Arriva in cortile e si avvicina a quell'ombra per togliergli il cappotto bagnato.

Lo fa con delicatezza, come se temesse di spezzare un corpo che sembra tenuto insieme dalle sconfitte.

Lo prende per mano e lo guida verso una porta.

Entrano e lasciano lì, da sola, un'Alicia che continua a sentirsi smarrita.

Avrei potuto andarmene, perché in effetti nessuno mi aveva invitato, ma decisi di fermarmi lì in attesa che succedesse qualcosa, anche se non avrei saputo dire che cosa mi aspettassi.

Sentii parole cariche di affetto e il rumore di una sedia che veniva spostata; sentii perfino il fruscio di un uomo che veniva spogliato e che doveva essere zuppo fino alle ossa.

Passò più di mezz'ora, finché, di nuovo, l'altro uomo – quello che era sceso dalle scale – aprì la porta e mi si avvicinò.

«Ciao» mi disse, tendendomi una mano.

«Ciao... mi chiamo Alicia» risposi, cercando di capire perché quel viso, malgrado gli occhi non fossero verdi, mi ricordasse tantissimo Marcos.

«È da tanto che ti aspettavo.»

Silenzio.

«Ti aspettavo perché, alla fine, uno non si accontenta delle leggende, vero? Uno vuole sempre scoprire la verità. Vieni, accompagnami» mi invitò, salendo di nuovo le scale.

Lo seguii e salimmo al secondo piano.

Lassù ci fermammo accanto a una piccola biblioteca,

con un pianoforte e varie poltrone. L'uomo, con lo sguardo, mi disse di sedermi.

Si avvicinò a un bollitore, attaccò la spina e iniziò a scaldare l'acqua. I gesti, gli sguardi, perfino la voce... Tutto mi faceva pensare a lui.

«Un caffè?»

«D'accordo» risposi decisa. *D'accordo.*

Silenzio.

Un silenzio sfumato dalla pioggia.

«Sai? La stessa storia si può raccontare in mille modi, tutto dipende dal narratore» iniziò, porgendomi la tazza e sedendosi di fronte a me in un'altra poltrona.

«Ma se volevi scoprire la verità, ormai l'hai trovata. L'hai avuta davanti, proprio qui sotto. Quell'uomo, mio padre, è la verità che cerchi. Un uomo che va elemosinando ricordi per le strade, un uomo che quando piove si perde, come se l'acqua scolorisse i resti della mappa che ancora trattiene nella mente.»

La pioggia, pensai.

«Immagino che tu abbia notato quel segno rosso sulla porta, lì fuori.»

«Sì» risposi con un filo di voce.

«È come un faro per lui: quando lo vede entra, ma a volte non riesce a trovarlo e gira in continuazione per questi vicoli finché non ci passa davanti. È come se tutto il mondo che ha organizzato qui dentro» – si indicò la testa – «di tanto in tanto scomparisse.»

Ricordai quel primo giorno, quando inseguivo quell'ombra e finii per ripassare tantissime volte dalle stesse strade. Avevo pensato che mi stesse prendendo in giro, ma in realtà era la sua mente che prendeva in giro lui.

«Sono anni che a poco a poco dimentica perfino certi dettagli quotidiani, ma in compenso ricorda alla perfezione altre cose, come quegli orologi e quelle maledette lettere. Sono stato tentato di strapparle tantissime volte... ma non ne ho il diritto, è la sua vita... anche se ogni giorno è meno sua.»

Tacque, ancora una volta.

«Be', ma tu che cosa vuoi sapere?» mi chiese.

«Non lo so» risposi. «Credo di essermi persa anch'io.»

«Vieni, accompagnami.»

Presi la tazza e salimmo ancora le scale, fino al terzo piano; e lì, proprio dove finiva la scala, sull'ultimo gradino, si sedette. E mi invitò ad accomodarmi, accanto a lui.

Lo feci.

«È successo ormai tanti anni fa, ma nella mia mente è nitidissimo, come se fosse ieri, soprattutto ogni volta che salgo qui in cima e mi siedo su questo gradino da cui la vidi cadere... Su questo stesso gradino da cui osservo mio padre quando, dopo essersi perso tra i vicoli, rientra a casa; è da qui che qualche giorno fa ho visto entrare te, da qui oggi ti sono rimasto a guardare.»

Abbassai gli occhi, vergognandomi.

«Quel giorno i miei genitori stavano parlando in una stanza qui dietro, mentre io ero seduto qui. La mia missione era avvisare mio fratello se fossero scesi perché lui, come tante altre volte, si era infilato nel laboratorio degli orologi, dove ci era proibito entrare.

«Dopo qualche minuto cominciai a sentire delle grida giungere dalla stanza. La porta era chiusa, ma riuscivo comunque a distinguere insulti, accuse e mille altre cose che non mi fa piacere ricordare.

«E in un attimo, accadde tutto.

«La porta si spalancò e mia madre uscì di corsa e... non mi vide, non si accorse che uno dei suoi figli era seduto proprio su questo scalino.

«Inciampò su di me, colpendomi la schiena col ginocchio, e cadendo cercò di afferrarsi con tutto il peso a una vecchia ringhiera di legno che si ruppe all'istante.

«Cadde di sotto, e tacque per sempre.

«Quel giorno pensai che fuggisse da mio padre, ma col tempo ho capito che fuggiva da se stessa. In seguito seppi che dentro di sé custodiva un segreto, uno di quelli che da fuori sembrano trasparenti, ma all'interno a poco a poco ti plasmano. E quel giorno... quel giorno mio padre aveva scoperto tutto.»

Deglutii.

«Quando anche lui uscì dalla stanza e si precipitò giù per le scale, era troppo tardi. Mai nella mia vita ho visto un viso altrettanto sfigurato dal terrore; mai ho visto una tristezza così incommensurabile radicarsi nei tratti di un volto. Ancora oggi, quando lo guardo, vedo la stessa espressione, che non si è mai più ammorbidita.

«Mia madre cadde da qui e finì giusto lì sotto, su quel mazzo di fiori; fiori che mio padre ha la premura di cambiare tutti i giorni: di questo non si dimentica mai.»

Silenzio.

«Mio fratello era giù che giocava con uno degli orologi, ma non con uno qualsiasi, giocava con quello che non sarebbe mai dovuto arrivare su quel tavolo. Quell'orologio era un regalo per mia madre, ma non da parte di suo marito. Appena mio fratello sentì il rumore della morte sul cortile, uscì di corsa, lasciando cadere l'orologio che aveva in mano. Tempo e vita si fermarono nello stesso istante.»

In quel momento gli sfuggì una lacrima che si asciugò senza badarvi con la manica.

«Mio padre arrivò giù, si sdraiò su di lei e rimase lì, immobile, a urlare come mai più avrei sentito gridare un uomo. Non si mosse neppure quando mio fratello cominciò a scuoterlo, a insultarlo... né si mosse quando arrivò la polizia... né quando il medico cercò di spostarlo... Certe notti ancora, quando rientra dalle sue infinite peregrinazioni per la città, si sdraia lì, accanto a quei fiori, accanto a lei. Adesso so che quel giorno ha cominciato a morire anche lui.

«Mio padre amava mia madre alla follia: era tutto per lui, la adorava... ma via via le dedicava sempre meno tempo. Poco alla volta, finì per isolarsi in quel laboratorio là sotto. A quell'epoca pensavamo che fosse colpa della sua passione per gli orologi, ma in seguito, molto tempo dopo la tragedia, mi resi conto che non si comportava così coscientemente: erano i primi sintomi di una malattia ancora sconosciuta, iniziava a dimenticarsi le cose, quasi sempre di noi.

«Tuttavia mio padre, malgrado quei primi episodi di amnesia, conosceva a memoria tutti gli orologi che stazionavano nel laboratorio, e un giorno trovò quello. Un magnifico e costoso orologio femminile da taschino.

«Lui, evidentemente, pensò subito al peggio, perciò salì le scale, chiamò mia madre e immagino che in quella stanza lei abbia confessato tutto: da tempo frequentava un altro uomo. E forse, spinta dalla vergogna, oppure spaventata dalle sue minacce, oppure, oppure, oppure... uscì di corsa.»

Mentre ascoltavo quella storia non potevo fare a meno di pensare alla mia situazione, alle coincidenze, come se due donne, a tanti anni di distanza, vivessero la stessa vita.

«La cosa peggiore è che per molti anni ho creduto che mia madre fosse morta per colpa mia. Sì, lo so che era uscita di corsa, ma se io non fossi stato qui seduto, se non avesse inciampato su di me... forse sarebbe scesa dalle scale, sarebbe scappata in strada e dopo qualche ora sarebbe tornata, avrebbero parlato... e di sicuro avrei potuto riabbracciarla.»

I suoi occhi incominciarono a riempirsi di cristalli.

«E poi c'è lui; lui che di fatto non c'è. Mia madre è morta ormai da tanti anni, ma mio padre... mio padre sta morendo da troppo tempo.»

«Quell'incidente ha distrutto tutto, non solo la vita di mia madre, ma anche il rapporto con mio fratello.»

Cominciavo ad agitarmi, in attesa che i miei sospetti venissero confermati.

«Mio fratello e io eravamo legatissimi. In ogni ricordo della mia infanzia lui c'è: è lì con me, ci aiutiamo, ci copriamo a vicenda, facciamo mille cose insieme... Ma da quel giorno tutto fu diverso. Fu un processo lento, quasi impercettibile, ma inesorabile. Assistemmo alla tragedia in modo diverso. Lui, Marcos» – io cominciai a tremare – «stabilì che la colpa era di mio padre, che se mia madre era morta era solo a causa sua, perché negli ultimi tempi la considerava meno di zero. Ricordo che a volte, quando discutevano, arrivava a chiamarlo assassino... Forse perché era ancora piccolo, forse perché la disgrazia lo colpì in un'età più vulnerabile, chissà. Il fatto è che con gli anni ci siamo allontanati, fino al giorno in cui lui uscì dalla porta dicendoci: 'Ci vediamo', e io capii che era un addio. E sai una cosa? Mi manca tantissimo... Quando sono qui, da solo, quando sono davanti a mio padre e mi torna in mente la nostra infanzia... ho una profonda nostalgia.

«So che è da queste parti, immagino che oggi, come

tante altre volte quando mio padre si perde, è lui che lo ha riportato a casa. Voglio pensare che ci vuole bene, però a modo suo...

«Con il tempo ho scoperto che ciascuno di noi può scegliere da che angolo osservare le cose, che non esiste solo una realtà, ma molte. Uno spettatore esterno potrebbe dire che la colpa fu mia, perché ero seduto lì; o di mio fratello, perché fu lui a mandarmi quassù a fare da sentinella; o di mio padre, per non aver dedicato a mia madre le attenzioni necessarie; o di lei, per averlo tradito; o della ringhiera, per essersi rotta... E poi c'è la gente che senza aver visto niente spara giudizi su tutto; la gente che annoiata della propria vita cerca di inventarsi quella degli altri o – peggio – di distruggerla.»

Mi accorgevo che le sue parole si stavano riempiendo di rabbia.

«In realtà mio padre non venne mandato a fondo solo da ciò che accadde quel giorno, o dalla malattia che cominciava ad affacciarsi; mio padre naufragò per colpa della gente. Di tutta quella gente che lo accusò senza appello, malelingue che diffusero pettegolezzi di ogni genere. Dissero che ci maltrattava, che di notte ci picchiava, che fu lui a spingere la moglie giù dalle scale... Tutte bugie, tutte falsità. Ma intanto, grazie a quelle voci, a quelle cattiverie, cominciò a perdere clienti e nessuno gli portava più gli orologi da aggiustare. A poco a poco quell'uomo, che un tempo era stato lo specchio in cui riflettermi, rimase senza lavoro e senza amici; si spense fuori e soprattutto dentro.

«Credo che quella rinuncia a lottare, quel darsi per vinto, abbia spalancato le porte alla sua malattia, che divenne sempre più palese. Un giorno dimenticava le chiavi, o la giacca, o si scordava di mettersi le scarpe, o di infilarsi il pigiama per andare a letto... e così, peggiorò di giorno in giorno, finché dimenticò come tornare a casa e fummo costretti a mettergli il braccialetto identificativo.»

«Credo che abbia smesso di piovere... accompagnami.»

Scendemmo di un piano e aprì una porta che conduceva a un balconcino con vista sulla città.

Facemmo un passo avanti e rimanemmo lì, l'uno accanto all'altra, appoggiati al parapetto in muratura, a guardare la distesa di luci.

«Ti piace?» mi chiese senza voltare la testa.

«È un incanto» risposi, «è bellissimo... è come...»

«È come affacciarsi su una favola, vero?»

«Sì, esatto.»

Silenzio.

«Per di là, sperduti nel cuore della città, ci sono cinque segni, cinque di quei graffiti che ti sei messa a cercare.»

Ero senza parole, quell'uomo sapeva troppe cose. Eppure... perché cinque?

«Quei segni, da una parte, sono una dimostrazione d'amore e dall'altra una vendetta. Perché mia madre è morta innamorata, ma non di mio padre. È morta innamorata dell'uomo che le diede tutto ciò che le mancava: i sogni, i sorrisi, la vita... È questo l'amore, Alicia. Un uomo con cui visitò angoli di questa città che non sospettava neppure che esistessero; un uomo che le mostrò la magia delle leggende; un uomo con cui visse una storia che è rimasta intrappolata tra loro e questi vicoli... perché Toledo è un'ottima scusa per conquistare il cuore di qualcuno...»

No, tu non lo puoi sapere come lo so io, stavo per rispondergli.

«Insomma, dopo la morte di mia madre, a casa cominciarono ad arrivare delle strane lettere. In realtà, ogni busta era solo un carico di dolore, perché sembravano lettere spedite con l'unico scopo di tenere aperta la ferita. Ognuna, a parte la prima, conteneva soltanto una frase. Sia chi le inviava sia chi le riceveva conoscevano Toledo come le proprie tasche. Fu un duello tra amante e marito per una donna che ormai non c'era più. Ogni frase era una pista verso un luogo della città, un luogo in cui era evidente che cosa fosse successo: *Sette date, sette luoghi dove ci siamo amati*.

«E mio padre, che ormai non aveva più clienti né interessi che lo tenessero occupato, stette al gioco. Passava le notti a camminare per la città, finché non trovava il graffito. A quel punto, poco dopo o anche mesi più tardi, arrivava un'altra lettera. E così via fino alla settima, che ricevemmo molti, molti anni fa; una lettera con una pista facile da interpretare ma assai complicata da individuare: *Sotto il simbolo dell'acqua chiusa*.

«In quel periodo, mio padre usciva una o due volte alla settimana per cercarlo. E così passarono i mesi e poi gli anni e infine... Adesso continua a uscire, ma non credo che ricordi più quello che cerca, o forse sì... Chissà che cosa c'è dentro la sua testa. Anch'io per anni ho provato a cercarlo, ma senza risultati, e alla fine mi sono arreso. Era chiaro che si trattava di una casa al cui interno doveva esserci una cisterna, ma a Toledo ce ne sono moltissime... Tu l'hai trovato, Alicia?»

Mi sorprese con un sorriso.

«Io, io...» balbettai.

«Sì, Alicia: tu. Anche tu hai cominciato a cercare quei graffiti, no?»

«Be', in effetti sì. Il primo l'ho trovato per caso, quello della terza data...»

«Sì, quello è il più facile: è il più visibile.»

«Dopo ho scoperto quelli del doppio arco e della statua...»

«Quello della statua ora si vede bene, perché hanno messo i lampioni tutto intorno, mentre di giorno è praticamente impossibile distinguerlo. Mi ricordo che è stato uno di quelli che mi ha fatto impazzire di più, perché all'epoca la zona non era illuminata come adesso. E poi?»

«Ecco, oggi ho visto quello sotto il mazzo di fiori. Immagino che sia legato alla frase *Dove finì la sua vita e iniziò la tua morte*, no?»

«Giusto.»

«Però tutti gli altri mi mancano. Per esempio non sono riuscita a trovare quello dell'orologio, anche se la pista sembra chiara.»

«Ricordati che tutto nella vita si può osservare da angoli diversi, anche quell'orologio...»

«Vero...»

«Be', gli altri graffiti puoi trovarli da sola... Tutti meno uno.»

«Quale?»

«L'ultimo, il più complicato. Questo devo mostrartelo io.»

«Cosa?» risposi. «Allora sai dov'è?»

«Sì, alla fine l'ho trovato.»

«Ma allora perché non l'hai detto, a tuo padre?»

«Accompagnami.»

Iniziammo a scendere le scale.

Arrivammo al cortile.

«Prima, su quel balcone, ti ho detto che per le strade di Toledo ci sono cinque segni... gli altri due sono qui, in questa casa. Vieni.»

Continuammo a scendere lungo una scala stretta che ci portò in una stanza dove ero già stata.

Entrammo e rimasi in attesa, circondata da tutti quegli orologi che mi sembrava giocassero col tempo.

«Aiutami, per favore» mi chiese.

Salì sul tavolo e afferrò da una parte un grande pannello di legno. Lo stesso su cui era inchiodato il sughero a cui erano appese le frasi. Io lo presi dall'altro lato e insieme lo appoggiammo sul pavimento.

Rimasi a bocca aperta. Lì, scolpiti sul muro, apparvero di nuovo quei due cuori.

«L'ho scoperto per caso, quando ormai avevo smesso di cercarlo da anni. Un giorno stavo dando una pulita qua sotto e, senza volerlo, inciampai e diedi un colpo alla tavola, facendola cadere per terra. Chissà da quanti anni nessuno la staccava più da questo muro.»

«Ma... perché proprio qui?»

«Sai, in quel momento, quando lo scoprii, mi ricordai che questo ambiente, che sembra un magazzino, in origine era una cisterna. L'ho chiesto a un tizio che di Toledo sa praticamente tutto e mi ha confermato che moltissimi anni fa, prima che venisse restaurata la facciata, sulla porta c'era il simbolo a forma di palla che la segnalava.»

«Caspita, allora chi ha fatto questi graffiti conosce davvero bene la città.»

«Sì, abbastanza.»

«E dunque qui...»

«Sì, evidentemente mia madre e il suo amante si sono amati anche qui. Magari fu il giorno in cui le regalò quel maledetto orologio che ha scatenato tutto. Forse lei, tra l'agitazione e la passione di quell'incontro, se lo dimenticò su questo tavolo... ho sempre pensato che sia per questo che è l'ultimo graffito.»

Silenzio.

«Dunque, se non era per caso, non l'avresti mai trovato.»

«No, immagino di no.»

«Ma... perché non l'hai detto a tuo padre? Perché lasci che continui a cercare ossessivamente questo disegno?»

«Guarda, Alicia, la sera che lo scoprii stavo per dirglielo, ma... Avrei commesso un grave errore. Nello stato in cui è, non sai quanto gli faccia bene continuare a camminare per la città, continuare ad avere un motivo che lo spinge a uscire di casa, anche se si tratta di cercare un disegno di cui probabilmente non ricorda neppure più il significato... Può darsi che se glielo mostrassi non capirebbe nemmeno di che cosa stia parlando; ma potrei anche dirglielo io e, in uno dei rari momenti di lucidità che ancora gli rimangono, si renda conto che la ricerca è finita. Ho paura che un giorno non vorrà più uscire e resterà qui, seduto, senza fare niente, senza coscienza del presente, come un bambino.»

«Come un bambino?»

«Sì, Alicia, perché sai cos'è un uomo senza ricordi...? Un bambino.»

Sospirai.

Risalì le scale fino al cortile, e io lo seguii in silenzio. In quel momento, senza riflettere, mi venne da chiedergli: «Scusa, un'ultima cosa: perché tutti i graffiti riportano la stessa data?»

«Già, nemmeno io all'inizio lo capivo, finché un giorno lui confermò i miei sospetti: conobbe mia madre il 22 ottobre 1984.»

«Lui? Chi? L'altro uomo?»

«Sì, Alicia, l'altro. Un uomo che, come mio padre, continua a camminare di notte per le strade di questa città. Ma con una differenza: i suoi ricordi sono ancora intatti.»

«Mi guardò e mi accorsi dal suo viso che non aveva voglia di raccontarmi altro, che la conversazione era finita.»

Ci salutammo stringendoci di nuovo la mano.

Uscii per strada.

Feci un profondo respiro.

Mi misi a camminare.

Quel sabato avevamo già tutti finito di fare colazione, mia figlia era in salotto a guardare la tv, Pablo era uscito a fare un giro, mia zia lavava i piatti in cucina e io stavo riordinando la camera.

Rifeci il letto e mi affacciai alla finestra.

Guardavo il cielo, senza fissare niente di particolare, e intanto cercavo di assimilare tutto ciò che era accaduto la notte precedente, cercando di individuare dove finivano i racconti e dove iniziava la verità...

E all'improvviso suonò il campanello.

Non diedi troppo peso alla cosa finché mia zia non entrò in camera per dirmi che qualcuno chiedeva di me.

Mi bloccai, agitata, sconcertata...

Corsi in bagno, mi guardai allo specchio, mi pettinai alla meglio.

«Un momento, un momento!» le risposi.

Mi tolsi il pigiama, aprii l'armadio e mi infilai la prima cosa che mi capitò a tiro.

Uscii dalla stanza eccitatissima.

E me lo trovai lì, sorridente, fermo sulla soglia e con una scatola di cioccolatini in mano.

Anch'io sorrisi, ma a metà, come chi accetta un regalo che non si aspettava.

Probabilmente se ne accorse, ma preferì non dire niente.

Si avvicinò e mi baciò.

Si avvicinò alla bambina e la prese in braccio.

«Di' alla mamma di prepararsi che usciamo a fare un giro per questa città che ancora non conosco.»

«D'accordo, d'accordo, vado a cambiarmi...»

«Bene, allora? Ti è piaciuta la sorpresa? Non te l'aspettavi, vero?» mi chiese, seguendomi in camera.

«In effetti non me l'aspettavo proprio.»

«Ah, stasera avrei prenotato una di quelle visite guidate, credo che sia la stessa agenzia con cui eri andata la prima volta, ti va?»

«Sì, sì, benissimo.»

«Pensi che per tua zia sia un problema se le lasciamo la bambina per un paio d'ore, stasera?» mi chiese sottovoce.

«Non preoccuparti, di sicuro non dirà di no.»

Uscimmo con un buon anticipo da quella che ormai consideravo come casa mia. Chiusi la porta cercando di convincermi che tutto il passato doveva rimanere alle nostre spalle, come se quel passato fosse un seme che adesso bisognava dissotterrare. Scesi le scale senza troppa convinzione, tentata di tornare indietro a ogni scalino.

Aprii il portone senza voglia, inciampando nel freddo che a quell'ora già riempiva le strade. Camminammo diretti alla piazza, curvi su noi stessi e con le mani in tasca.

Là, tra decine di persone che si godevano il sabato sera, individuammo un gruppetto fermo accanto a un piccolo chiosco e intuimmo che fosse il nostro.

«Aspettate qui, alle otto e mezzo cominciamo» ci disse una ragazza, mettendo via i soldi in una piccola pochette di plastica.

Restammo lì, in piedi, vicino al chiosco, in attesa che venisse l'ora; mancava ancora una decina di minuti. Pochi, se hai qualcuno con cui parlare...

Guardai una donna che sembrava sola, senza nessuno che l'accompagnasse. Una ragazza più o meno della mia età che cercava di dissimulare la solitudine giocherellando con il cellulare. Una donna che sollevò lo sguardo forse con l'intenzione di osservare i suoi compagni di passeggiata. I suoi occhi incrociarono i miei e, dalla sua espressione, seppi che cosa stava pensando.

In quel momento comparve un uomo alto, magro, oltre la sessantina, che con un volto serio e un ventaglietto in mano mise in marcia il gruppo.

Ci spostammo verso un'estremità della piazza, distribuendoci come un piccolo teatro intorno a quell'uomo.

«Buonasera a tutti» salutò con voce imponente. «Mi chiamo Luis, Luis Martínez. Benvenuti a Toledo».

E quell'uomo, con le sue parole, cominciò a contagiarci della magia della città... Dopo averci raccontato vari aneddoti sulla piazza su cui ci trovavamo, ci fece spostare verso la calle del Comercio. Ma anziché andare direttamente alla cattedrale, voltammo a sinistra e iniziammo a scendere lungo la stessa strada su cui io, alcune settimane prima, avevo inseguito un 'uomo di legno'. Arrivammo alla stessa cancellata e lì ci fermammo.

La guida ci narrò una leggenda legata a quella strada, e varie storie legate alle figure scolpite su quella parte della facciata.

«Ah, e se guardate quell'orologio lassù, scoprirete che è un orologio speciale, perché ha soltanto una lancetta...»

Mentre la guida si dilungava in una spiegazione che io già conoscevo, ne approfittai per rimettermi a cercare con lo sguardo quel graffito che mi sfuggiva, quel disegno la cui pista sembrava così ovvia...

«Come vedete, tra un'ora e l'altra c'è un punto, che indica la mezza... ma la cosa più strana di tutte è che all'interno della cattedrale si trova l'altra faccia dell'orologio, che è esattamente uguale a questa, ma tra le ore sono indicati tre punti. Tre punti che segnalano il quarto, la mezza e i tre quarti...»

Cosa? Dentro c'era un altro orologio? Mi tornarono subito in mente le parole di quell'uomo: «Tutto nella vita si può osservare da angoli diversi, anche quell'orologio...» Perciò il graffito era di sicuro dentro la chiesa, sorrisi. Mio marito mi guardò e sorrise con me.

Risalimmo dalla stessa strada e arrivammo alla piazza del Comune, di fronte alla cattedrale. Una piazza che continuava a essere occupata da centinaia di persone accampate.

Raccontò la storia della Campana Grassa, della torre solitaria e altri aneddoti a un pubblico sempre più attento. E da lì la passeggiata proseguì attraverso mille stradine, seguendo un itinerario diverso da quello della prima volta.

«Venite, giriamo di qui» disse.

Tutto il gruppo si mosse e ci addentrammo in una strada che portava in un cortile, una strada senza uscita.

La guida si avvicinò a un magnifico portone di legno e vi si fermò proprio davanti, nascondendolo alla vista.

«Osservate la porta alle mie spalle, soprattutto le due colonne che la fiancheggiano.»

Tutto il gruppo spostò lo sguardo sullo stesso punto.

«Se ci fate caso, noterete che queste due colonne hanno capitelli molto particolari, e diversi tra loro. Per molti anni si è cercato di capire a quale corrente artistica appartenessero, ma nessuno è riuscito a stabilirlo.

«Poi, per una combinazione fortunata, qualche mese fa è stato installato quel lampione che vedete lassù, per illuminare meglio questa zona.»

Tutti sollevammo la testa.

«Bene, è successo che il lampione illuminasse il capitello con l'angolazione esatta per creare un'ombra molto curiosa sul portone. Guardate.»

In quel momento si spostò e proprio sulla porta vedemmo un'ombra che riproduceva perfettamente il profilo di un viso maschile.

Dal gruppo si levò un coro di esclamazioni.

«Ma c'è di più» disse, tirando fuori dalla tasca una piccola torcia elettrica.

Andò a mettersi dall'altro lato della porta e, assecondando un'angolazione simile a quella del lampione ma simmetrica illuminò il capitello dell'altra colonna. Sul portone comparve subito anche il profilo di un volto femminile. La guida orientò il fascio di luce in modo che le due figure si avvicinassero, finché le labbra si sfiorarono esattamente al centro della porta.

Sul gruppo calò il silenzio.

«Io vi ho mostrato le ombre, adesso tocca a voi inventare le leggende» ci disse con un sorriso. «Andiamo, seguitemi.»

E da lì, attraverso mille altri vicoli, ci avvicinammo a una piazza. La stessa in cui avevo iniziato a sentire le grida di una bambina, e in cui avevo finito per fare l'amore con uno sconosciuto.

Una volta là – senza dare nell'occhio – portai mio marito verso quell'angolo dove c'era il graffito, quello stesso angolo in cui Marcos e io...

Mentre lui sembrava concentrato ad ascoltare la leggenda di Bécquer, io mi accucciai per rafforzare il nodo di un cordone da cui non mi ero ancora liberata...

E lo vidi.

E li vidi.

Due graffiti quasi identici: l'originale e un altro molto

più recente. Un altro, con scolpiti nel cuore superiore una data e in quello più in basso le mie iniziali.

Mi resi conto che la data non indicava il giorno in cui facemmo l'amore, ma quello in cui ci eravamo conosciuti... Sorrisi.

Forse, era la sua maniera di dirmi addio.

Tutto questo è successo parecchi mesi fa, ma malgrado il tempo che è passato, una parte della mia mente sta ancora vivendo tra quei vicoli, continua a nascondere un segreto che in alcuni momenti è difficilissimo lasciare nel silenzio.

Ogni giorno – e ormai sono tanti – mi sveglio e capisco che ho pianto, soprattutto da quelle piccole lacrime che mi scappano da sotto le palpebre prima ancora che apra gli occhi. Mi sveglio con il ricordo delle settimane vissute in quella città che mi fece scordare il presente.

Tutto iniziò come un gioco, e alla fine si trasformò in una realtà che ancora non so dove nascondere. Iniziai perdendomi per le strade di una città e finii per farlo tra le linee della vita; potrei dire che cambiai tutto perché nel mio mondo era da tanto tempo che non cambiavo più niente; potrei dire che la forza dei sentimenti fu più forte di quella dei rimorsi; potrei dire che in quella città mi innamorai di nuovo, che in quei giorni ritornai a sentire le farfalle nello stomaco... Potrei dire tante cose, proprio come ora invece taccio... tante verità che invece mi tengo dentro...

E così va avanti la mia vita, tra momenti in cui riesco a non pensarci e altri in cui mi sento sprofondare, quando mi domando se tornerò mai a provare sentimenti così intensi. Ci sono momenti in cui capisco che la relazione tra mio marito e me si è ancorata alla stabilità, che la passione non spiccherà più il volo semplicemente perché non ci resta più neppure l'intenzione. Ci sono momenti in cui usiamo come scusa la stanchezza per mascherare il disincanto e il sonno per evitare ogni contatto.

In questi mesi ho condiviso con qualche amica ciò che mi è accaduto, e così ho scoperto di non essere l'unica; molte altre persone, come me, nascondono segreti sotto il divano. Ho capito che esistono tanti e tanti tipi di coppie: alcune che sono felici, e si vede; altre che non lo sono, ma fingono di esserlo; alcune che vivono insieme senza condividere nulla e altre che non vedono l'ora di tornare a casa per ritrovarsi; coppie che si tradiscono fisicamente e altre solo con il pensiero; coppie giovani che alimentano i sogni che le più vecchie hanno ormai perso; coppie che, pur avendo avuto l'occasione di evadere, l'hanno respinta e altre che, senza averla cercata, ne hanno approfittato; coppie che si rinnovano ogni giorno e altre che sperimentano che con l'età arrivano il freddo, la distanza, l'apatia... ma questa, in fondo, è la vita.

E così io vado avanti con la mia, di vita. Una vita in cui mi alzo la mattina con la testa altrove; in cui mi piace veder crescere mia figlia accanto a me, accanto a mio marito; in cui cerco di essere felice con ciò che ho, tacendo un segreto per non perderlo; in cui andiamo a letto sfalsati: lui sempre tardi e io quasi sempre presto; in cui cerco di non pensare al futuro... perché, in tutta sincerità, non so se cambierò rotta.

Ci sono momenti in cui mi piacerebbe rincontrare quel gatto che una notte mi accompagnò lungo la strada, per chiedergli in quale direzione devo andare...

Passano i giorni, le settimane e i mesi... e arriva la mattina di un lunedì qualunque.

Marta apre gli occhi ricordando con nostalgia tutti i baci condivisi, i pomeriggi al cinema, il nervosismo prima di ogni incontro... Lo ricorda al passato, perché ormai sono già alcune settimane che ha messo fine alla sua storia con Dani. È che, malgrado il viso, il corpo e malgrado sia il ragazzo più conteso della scuola, si è accorta che con lui non ride quasi mai.

In un'altra casa, un'altra ragazza, una sua coetanea, ha appena aperto gli occhi. Si stiracchia lentamente, va in bagno e si guarda allo specchio sorridendo, perché i capelli finalmente le sono ricresciuti, ha sistemato il taglio e ora le sembra che le stiano piuttosto bene. Si veste pensando che Dani da qualche settimana è di nuovo libero, chissà che questa non sia la sua occasione. Sorride anche perché ha trovato una nuova vittima: non è né alta né bassa, né brutta né bella... ma non riesce a pronunciare bene alcune parole.

A varie strade di distanza, una donna è già sveglia da un'eternità. Si è alzata prima del marito per potergli preparare un panino che ha avvolto in un tovagliolo e una birra di quelle senza marca che ultimamente comprano al supermercato. Lei si ferma con un caffè in mano davanti alla finestra perché sa che, come ogni mattina, tra una decina di minuti una porta si aprirà. Pensa anche ad Alicia e a tutti quei momenti di cui ora ha una grande nostalgia.

In una scuola a diverse strade da lì, un professore ha deciso di farlo, ormai sono troppi anni che guarda una finestra dalla strada. Non vuole che gli succeda come a Bécquer, che quando finalmente si decise, ormai era tardi.

In un'altra casa, una donna si sveglia abbracciata al marito. Pensa al dolore che ha provocato quando ha mandato tutto a monte alla vigilia del matrimonio, prima di incontrare lui. Adesso, guardandolo, sa di aver preso la decisione giusta. Lo stringe a sé e il suo viso si riempie di un sorriso che illumina tutta la stanza.

Una coppia si sveglia e la mano di lui si posa sulla pancia di lei, una pancia al cui interno sta crescendo una nuova vita. Sanno che è un maschio.

In decine di case, alcune persone si alzano con nervosismo: oggi escono i risultati definitivi. Dopo quattro prove sapranno se hanno ottenuto quel posto. Quasi tutti avranno la soddisfazione di sapere che sono passati, ma la delusione di non aver ottenuto il massimo dei voti. Penseranno di non avere avuto fortuna, oppure che avrebbero dovuto impegnarsi di più... Ciò che non sanno è che la fortuna non c'entra niente.

E tra tutte le storie che non conosciamo, arriva la notte. Una notte in cui due uomini che amarono la stessa donna escono a camminare per le strade di Toledo.

Uno di loro – un uomo che dimentica il presente in ogni istante – inizia a vagare come un'ombra tra i pochi ricordi che gli restano, in cerca di disegni che, forse, immagina di aver inciso lui stesso.

L'altro è un uomo alto, magro, oltre la sessantina, che con un volto serio e un ventaglietto in mano mette in marcia un gruppo che lo attende per iniziare una nuova visita della città.

Ai lettori,
perché se anche sono io che ho scritto il libro,
siete voi a dargli vita.

Ai miei genitori,
per tutto ciò che mi hanno insegnato.

A mia figlia,
per tutto ciò che imparerò da lei.

Ad Ayla,
22-X-2011.

A Toledo,
per esistere.

Fotocomposizione:
Nuovo Gruppo Grafico s.r.l. - Milano

Finito di stampare
nel mese di maggio 2014
dal Nuovo Istituto Italiano d'Arti Grafiche – Bergamo
Printed in Italy